一支独立大队的浴血抗战史

下河东

姬妮 著

山西出版传媒集团　北岳文艺出版社

图书在版编目（CIP）数据

下河东 / 姬妮著 . — 太原：北岳文艺出版社，2015.11（2023.6 重印）
ISBN 978-7-5378-4565-6

Ⅰ. ①下… Ⅱ. ①姬… Ⅲ. ①长篇小说 – 中国 – 当代 Ⅳ. ① I247.5

中国版本图书馆 CIP 数据核字 (2015) 第 241501 号

书名：下河东	著者：姬妮	责任编辑：赵 勤
		书籍设计：张永文

出版发行：山西出版传媒集团·北岳文艺出版社
地　　址：山西省太原市并州南路 57 号
邮　　编：030012
电　　话：0351-5628696（发行部）
　　　　　0351-5628688（总编室）
传　　真：0351-5628680
网　　址：http://www.bywy.com
E – mail：bywycbs@163.com
经 销 商：新华书店
印刷装订：山西万佳印业有限公司

开　　本：890mm×1240mm　1/32
字　　数：178 千字
印　　张：9.25
版　　次：2015 年 11 月第 1 版
印　　次：2023 年 6 月山西第 2 次印刷
书　　号：ISBN 978-7-5378-4565-6
定　　价：55.00 元

本书版权为本社独家所有，未经本社同意不得转载、摘编或复制

引子

据《河东志》记载：1941年春，驻守河东的日军牛岛师团纠集了两千日伪军的兵力，猛攻河东永济城。守卫永济城的国民党第二战区守军212旅56团的一个营，在营长（中共党员）张希文的带领下，与日军苦战半月，誓死不退不降。最后，丧心病狂的日本鬼子竟然动用了毒气，用飞机朝城里守军投下了好几颗毒气弹，张希文与全营官兵壮烈捐躯。

又据《河东志》记载：3月中旬，八路军386旅直属队一部二十多名干部在南下中条山根据地途中，与日军遭遇。他们在当地群众的带领下撤进了一座山洞里进行顽强抵抗。日军在劝降无效后，也不敢贸然进洞，竟然又向洞里施放了毒气，躲避在洞中的八路军386旅直属队二十多名干部和七十多名老百姓全部遇难。

4月初，驻防在稷山和乡宁之间云丘山的晋绥军新编独立旅101团，在云丘山的葫芦洼伏击贸然进山的日军驻新绛第四联队，作战中，日军出动飞机救援，扔下的炸弹爆炸后散发出一阵阵刺鼻的味道，不一会儿，就有许多士兵头晕恶心，口吐白沫。那一仗，除了战死和被飞机炸死的外，光是中毒死亡的士兵就有六十多名，还有不少人留下了后遗症。这件事在《山西抗战》中有记载。

……

第一章

1941年,抗日战争进入第四个年头,也进入了最为艰苦卓绝的持久战阶段。也就是在这年的春季里,父亲所在的稷王山根据地抗日游击队在一次和日本鬼子的遭遇战中差点全军覆灭,却让父亲一战成名,当上了抗日游击队的副大队长。

那还是立春后的第三天、也许是第四天,总之就是刚立了春,具体日子父亲说他自己也记不清楚了,因为大家身上的棉袄还裹着没来得及脱下来哩。他们稷王山抗日游击队接到了由河东地下党送来的紧急任务,护送七个从太行山根据地来的领导人从河津的禹门口渡过黄河到延安去,其中还有两个女的。父亲看到这几个人很有身份,谈吐不凡,其中有两个人还戴着墨镜,手上挂着文明棍,看上去既威严又气派。只是其中一个显得很瘦弱,脸色很不好,走路快些都喘。他们白天都在一间屋子里待着,连吃饭都是送进去的。平时门口只有一名岗哨,而那两天增加了好几个卫兵。他们是由驻防在乡宁云丘山那儿的二战区晋绥军763团派出的一个连护送过来的。那个连长交代说:"阎长官有交代哩,这几个人很重要,就是你们全死了,他们也不能有半点儿麻缠。现在看好咧,我可是好好地把他们交给你们啦。"于是游击队就非常重视,在仔细分析了沿途的路线和敌情后,确定后半夜从他们这里出发,不到一百人的游击队全体出动。就在临出发前,父亲忽然心里一动,就建议用担架抬上那个身体瘦弱的,说这样路上能走快些。这样一来路上确实快了许多,倒也平静,没有碰上小鬼子和皇协军,就是在路过汾河滩的时候,也没有遭到土匪的骚扰。正当父亲在心里暗暗庆幸这次任务能够轻松完成的时候,麻烦来了。他们在天麻子眼儿的时候,经过一夜疾奔迅速赶到离禹门渡口还有五里路的龙门村时,前面响起了枪声,他们和一队昨天到禹门口"扫荡"筹粮,在乡下胡闹了一宿的日本鬼子和皇协军遭遇上了。头一阵枪声响过后,担任尖兵的两个游击队队员就倒在了地上。

看情况危急,游击队大队长赵克仁就命令二小队迅速占领龙门村的制高点,进行掩护,阻击日本鬼子。话没说完,一颗子弹飞过来,二小队长就被打倒了。赵克仁见状,就朝身后的父亲喊:"你去,带二小队掩护。"又命令游击队政委田冬梅带着三小队保护那七个领导不顾一切往渡口冲,话还没说完,一颗子弹就将田冬梅打倒在地上,她的腿中弹了。这下麻烦了,还得两个人照顾她哩。没办法,赵克仁就自己带着他们往渡口边打边冲。赵克仁命令游击队的队员们团团围在那七个领导的外围，把他们保护在中间，用自己的身体当成盾牌。父亲就看到不断地有队员们被枪弹打倒，有的在地上翻滚着、发出痛苦的呻吟……

要说父亲他们游击队的装备和日本鬼子的装备简直不可同日而语，一个小队不到三十个人，连挺机枪都没有，每人就是一支"老套筒"，或者"中正式"，子弹也就是五六发，三颗边区造的手榴弹。而日本鬼子一色的"三八式"，不但有歪把子机枪，还有掷弹筒，打得他们连头都抬不起来，很快地就又有四五个队员倒在了血泊中。

父亲看着攻势凶猛越逼越近的日本鬼子，脸就变得煞白了，他看这样打下去不但挡不住日本鬼子的强烈进攻，而且他临时带的这个二小队很快就要"全军覆灭"了。父亲就趁鬼子进攻停歇的间隙，悄悄地爬到龙门村的后面，观察在晋陕峡谷那儿有没有一条退路。恰在这时，赵克仁大队长又带着几个队员返回来了，一眼看见父亲正一个人往后缩，二话不说，冲过去就用手里的盒子枪顶住了父亲的脑门，吼道："好你个姬德荣，你敢临阵当逃兵！"

父亲就哆嗦了一下，赶紧说："我不是当逃兵，是在寻找撤退路线……"

赵克仁说："不能撤！我们的任务就是护送他们过黄河。在他们没有渡过黄河之前，你要是敢撤离阵地，我就马上枪毙了你！"

父亲看着赵克仁，就哭丧了一张脸说："不用你枪毙我，你看看日本人的炮火和攻势，这仗照这样子打下去，用不了一会儿我们都得白白送死哩。"

赵克仁说："我们只要护送他们渡过了黄河，任务就算完成咧。他们可不是一般的人哩，是到延安去的大领导大人物。上级强调了好几遍，为了安全护送他们过黄河，我们游击队就是打光了，也是值得的。"

父亲就一边探头观察着周围的情形，一边说："这个我知道。可要是我们想想办法，既能顶住鬼子的进攻，我们又不被打光，保住我们游击队的一点力量，这不更好么？就像我们做生意，总是要用最小的代价，换取最大的利益。不能赔光了，那就一点赚头也没咧。"

赵克仁举起枪，打倒了一个快扑到跟前的鬼子，对父亲吼着说："不要为你的贪生怕死临阵逃跑狡辩找理由！现在是作战，不是你在河东城里当掌柜。"顿一顿，又吼道："你就快……快点说你能有屎什么好办法？"

父亲说："我觉得，我们人少，武器也比不过日本人的，这样一味死守不是个办法，没等到他们渡过河我们的人都死光咧。要是……"说没说完，就听见耳边一声呼啸，一发迫击炮弹飞过他们的头顶，就落在他们身后的不远处，滴溜溜地在转。父亲的第一个反应就是往地下一扑，一扭头，发现赵克仁还在那儿猫着腰指挥战斗，他没发现迫击炮弹。父亲就回过神来，往起纵身一跃，把赵克仁推倒在地上,随即炮弹就爆炸了,掀起的黄土扑了他们一身。

赵克仁从地上爬起来,"呸"了两口嘴里的泥土,看着父亲愣了愣,说:"嗨,说你贪生怕死吧,你在关键时刻还知道保护领导。你就快点说你的办法,咱们快撑不住咧!"

父亲说:"赵大队,你看,我们现在能打的只剩下不到二十几个人咧,可你看鬼子至少还有七八十个人哩,后面还有几十个皇协。如果咱们还在这里死耗着,鬼子再发起两个冲锋咱们就会被打光的。要是鬼子狡猾一些,灵活一些,他们光是用炮火覆盖都能打光我们的。"

赵克仁急了,说:"这些我都知道,你就说办法吧。"

父亲说:"我想,要是我们后退一步,在这里只留下十个人牵制,火力一弱,鬼子就会造成错觉,觉着我们没有放弃抵抗或者人员伤亡了,就会向河边追击。这时候我们把其他队员分成三队或两队,每队四五个人不等,这样我们就可以从三个方面开始猛烈袭击鬼子的进攻部队,包括后面的皇协军,就会造成我们有大部队增援的效果,使鬼子首尾不能相顾,而且这会儿天还黑着哩,看不清楚,说不定还能造成鬼子和皇协军自相残杀呢。"

赵克仁说:"你说得轻巧,就凭我们的火力,鬼子就会误认为是大部队?你的想法根本就是异想天开,一厢情愿哩。"

父亲说:"兵不厌诈么。要说这也和做生意一样,就得琢磨客人的心理哩。鬼子认为我们为了掩护那几个人,一定会死守,根本不会相信我们竟然分兵主动袭击，他们急着想把我们打垮了，冲到渡口去，不会和我们一直这样胶着的。我们分开打，仗就活了，怎么说也比趴在这里挨死打强么。"

赵克仁觉着父亲说得有些道理，想了一下说："那好，就按你说的那样打。"又"哼"了一声说："尿，我说姬德荣你倒成大队长了，你就干脆来指挥吧。但有一条，我们的主要任务是掩护首长过黄河，为了完成这个任务，咱们游击队就是打光了，也不能后退的。谁临阵脱逃，军法从事。"说着他突然耸起鼻子吸了吸，说："咋有一股怪味儿，挺呛人的哩。"

父亲没有马上闻到那股怪味，父亲有慢性鼻炎，对气味反应慢。在当时的情形下，他也顾不上那股怪味儿，然后迅速调整了兵力部署，除了正面留下十个人继续阻击鬼子的进攻外，他和赵克仁集中了一下手榴弹，分别带着两股人马，绕到鬼子两侧，等鬼子又开始进攻时，他们从两侧也开始进攻了。赵克仁那队攻击只顾朝着龙门村进攻的鬼子后面，而父亲这队却朝着小心翼翼，一步一试探，跟在鬼子后面的皇协军放了一排子枪。这一下，正全力朝着龙门村进攻的日本鬼子一下子确实有点发懵，弄不清从侧面怎么会一下子又冒出两股八路来。而且赵克仁他们劈头盖脑一阵手榴弹猛砸，竟然把那个带队的鬼子中队长炸伤了一条胳膊。在后面进攻的鬼子也来不及判断情况，扭头就开始朝后发动了凶猛的攻击，恰好和向前冲击的皇协军对上了，黎明前的那一阵挺黑暗的,两家相互看不清就开始了自相残杀。

父亲和赵克仁就趁此机会赶紧带着游击队往下撤。

然而,当赵克仁派人去联系在正面坚守的十个队员时,却发现他们都昏迷不醒了,嘴里吐着白沫子,还伴有四肢抽搐。赵克仁先前闻到过的那股辣辣的呛人的气味越浓烈了。原来是可恶的鬼子为了尽快解决战斗,又施放了毒气。

当然,那天父亲并不知道那是毒气,也是过后才知道的。

那次战斗,不到一百人的稷王山游击队就牺牲了三十几个人,负伤二十几个,其中因中了日本人毒气牺牲的占去了一大半,伤员中包括中了毒气一直昏迷不醒的十几个队员。能动弹的不到二十人,基本上属于打残了的一支部队了。而且这还多亏了父亲的灵活战法,不然,那样子一味在正面死守下去,肯定是全部阵亡了。

对于这次遭遇战,我曾在《山西抗战史》那本书中查阅到1941年4月27日《抗敌报》上的报道:"……扫荡龙门、禹门口的二百多敌伪,在凌晨时分突与我稷王山抗日游击队遭遇后,一时辨别不明双方情况。我稷王山抗日游击队在大队长姬德荣(这是误会了,那会儿应该是赵克仁的大队长)的指挥下,采取灵活多变的游击战法,对付日伪。日伪误以为遭我大部队伏击,他们仓皇撤退,并向我军阵地发射毒气弹十多发,多为催泪、窒息性毒气,对我方造成很大伤亡……"

不久,新任中共河东特委书记阎子明来到稷王山根据地抗日游击队的驻地,向他们传达了上级的表彰决定,说他们不但圆满完成了护送任务,并以少胜多,打死了四十多名敌人,是一个以战术制胜的范例。同时,八路军120师师长贺龙将军还给他们送来了五把盒子枪,二十支三八大盖枪和一千发子弹,作为对独立大队的感谢。

没有旁人在场的时候,阎子明问赵克仁:"你觉得这次护送上级领导的任务完成得好吗?"

赵克仁毫不犹豫地回答说:"好。"

阎子明问:"你们仅在正面留下十个人进行阻击,这是谁想出来的?是你?"

赵克仁老老实实地回答说:"是姬德荣。这次护送任务完成得好,多亏了姬德荣同志当机立断,敢于指挥。他懂作战哩。"

阎子明哈哈地笑了起来,说:"别看我当着大家的面表扬你们,可实际上我很后怕哩。这次护送任务顺利完成,得益于敌人一开始根本不明白遭遇到的是一支什么样的部队。姬德荣这个家伙,竟然只在正面留下了几个人进行阻击,为什么不留下一个小队或两个小队的兵力……"

赵克仁急忙说:"我们没有兵力了,我们能作战的统共只剩下不足一个小队的兵力了……"

阎子明说："是呀。几个人的兵力就想给敌人造成固守的假象，这真的是太冒险了。而敌人竟然没有识破？这真的是一种侥幸呀！我通过这次战斗算是看出来了，姬德荣很聪明，到了战场上也会动脑子。但他还是摆脱不了作为一个生意人出身的那种习惯，就是只想着赚。舍不得用兵，怕伤亡，若是一味这样去指挥部队，这在战场上有时候会成为弱点的。"

阎子明也去看望了在战斗中负伤的独立大队政委田冬梅，看望了那些伤员。当看到那些中毒的伤员后，阎子明心情非常沉重，虽然他一下子不敢肯定这就是日本鬼子严重违犯国际公约，在战争中使用了化学武器。但从这几个战士目前的情况看，应该是中了毒气的。他悄悄地告诉赵克仁和父亲，八路军总部和延安已经派出了特工人员，正在搜集日军秘密制造化学武器的证据，而且听说阎锡山和国民党军统也在搜集这方面的证据。阎子明分析说："日本鬼子现在到处作战，战线拉得很长，兵力已经是捉襟见肘了。尤其是在华北战场上，牵扯了相当大的兵力。鬼子现在恐怕是急了眼了，想在华北战场上秘密使用化学武器摧毁我们，好尽快地抽调兵力投入其他战场。"

赵克仁就和父亲对望了一眼，说："那我们咋着办？等着小鬼子用毒气来消灭我们？"

阎子明看了看赵克仁，又回头看了几眼父亲，那目光就在父亲的身上多停留了一会儿，似乎有话要对父亲说，最终却没有说。他只说:"等上级的命令吧。我们不会就这样受小鬼子欺负的,肯定会有行动。"

也就是从那次战斗后,父亲一下子当上了稷王山游击队的副大队长,同时兼任二小队队长。赵克仁兼任一小队队长。

那年,父亲刚满二十岁。

父亲是去年冬季里来到稷王山抗日根据地的。那会儿父亲接到地下党组织的指示,由于身份暴露,让他火速离开河东城,身份也不再是"百万庄"棉花店的掌柜了。于是,他来到稷王山抗日独立游击队,担任了一个书记员角色。这多少让父亲的心里有点失落。

说起来,父亲对打仗虽然陌生,没有经过什么训练,但在河东城里做了几年生意,让他十分会动脑子。不然,那次对日本大特务头子吉川少将的暗杀不会进行得那样顺利。父亲当时也这样想着呢,就凭他能暗杀掉吉川,来到稷王山游击队,怎么着也让他大小当一个指挥员吧,那才是八面威风,才能杀日本鬼子呀。可让他当了个书记员,说幕僚不是幕僚,说军官不是军官,算是个什么名堂呢?

书记员的工作很清闲,可以说就是个闲职,平时基本上没有什么事情做。如果有仗打,书记员就要分派个弹药,但游击队就那么几支枪,每人几颗数得过来的子弹和三颗手榴弹,根本不用分配。再就是打仗完了登记一下阵亡人员和伤员情况,这也是很快就可以做完的事情。父亲在清闲了一段时间后,就接到了这次护送任务,于是也就让父亲显露了他生意人的精明和对战术的无师自通,父亲说这打仗其实也就和做生意是一样的,要以最小的代价换取最大收益。别看有时候商家在搞"大甩卖""大出血"什么的,那都是有赚头的。赔本的买卖是不会去做的。除非这个人是个傻瓜,想把自己光景倒腾光哩!

打了这么一仗,父亲就从一个闲职书记员一下子当上了稷王山根据地抗日游击队的副大队长,连贺龙师长送来的盒子枪也挎上了一支。他心里不由这样联想,要是再这样打上几仗,他说不定还能当上大队长呢。越想心里就越有点得意,美滋滋的,挎着盒子枪就在山上晃悠,两腿撇着八字步儿,春风一吹,浑身清爽,嘴里忍不住就哼起了南路梆子腔,也就是流行于河东一带的蒲剧《下河东》的戏词儿:

为王我有闲情春睡不稳,

看窗外杨柳花开满画楼。

……

这时候,赵克仁就及时地来敲打父亲了:"姬德荣同志,你不要以为你当上了游击队的副队长就忘乎所以了。这主要是上级考虑到咱们这次护送领导有功。其实这个仗么,是游击队里全体同志的功劳,这没有什么可骄傲的哩。"赵克仁年龄要比父亲大几岁,还和父亲在县国立中学同过学,更主要是他比父亲加入党组织早两年,又是游击队的创建人之一,就觉着自己资格老,经验多,有责任有义务帮助父亲尽快地成长起来。听赵克仁大队长提到牺牲了的同志，父亲顿时也觉着这功劳其实都是同志们的，确实没有什么值得骄傲和得意的。就赶紧闭紧了嘴巴，不哼梆子腔了。但脑子里却想到了另外一件事，是不是该到田冬梅养伤的赵村去看一看她呢？因为父亲在心里觉着田冬梅应该算是自己的小姨子哩，而这个小姨子还比自己那老婆田春梅的长相俊巧漂亮些，尤其是穿上那身军装挎上盒子枪后，就更是一番风韵了。

这样一想，父亲心里就"咯噔"一下，眨眼间离开家都三年光景了，也不知道自己的那个丰乳肥臀的老婆田春梅怎么样了呢？她一直说她怀上了，那么也该生下了吧，生下来的是个男孩还是女子呢？

父亲就"哎"了一声，仿佛是戏曲中的叫板一般，嘴里就又哼起两句唱词来：

> 休道是转星眸上下窥探，
>
> 恨不得倚香腮左拥右偎。
>
> 哎呀呀，
>
> 果然人生最苦是离别……

第二章

　　父亲一生确实爱唱戏。在我很小的时候,父亲就在我们那个叫作坡下庄的村子里的业余剧团里常常担当主角,村子里人叫"家戏",也叫自乐班。我记得父亲唱过的戏有《张连卖布》《大家喜欢》《亲家母打架》等,都是现代戏,最有名的是父亲唱过后来还拍成了电影的眉户剧《一颗红心》,父亲就扮演主角许老三。到70年代的时候,全国大演样板戏,父亲还演过《红灯记》里的李玉和。由于他经常在家里哼唱里面的唱段,那些唱段至今我都很熟,一直铭记于心。父亲的嗓音一直到老都很响亮,他在当村干部时,别人讲话都要用话筒,就是现在的麦克风,而父亲一直不用,一张嘴,声音就传出很远。

　　听村子里的老人们讲,父亲爱唱戏,应该源于我的爷爷。

　　我生下来没有见过爷爷,也很少听父亲讲过爷爷的事。但从村子里老人们的只言片语中,我还是知道了爷爷的一些事。爷爷名叫姬发旺,但是并没有多少人知道爷爷的大名,只知道他有个外号,用现在时髦的叫法就是艺名"吹破天"。据说爷爷吹拉弹唱样样拿手，不但在我们河东的万泉县和荣和县的周边地方非常出名，就是黄河对岸的陕西韩城、渭南一带都知道河东的"吹破天"。只要爷爷的唢呐朝天一举一吹，那声调响亮得据说天都要被吹破了。周边村子的群众就都奔走相告，说那个"吹破天"又来咧，快去看快去看吧！

爷爷一生卖艺，竟然靠卖艺积蓄下的钱在村子里盖了明三暗五一溜大瓦房，买了八十亩地，家里养着两头牛和一头驴，还雇了一个长工。着实成了坡下庄的殷实人家。

靠卖艺致富的爷爷，却坚决不让父亲子承父业，不把他那手绝活传给父亲，不让干他这一行当，执意要送父亲去读书。爷爷叮嘱父亲，这一行当再出名，也是"王八戏子吹鼓手"，在过去人眼里属下九流的行当，社会地位极其低下，活得台上台下两重天。你在台上有人叫好，一旦下了台便冷眼旁观。据说死了还不能入祖坟，再穷的人家都不会把女子嫁给你的。听这些的时候，我倒是觉着过去艺人们的遭遇类似现在的官场，那也真的是台上台下两重天的呢。

爷爷送父亲去读书，一路循循叮咛："荣娃子，你爹有祖传的手艺能传给你，也能让你饿不着肚子哩。可是没有祖传的恓惶。你爹给人家吹了一辈子，可都是一辈子恓惶哩。到了你不能再恓惶咧。要想不恓惶，只有去念书，只有念好了书，才能出人头地，才能不像爹这样，一辈子吃饭都上不了正桌哩。"

父亲没有辜负爷爷的期望，读了两年私塾后，就顺利地考入了设立在万泉县城的国立中学。这在当时无异于科场"中举"。在父亲上县城读书的那天，爷爷和大字不识一个的奶奶半夜就起来把院子扫得干干净净，又"砰砰砰"地放了三响炮仗，这是在向村子里的人宣布，我姬家从此就会改换门庭了。然后爷爷仰头噙住唢呐，一曲"将军令"响彻了全村的上空……

父亲来到了县城读书。其实最令父亲兴奋的是可以看到许多戏了，常常为了看戏而逃学。父亲不止一次颇自豪地对我讲，那些戏词儿，他看一两次就能记下来。而那会儿学校里被北京城里的新青年们闹腾的"五四"精神吸引鼓舞着，也在学校里排起了新戏。剧本都是学生们自己动手编写的，有一出戏里面有两个追求自由爱情的男女青年，父亲就自告奋勇地扮演男青年，而扮演那位女青年的则是隔壁女中里的学生。排练的那天，那女生穿着白上衣，黑褶裙，留着齐耳的短发，显得很是新潮。父亲就看得如醉如痴，呆呆的竟然有点魂不守舍，先总是忘词儿，后来就自己想当然地唱了起来：

原来姹紫嫣红开遍，

似这般都付与断井颓垣，

良辰美景奈何天，

赏心乐事谁家院。

父亲这一自作主张的唱,让和他对戏的那个新潮女生没办法接戏,干瞪着两只大眼睛看他。在台下编剧本的赵克仁也发现不对劲,急得就自己跑到了台子上,冲着父亲一顿怒吼:"你是咋屎的了,唱的是甚词?"父亲这才警醒过来,转了转眼珠子说:"你喊甚哩?我……我这是在练练嗓子哩。"

但唱归唱,父亲并没有什么非分之想。如果不到县城,他也许觉着自己的家境在那个黄河边的坡下庄里还算中上等的。可如今读了国立中学,见识过县城里的洋房和花园,领略过了城里人身上的气息,父亲就有点自卑了,不管咋着说,他还是个十足的乡下人啊。不要说那个气质高雅的女同学了,就是编戏的同窗赵克仁的家庭,父亲都觉着十分遥远。赵克仁的爹是万泉县城里的法院里的法官,家里住着楼房,他爹每天坐着黄包车上下班。他一到节假日,就坐黄包车回家,穿着皮鞋,打着领带。而父亲则只能穿着布鞋布袜,踢踏着泥土步行十多里回家,肩膀上搭着棉布做的布袋是准备再返校时背粮食和馍馍的。这样每次走在回家的路上,父亲的心里就会莫名地产生出一种沮丧来。这样走着走着,许多时候他的步子就迈不动了,回家成了他的一种负担。所以,当这天又逢星期六的时候,他独自一人走到离坡下庄还有二里多路的那道土塬上时,他看天色还早,就像是有一种无形的东西在背后催着,他来到了塬上那一片柿子树林里。那是个夏天,柿子树棵棵高大茂盛,绿荫笼罩,一个人在里面就如同一条鱼游在黄河里面一般。父亲就在一棵像把大伞般撑起来的柿子树下面，想起昨晚又偷跑出学校去看的那个荣和县里挺有名的白水儿戏班演的《玉芙奴》，就学着白水儿的腔哼了起来。那白水儿是个男人，却长了一副女人相，也在戏里扮演着女人，也就是玉芙奴，嗓子细细的，尖尖的，连手指头翘起的兰花指都如玉葱般。父亲就压着嗓音唱里面的那段"西皮流水"：

为春愁抱琵琶弹曲消遣，

瞒过了高堂上一双椿楦。

哎呀呀！

隔窗那里有一书生容颜罕见，

真是个美宋玉昔日潘安……

正当父亲忘情地唱到这里的时候，忽然听到旁边有人失声叫道："哎呀，唱得好哩，唱得太好咧！"

父亲闻声也吃了一惊，他没有想到柿子树林里还有别人。他不由循声寻找，慢慢地往前走了过去，就看见树丛中有个影子闪了一下，隐藏在一棵粗壮的柿子树后面了。父亲的心里就"咯噔"了一下，心里就琢磨哩，这大热的天，谁会跑到这柿树林里来呢？他一边心里这么想着，就顺手在地上捡了一根枯干了的树枝抓在手里，向着躲藏的柿子树后面的影子蹑手蹑脚地踅摸了过去。我现在想，也就是父亲当时毕竟是个年轻的学生，火气旺，好奇心也重，如果换个年纪大一些的人，就多一事不如少一事了，尤其是在那个兵荒马乱的年代里，也许宁愿转回去，也不会冒险去寻找那个人影子的。就在父亲要转过柿子树的时候，却突然听到一个女人的声音叫着："哎哎，别过来，我说你别过来么！"

父亲就转过去，眼前出现的情景让他一下子呆住了。那是一个穿着粉红上衣、黑纺绸裤子的女子，正从那棵柿子树下面忙不迭地站起来，慌乱地系着自己的裤子，脸上还露出羞怯的样子来。看那样子她刚才是在柿子树后面解手哩。谁知她越急越忙乱越系不好，或者可以说她那会儿就是故意的，反正是裤子一下子又脱了手，纺绸料子又滑溜，裤子就一下子褪到了脚跟上，露出了女子两条丰腴的、白光溜溜的双腿来。

父亲愣住了，呼吸一下子变得急促起来。长这么大，他还是第一次这么近距离地看一个女人的裸体。他想离开，但身体却像是被钉子钉住了一般，两腿动不了窝，只觉得浑身一阵燥热。

那女子看见父亲这个样子，却嘻嘻地笑了，一边慢悠悠地提着裤子，一边还往父亲跟前走了两步，说："噢么，你就是坡下庄那个吹……"她大概觉着说漏了嘴，赶紧改口道："你是那个姬家在县城里念洋学堂的少爷，我知道你哩。"

父亲还是第一次听到有人叫他"少爷"，脸就烧了起来，使劲地咽了几口唾沫，说："我……我不是少爷。"

那女子说:"咋不是?你屋里有地有牛有光景,你还念洋学堂,将来就能当官、当老爷哩。"说着她又嘻嘻笑了一声说:"你爹吹得好,你戏唱得好。"

父亲没想到这女子这么了解他的家底,就忍不住问道:"你是哪个村子的么?"

女子就挑逗般地扭了一下身子,嘴朝后努了一下,说:"我么,是坡上村的,我姓田,叫田春梅。"

一说名字,父亲就知道了她是坡上村田拐子家的女子了。

要说这坡上村和坡下庄就隔着这么一道东西长的土塬,就像是有人故意给这两个村子中间拢起了这么一堵厚墙。坡下庄在塬的北边,坡上村在塬的南边,两个村子相距也就不到五里路,但从坡下庄去坡上村就要先上塬,然后下了坡就到了。自然从坡上村到坡下庄也一样。其实两个村子在一个平面上,却不知道为甚一个叫坡上村,一个叫坡下庄了。记得我曾经就这个问题请教过如今我们县史志办的有关人员,他们解释说是一种感觉。"那会儿老百姓又没有人专门去测量,凭感觉南边的村子要高些,就叫坡上咧。这样一叫,自然北边的就叫坡下咧。"

既然行文写到了父亲的这段艳遇史,自然就离不开交代塬上的这片柿子林了。因为这片柿子林和父亲后面所发生的一些事件还有着关联。这土塬虽说是一道塬，展开了却也有几十亩地，都是茂盛的柿子树，也不知是什么时间栽种下的。据说一棵柿子树开花结果长成茂冠形需要十几年的光阴甚至更长些，也从来没有人考证塬上的柿子树是何人栽种的，这才真正是前人栽树后人乘凉了。在夏天，柿树叶子茂盛葱绿，感觉塬就变成了绿色的墙了；等进入秋天，树叶则变成了金黄、橘红、粉红和紫色，五彩缤纷，同时随着柿子的成熟，叶子就开始掉落，给每棵树下都铺成了一个彩缎的世界；而树上的柿子则红彤彤的，像挂着一个个的小红灯笼，随风摇曳，真是美极了。也正是在这个时候，柿树林里总是穿梭着孩子们欢快的身影，有时也伴有大人们，他们都是在摘一些软了的柿子吃哩。那些变软了的柿子一般都是在蒂部生了虫子或是淋了雨水了，不生长了，就开始变软，而柿子一变软就不涩了，而且还特别甜，很好吃的，那会儿乡下水果并不是很多，柿子就成了大家的一道美食了。这时候也有大人们路过时顺手摘一些柿子带回家去，有的是用水泡上半天，去掉涩味后食用；有的就放一放等软了再吃。由于柿子林在塬上，所以坡下庄和坡上村的人都可以到柿子树林里去的。一棵柿子树上可以结上百个柿子，所以摘上几个也损耗不了多少。塬上的那片柿树林一直到解放后成立农业合作社都存在着，我小时候也常跑到塬上的柿子树林里寻软柿子吃，那应当是我小时候不花钱唯一可以吃到的水果了。这片柿子树林在80年代包产到户的时候被分掉了，一家一棵或是两棵，结果就有不少的柿子树被砍伐掉了。就在去年秋天我回去的时候，去塬上给父母上坟，看到塬上原来遮天蔽日般的柿子树林只剩下稀稀拉拉的几棵了。一棵靠近崖边的柿子树是分给我们家的，由于多年没人照看，崖下面的烧砖窑一直在挖土，已挖到了柿子树跟前，把树根都裸露出来了，只有树尖上剩下几片叶子在秋风中很孤单地飘荡着……我觉着，这棵柿子树的生命也没有多少日子了。

似乎扯远了些，还是继续讲父亲吧。

不，这里应该讲的是田春梅，因为说起田春梅，不但坡上村，就是坡下庄的人都知道。因为她家里置办了两台弹棉花机子，就是人工脚步踩的那种，她爹田拐子一出门总是一身的棉花毛，像个白猴样。其实，田拐子也是个粗笨的庄稼汉，据邻居说，田拐子一家就没有吃过净麦子面的饭食，蒸的馍里面掺着高粱面、黑豆面、黍子面甚杂粮都有。就这也只能是早晨和中午饭吃，到了晚饭就只能喝玉米糁子熬的糊糊汤。用田拐子的话说，吃过就上炕睡咧，吃馍做甚哩！他就是靠着这样子勤苦节俭攒钱，然后半亩一亩地购置土地，在坡上村似乎也算得上是个小财主了。不过，要是和他哥田秀才的家境比起来就还是有些距离的。因为田秀才是个读书人，当年十二岁上就考中秀才，被誉为万泉县的"神童"，田家也以为从此门风要变了，就把大部分家产分给了田秀才，供他继续读书，因为读好书就可以做官了，却只分给不好好读书只会打架斗气,还打残了一条腿的田拐子两孔破窑。这就等于是净身出户了。谁知过后田秀才尽管早诵午习,燃烛苦读,孜孜不倦,举人却屡考不得中,一直到不再考了才无可奈何绝了念头。但却不会务庄稼,每日只知道捧着个书本游来晃去的,坡上村的人都叫他"吃书虫"。但由于祖上给他留的家底殷实,光景就一直比他弟弟田拐子要过得好,家里长年雇着两个伙计,所以也就无须他下地做农活,只是在农活紧密的季节才搭手帮忙几天。所以日子要比田拐子过得清闲,这就让田拐子心里很不平衡,也就一心要过个样儿出来,让他田秀才看一看,没念过书的田拐子不比他差甚。

后来有人出主意点拨田拐子,说棉花在河东一带也算是个大收成哩,还不如买个弹棉花的机子,可是要比受死苦种庄稼攒那点钱活络多咧。田老拐琢磨了一下,觉着有道理,就一咬牙先试着买了一台,没想弹棉花的人挺多,生意还挺好,不光是坡上村家家户户的那点棉花都送来让他弹,而且一传十,十传百,四邻八村的人都把家里的棉花送来咧,这自然也包括坡下庄了。毕竟是人工手摇脚踩的,速度就慢了,田拐子一家人白天黑夜连轴转也忙不过来。田拐子在这些时候倒是有经营头脑,就又买了一台弹棉花机,还雇用了三个伙计。这一下可就真正成了坡上村的财东咧,家里的光景也渐渐地超过他哥田秀才咧。

不过,事情也就出在这儿咧。

在田拐子雇用的这几个伙计中间，有一个本村的年轻小伙子，是个孤儿，叫宝生，长得壮壮实实的，踩起弹棉花机子来很有劲。有一天晚上，宝生在踩机子，田春梅在旁边帮着摇大轮子。宝生就让田春梅在一旁歇着，他一个人踩得动。田春梅一个人在旁边站了一会儿，看他一个人又踩机子又往机子里扔棉花，有点忙乱，就过去帮忙往机子里扔棉花，毕竟都是年轻人，玩性大，扔着扔着，田春梅就往宝生的脖子里扔，而宝生也就往田春梅的脖子里扔，两个人就打闹起来。窑里没有其他人，又是晚上，两个孤男寡女在一起，就躺在软软的棉花堆子上，把那事情做了。

当时，田春梅没敢对家里人说，谁知半年后却显了怀，在家里人的逼问下才说了是咋回事。于是就在村里族人的说合下，让宝生入了赘，到田拐子家当了上门女婿，反正田拐子也没有生下男娃。这本来是个好事情，如果不是半年后宝生出了事，田春梅一家的小日子应该是过得不错的哩，也就没有父亲后面这一档子事情了。

那是快入冬的时候，宝生和坡上村一个后生娃到北山，也就是吕梁山，因地处我们所在的万泉县的北边，俗称北山。他们俩到北山的毛则渠煤矿拉炭，过汾河时候遇上了流窜在黄河滩一带的两个土匪，把他们藏在裤腰带上去买炭的三块大洋搜走了，还打死了宝生。据后来逃回来的那个后生说，本来一开始土匪搜走钱后并没有想杀人的，是宝生怕回去后田拐子说他把钱私吞了，因为他知道田拐子一家人的吝啬是出了名的,就仗着身强力壮,从背后追上去想突然袭击一个土匪,把钱抢回来后逃走,结果没成功,就让土匪打了一枪,恰巧打在了要命处,当下就死啦。田春梅在听到噩讯后就立马晕了过去,醒过来就流产了,而且年纪轻轻的就守了寡。

那年,田春梅刚满十六岁。

据父亲给我讲,田春梅后来告诉了他,她那天就是尾随着父亲进的柿树林,就是操着心想勾引他,然后好嫁给他的。而这一点也与田冬梅有关系,因为田冬梅就是田秀才的女儿,比田春梅小两岁,她们两个是堂姐妹。也正是在田秀才的熏陶下,才上了县里的女中读书。那次田春梅到县城看田冬梅,正好他们在排新戏,田春梅就是在那次看到了唱新戏的父亲。而那位新潮女学生就是田冬梅,这是父亲来到稷王山游击队后见到了游击队的政委,这才知道她竟然早就是共产党员了。

田春梅虽然成了寡妇,却还不到二十岁。由于她怀过孩子,身材就发育得要比同年龄段的女孩子成熟得多,很丰满,尤其是胸部,鼓鼓的就像是塞满了棉花团,屁股也很肥很圆,被纺绸裤子紧紧地包着,走起路来一扭一扭的,很能诱惑男人的眼睛哩。那会儿的女子只要是嫁了人,出门在外就不能抬着头用正眼看人,尤其是男人了。走在巷子里要低着头,做出一副恪守妇道的模样来。而田春梅正当青春年华，加上本性风流，偏偏又爱看男人，想看男人，所以就总是偷偷地乜斜起个眼睛看，好像只有用眼角才能看清男人，而且在她的额头那儿恰巧有一颗红痣，这无形中更是增添了她的那种媚样儿。可以这样说，田春梅属于那种正常男人看见她不会想别的，只想着把她摁到地上然后赶紧再把自己压上去的女子。

父亲当然不能脱俗了。因为父亲是一个正常的男子汉，且又喜欢唱戏，记下了许多风花雪月的戏文词儿，还又总喜欢以戏里的人物自居。但这会儿他无暇顾及别的了，没等田春梅把裤子系好，他扑过去，从后面一下子抱住了田春梅。

田春梅似乎早就在等待着他这一下子，装模作样地挣扎了一下，看见父亲抱得挺紧，反倒是松了一口气，说："姬少爷，你这是要做甚哩？"

做甚？父亲倒一时回答不出来，也确实不知道接下来要做甚？他在当时只是出于一种男性的本能，冲动地抱住了田春梅。倒是田春梅从父亲的怀里转过身来，眼睛就那么直勾勾地看着父亲说："你是喜欢我么？喜欢就娶了我么？"

父亲支吾了一句，说："娶你？"

田春梅说："对着哩。你不是喜欢我么？我看得出来哩。"她说着，就抓住父亲的两只手放到了自己鼓着的胸前，用一种撒娇般的嗲声说："姬少爷，你不就是喜欢这么？你就使劲揉么！"

在田春梅的引逗指导下,父亲作为一个男子汉的雄性被撩拨起来了,他就在塬上的这片柿子树林里,笨手笨脚地完成了他人生的第一次。田春梅给父亲进行了人生的第一次性启蒙。

就在父亲回到家里的第二天一大早,坡上村的田拐子家就打发人上门说亲来咧,自然说的就是田春梅。没等父亲说什么,爷爷和奶奶先商量了一会,然后奶奶就踮着小脚来到村北头的稷王庙里,恭恭敬敬地焚了香,然后抽了一签,递到守庙的陈半仙手里。只见陈半仙举着卦签拿到庙门外,对着日光眯缝起眼睛看了半天,猛地眼睛大睁,对着奶奶说:"哎呀呀,姬家,恭喜恭喜哩,上上签、上上签呀。"然后他就大声念着并解读签卦:"你看么,'泥土深埋十几年,一朝梅放比月圆。展翅高飞翔万里,家财万贯银光闪。'你娃今年多大?十几岁咧?媳妇多大?没听说过么,女大三,抱金砖,名字里还有个梅字么,一朝梅放比月圆哩。娃志向远大,前程展翅高飞,家里今后就要大发啦!"

再笨的人也能听得懂陈半仙的话。奶奶两只小脚捣得地面一阵"咚咚"响,回到家里把陈半仙的原话一字不漏地转给了爷爷。那会儿爷爷正抱着水烟袋在院子里转磨呢。他下不了这个决心。要说么,田拐子倒也和自家门当户对哩,而且人家还没有嫌弃自家原是吹鼓手。但就是田春梅女子是个二婚,又比父亲大了三岁……但在听了奶奶一番话后,端着水烟袋愣了半响,不言不语,然后就两眼含泪,对着天穹便拜，哽咽着说："苍天呀，苍天有眼呀！"

接下来的事情就简单了，田拐子大概因为女儿是二婚，又知道了是在县城里念洋学堂的姬家娃，甚话也没说就拍板定夺，不仅不要彩礼，还陪嫁一百块银圆和其他嫁妆。当下两家下了庚帖，择吉日良辰，吹吹打打欢天喜地就把人娶了回来。本来爷爷就是个乐人，那天竟然自动地来了几班子吹鼓手，都是来凑兴的，甚是热闹。

还不到二十岁的田春梅，除了女子的那种鲜嫩外，更多的是身上多了一种少妇的风韵。把个父亲每日迷得三迷六道，日升三杆还赖在田春梅的身上不愿起来，每天总要奶奶在屋外叫上几遍，这才硬撑起眼皮喃喃自语说："人生四大幸事，只有这洞房花烛夜真实。原来只是听人说好，没想到这么好！"而且自从成了亲，父亲竟然连学也退了。这样半年不到，父亲的眼眶子就越陷越深，而田春梅则口吐酸水，肚子也似乎鼓了起来。

看见儿媳妇有了身子，爷爷就怕父亲这时候耐不住饥渴，去袭扰孙子的好梦，就做出了一个不近情理的决定，把父亲送到河东城里一户本族人开的棉花店里去熬相公去了。没想到这一去，父亲就在一种明里暗里的状态下加入了组织，一切便以革命利益为重，不再以自己的意志为转移了，用老百姓的话说就是身不由己了。等到他再回到坡下庄回到家里，已是多少年以后的事情，一切都物是人非了。此乃后话。

第三章

父亲来到稷王山抗日根据地游击队，自然最先见到的就是大队长赵克仁。赵克仁二话没说就对老同学一番教导："从现在起，你不再是那个什么掌柜了，而是抗日游击队的一名战士，一切都要听从指挥，在对敌作战的时候要勇敢。上级虽然说你有对敌斗争的经验，可那都是地下打闹，你还没有武装斗争的经验。所以要学习。如果对革命三心二意，一切后果自负。"

父亲在心里很不服气地说，如果我对革命三心二意，就不会来稷王山了。但他认真地听着，没有吭声。

令父亲没有想到的是，他竟然在这里见到了田冬梅，而她还担任着抗日游击队政委的角色呢。当然，田冬梅见到父亲虽有点意外，却也表现出恰如其分的热情来，叫了他一声："姐夫，真没想到你也到我们抗日游击队来咧，真是太好咧。前些日子光是听说上级给我们分配一位有斗争经验的同志来，可没有想到会是姐夫！"

父亲看着田冬梅那双漂亮的晶莹的眸子，突然就感到来了精神，将身子挺了一下脱口而出念了两句诗："男儿何不带吴钩，直取关山五十州……"

田冬梅就握了父亲的手，摇了一下说："太好咧，你有这样的气概太好咧，让我们共同战斗，把日本鬼子赶出我们的家园吧。"

父亲觉着田冬梅说出的话才是诗呢。

父亲那天带着游击队里的工作小组到稷王山抗日根据地周围的村子里进行抗日宣传，做群众工作，同时也进行招兵，其实宣传抗日的目的也是为了招兵。他们在村子里张贴《山西省优待抗战军人家属条例》，宣传二战区的抗战政策。但是由于山里连年歉收，许多青壮年都到山下打短工扛长活去了，虽然招进来一些，但年轻力壮的不多，而且还招进来两个讨吃的叫花子，父亲虽然知道他们参加游击队就是为了混口饭吃哩，但又看到他们年纪并不大，只是长期不洗脸脏污得看不清本来面目了，一问，两人都没过三十岁，而且还是万泉那边的口音。父亲就问他们是万泉县哪儿人？回答竟然是离坡下庄不远的通化镇，说通化镇给鬼子占了，没办法生活下去才跑出来乞讨哩。父亲本想问一下他们知道不知道自己家里的情况，但又一想，两人流浪乞讨在外面，恐怕也知道不了多少，也就作罢。在回来的路上，父亲就顺便来到赵村看望养伤的田冬梅，这在情理上是说得通的，何况父亲现在也是个副大队长了。

田冬梅的伤并不重,已经可以下床走几步了。看到父亲来看她,就让护士把她搀出门外,和父亲坐到了院子里。她一身农村媳妇的打扮,上身穿着蓝花布夹袄,头上还学着农村妇女那样顶了块粗土布的包头巾。她说离开了部队,还真想部队想战士想得慌哩。而且她开始不叫父亲姐夫,而是叫姬队副了。

田冬梅说:"姬队副,你进步得真快呀,我祝贺你当上了队副。照这样子下去,你很快就会成为我们稷王山抗日游击队的骨干力量哩。"

面对着革命激情高涨的田冬梅,父亲却一时不知道说些什么好。他低着头看着田冬梅的两只脚,那脚上穿着两只鼓囊囊的厚暖鞋,是当地群众用手一针一针纳出来的,不好看,却很暖和。他低声问田冬梅,有没有和家里通信,知不知道一些家里的情况?

田冬梅却说:"姬队副,我们的组织是有着铁的纪律的,既然我们参加了革命,就不能再受个人感情的羁绊,应该时刻以革命纪律要求自己。我们稷王山抗日游击队的驻地是保密的,是不能随便透露出去的。现在日本特务便衣到处在活动,打探我们的消息,我们要保护自己,同时也不能让我们的亲人遭受损害,所以我们离开了家,就表示我们暂时消失了。只有等到打败了日本鬼子,我们再回去建设我们的家园。"

田冬梅说这些话的时候很动情,两只水灵灵的大眼睛里充满了神往。春天明媚的阳光照在她的身上和脸上,让她显得那么高贵生动,娇媚的脸蛋也被她高涨的革命激情燃烧得红通通的。就在她挥动着胳膊的时候,蓝花布夹袄下面微微隆起的胸脯就诱人地颤动起伏着,让父亲一下子想到了她的乳房一定也和田春梅的那般洁白饱满。面对着近在眼前的美丽,伸手可及的诱惑,父亲一阵子意乱神迷,心惊肉跳。父亲的脑海里就又蹦出了几句唱词来:

　　望穿了盈盈秋水,

　　蘑损了淡淡春愁,

　　晓来谁把霜林染,

　　哦呀——

　　却早人约黄昏后。

就在父亲和田冬梅在稷王山抗日根据地大谈革命理想和革命的美好远景的时候,却不知道在数百里之遥的坡上村的田家,在两年前就已经发生了灭顶之灾。

那年,河东一带遭遇到旱灾,据民国版《荣和县志》记载:"大旱,一年无雨,寸草不生,饥民遍野。饿死和逃荒者近十万人……"也正是由于这大旱,黄河滩一带闹起了土匪。我在很小的时候,就听过村子里的老人念过顺口溜,也叫民谣,说的正是这些年闹土匪的事:

> 逢旱灾，遭年馑，
>
> 河东城里闹"东洋"，
>
> 黄河滩出了几个滩大王：
>
> 樊老五，徐敬祥，
>
> 还有那个"一团红"。

关于顺口溜中说的土匪"一团红"，与本文有关，我下面专门讲述。这里先着重讲一下土匪樊老五。

这樊老五是河南三门峡一带人，原在晋绥军某部当传令兵，因为上司贪污，案发后把他也牵扯进了监狱。在狱中他结识了共产党地下党员王海清，受到了王海清的影响和教育，被我党营救出狱后也曾一度为党做了一些工作。后来，河东特委书记，也就是父亲的入党介绍人董敬方安排他设法打入驻河津的皇协军内部，并且当上了班长。不久，他就秘密联络了十几名皇协军拜了把子，打死皇协军小队长和碉堡里的两名日本人，携枪投奔了稷王山抗日游击队。但不到半年时间，他就跑到村子里强奸妇女，被关了起来。赵克仁很生气，说是要枪毙他。他那几名拜把子兄弟半夜杀死哨兵，把他救了出来。他们一伙子逃到了黄河滩上，纠集人马，拉起队伍，打的旗号是"黄河滩抗日游击队"，他自任司令。实际上到处打家劫舍，掳掠民财，成了称霸一方的土匪，就连黄河滩一带的县政府都让他几分。

在樊老五部的土匪中间流传着这么一句话，叫作"四五十亩该我钱，百八十亩还不完。"这意思就是说，凡是种着四五十亩地的人家都是他们抢掠的对象，只不过是隔三岔五来一次；而家里有了一百多亩地的主，那就成了他们永远掠夺抢劫的对象了。记得父亲曾告诉过我，他在一次做樊老五的工作时，亲耳听他这样说，"只弄那些地多粮多的主，对那些只有四五十亩地的人家，手头有尿哩，那点点钱都是从嘴里抠下来的哩，所以我老樊也很少动他们。只是手头实在紧迫了，就去弄一下，谁让他们省哩么！要是有了一百多亩地了，那就宽余咧，就得养活我们哩。因为我们抗日哩，替他们打日本人哩。"

樊老五把这种做法叫作"吃大户"，还说这些都是跟共产党学的。

田拐子当时却不谙这些，白天黑夜地驱使着伙计们踩着弹棉花机子，赚上一点钱就赶紧一味地购地，一心要和他哥田秀才比富炫耀，这就被土匪的"坐地眼线"盯上了，招来了土匪咧。于是就在一个月黑风高的夜晚，一股土匪摸进了坡上村。他们轻车熟路地在一个早就"撩路"（探路）的土匪的带领下，围住了田拐子刚盖成不久的三间大瓦房，土匪们在田家的院子里点起了熊熊大火，十几个土匪把田家院子里挖地三尺，屋子里上上下下翻了个遍，除了几大缸粮食和一些破旧的衣物，只找到几吊铜钱和一些阎老西发行的纸票外，一块大洋也没有找到。

樊老五很是失望，就把田拐子老两口吊到大火上烤，土匪把这种办法叫作"烤肥猪"，边烤边用棍子捅，然后问把大洋藏到哪儿咧。

坡上村的人几乎都听见了老两口的惨叫声，但田拐子老两口到死也没有说出藏钱的地方。

没有找到钱的土匪们很恼火，趁机又袭击了另一家财主，就是田秀才家，这次虽然找出了一些大洋，但远远不是他们的目的，而且也根本无法"掰花子"（分赃）。因为在这土匪队伍里，除了土匪头目和他的十几个结拜弟兄外，其余都是四邻八村里的贫苦庄稼汉，农忙时在家种地务弄庄稼，等滩里的土匪"看了红"（看好了富家），要进行"拉肥猪"时，这才在夜晚聚到一起。得手之后，土匪要按功劳大小，分给他们相应的钱财，等到天亮时，这些人又返回了各自的村子里，又成了一位普通的庄稼汉了。

这时，自命不凡的田秀才又出面怒斥土匪，惹怒了那个土匪头目，他就掏出枪来朝田秀才开了一枪，田秀才"哎哟"一声就倒在了地上。

一夜之间，坡上村田家就家破人亡，几乎被灭门了。

第二天，得到凶讯的田春梅匆匆赶到家，一看到被烤成黑焦煳煳的惨不忍睹的父母尸体，一下子就晕了过去，随即怀在身上的父亲的骨肉就又流产了。随后赶到的爷爷带着人把亲家掩埋了，处理好了后事，这才发现，田春梅不见咧，找了好几天，活不见人，死不见尸，田春梅失踪了！

那天晚上，田秀才被土匪头目一枪打中了左胳膊，被家里人抬到了炕上，赶紧请来医生郎中进行包扎治疗，但不管咋样，左胳膊还是残废了。就这样经过一段时间后，一直躺在炕上养伤的田秀才和侄女田春梅一样，也突然失踪了。

家里发生的这些变故，一心在外抗日打鬼子的父亲和田冬梅都不知道。别看稷王山离黄河边的荣和县也就百八十公里的路程，但在那会儿交通不便，全靠两条腿走路，而且兵荒马乱的，想回去一趟也是非常不容易的。

在抗日斗争形势十分严峻的时刻，他们只能把这份对家乡亲人的思念压在心底，全身心地投入到和日本鬼子的战斗中去。

就在父亲看过田冬梅，和她进行过热情的交谈后不久，他就又获得了一次打仗的机会。稷王山抗日游击队得到内线从河东城里送出的消息，3月下旬，河东城里的日本人要过"天长节"，同时举行盛大的庆祝活动，要庆祝"大东亚共荣圈模范村"。城里还来了不少日本的艺伎和乐师。河东城里的南路梆子戏不但天天上演，还从黄河对岸的陕西韩城请来了秦腔戏班子以及临晋县的眉户娃子剧团在城里公演义演，就是不花钱可以看戏，一时很是热闹。父亲对这个消息并不以为然，觉着凭目前稷王山抗日游击队的实力，还不敢进入河东城里闹腾点什么出来。可不久，地下党又有情报送来，说是从日军驻小梁的据点里派出了一个小队的鬼子和一个小队的皇协军，护送驻在通化镇的汉奸区长汪仕皮到河东城里参加庆祝活动。原来通化镇也被评为模范村镇，在受奖之列。因为通化镇在稷王山抗日游击队的活动范围之内，地下党转来特委书记阎子明的指示，命令稷王山抗日游击队务必消灭这股敌人，尤其是要坚决击毙汉奸区长汪仕皮，用以警告别的汉奸分子！同时，情报还说，二战区国民党763团的一个营也将从河津方向赶过来，在汾河渡口北面配合策应他们。

有了特委指示，赵克仁立刻召集大家进行了研究，做了部署，由父亲带着二小队埋伏在汾河渡口的南面，因为这是通化镇到河东城的必经之路，并且把渡口的船只控制住。他自己带着一小队埋伏在大路侧面，等鬼子和伪军过去后他们就从后面包抄上来，堵住鬼子退路，来个瓮中捉鳖。田冬梅带着三小队在后面随时准备接应，同时注意警戒从小梁方向赶来增援的敌人。

赵克仁没有受过任何形式的军事教育，在学校里参加共产党后，跟着阎子明在万泉县大队干过一阵子，只打过几次小仗。日本人占据万泉县城后，河东特委遭敌人破坏，特委书记牺牲，阎子明就被上级任命为河东特委书记，县大队也退出县城上了稷王山，改为稷王山抗日游击队，除了上次护送上级领导外，也没有再打过仗。这次赵克仁独立指挥打仗，他觉得意气风发，斗志昂扬，一副踌躇志得的神气，决心把这仗打得漂漂亮亮的，圆满完成任务，让上级更加相信自己。他觉得这样的布置安排应该是万无一失的，而且鬼子就只有一个小队的兵力，自己的游击队就是豆腐渣，也够日本鬼子吃半天了。至于皇协军，他压根就没有往眼里放，他经常说那些皇协伪军都是中国人里的垃圾，是日本人养的狗，只要把鬼子一打垮，他们立马就溃散咧。

他对自己的部署安排颇为满意，按照他一厢情愿的想法，只要把鬼子一下子堵在汾河渡口，又没有渡船，也就没有了退路咧，也限制住了鬼子的机动，只要我们英勇作战，就能全歼这伙子敌人。父亲听着赵克仁的部署，心里总是觉着不那么踏实，觉着赵克仁把这次战斗想得有些简单了，也想得有些片面了。但究竟是哪里不合适，他也一下子说不清楚。等到了设伏地点，战斗一打响，父亲就一下子明白问题出在哪儿了，知道赵克仁没有想到的那一面是什么了。

汾河渡口对面有国军的那个营在堵着打，鬼子根本无法渡河，首先水上退路没有了。稷王山抗日游击队就从三面围了上去，鬼子保护着汉奸区长汪仕皮一下子缩在了渡口处。日军指挥官是个少尉，很有作战经验，他一看情况不妙，保护着这么个汉奸区长根本无法冲出去，就迅速收拢队伍，干脆不突围了，一个小队的鬼子和一个小队的伪军，集中在渡口中间的制高点上，形成了一个圆圈防御体系，两挺歪把子往两边泼水般横扫，渡口周围又没有障碍物可利用，游击队根本无法往上冲，一冲全成了活靶子。这一下让本来是速决的战斗打成了僵局。

汾河渡口离河津县城不到十里路，离小梁据点也就七八里路。这渡口边枪声手榴弹爆炸声此起彼伏，连绵不断，这些据点里的鬼子不会听不到，尤其是小梁据点里的鬼子，恐怕就有遭遇伏击后的增援安排计划哩。赵克仁一看不但没有快速歼灭鬼子，击毙汉奸区长，反而让鬼子依据渡口，搞了一个固守待援。要真是来了援兵，游击队可就是腹背受敌了。赵克仁脑子一热，眼睛就红了，就准备不顾一切地强攻，他把队伍集中起来，打算在十分钟内拿下渡口。

父亲觉着就凭游击队的战斗力和火力是冲不过去的，只能是白白增加伤亡，他应该站出来劝阻赵克仁的冲动，否则，稷王山抗日游击队又将面临灭顶之灾。

父亲扯了一下赵克仁的衣服，说："赵大队，不能这样硬拼。"

赵克仁扭头看了一眼父亲，说："什么叫硬拼？这叫勇敢，敌人就怕我们勇敢！"

父亲说："赵大队，你冷静一下，这样硬冲只会增加我们的伤亡。"

赵克仁眼睛瞪得血红，冲父亲又挥着手里的枪吼了起来："姬德荣，你敢阻拦我杀鬼子，我先毙了你！"

父亲可不怕他会真正地毙了自己，知道他也只是吼一吼了事。他仍然耐心地对赵克仁分析说："赵大队，你看到了么？鬼子背水作战，只是一味地对付前面的我们了。我们可以绕到他们后面去……"

赵克仁低着头观察了一下，说："尿，你当我没有想到么？后面都是水，咋过去？"

父亲就说："游水过去么。你让大家把手榴弹集中一下，每三个捆一捆。"然后看着眼前的游击队员，问道："有会游水的么？"

队员们先是静了一下，接着就有两个人站了出来，其中一个就是父亲那天招来的通化镇的，他说他名字叫蔡锁通。还有一个长得很瘦弱，两只细腿像秋后的高粱秆儿，在宽宽的裤腿里打着抖。父亲问他叫什么名？他口吃了一下说叫丑娃儿，父亲让他说大号，他想了一下说没大号，就是这了。父亲就让书记员把他们两个人的名字记下来。这是怕在战斗中万一牺牲了，却还不知道人家的名字哩。这也是父亲当书记员时养下的尽职尽责的好习惯。然后父亲又问了一下还有谁会游，这下就没有人站出来了。

赵克仁看着蔡锁通和丑娃儿，说："就他们两个人，行么？"

父亲看这情形，咬一下牙，只好决定自己带着蔡锁通和丑娃儿两个人泅水绕到鬼子后面，然后用手榴弹炸狗日的。父亲对赵克仁认真地交代说："你们要在正面大造声势，假装要强行攻击。但一定要等我们扔的手榴弹炸开了，你再带大家真的往上冲。当然，我们是要先炸掉火力点的，就是那两挺机枪。"

赵克仁一边看着父亲往身上挂手榴弹，一边说："尿，我咋不知道你还会泅水呢？"顿一顿又说："就是会游，水这样冷……不行先顾自个，人一定要回来哩。"

田冬梅也赶了过来，关切地看着父亲，嘴里想说些什么，却还是什么也没说。但父亲还是看到了关切，他一时心里很温暖。

父亲带着他们两个绕到上游，在一处鬼子看不到的低洼处脱掉裤子下到了汾河里。虽然已是阳春三月了，但水依然刺骨，三个人就哆嗦起来。这样在水里适应了一会儿，父亲就和他们两个手拉着手慢慢地顺水沿着南岸从上游往下滑，快滑到渡口的时候，他们右手举着手榴弹，左手抓着河岸的泥土，一点一点爬着尽力往前靠。父亲的意思是一定要靠近些，不然人在水里本来就使不上劲，而且还一下子要扔三颗捆在一起的手榴弹呢。这阵儿，他们就听见赵克仁在大喊："冲——冲呀！"然后队员们就跟着大声喊："冲啊！"然后就火力大作……

他们就明白赵克仁在造声势掩护他们的行动呢。

父亲就向他们两个示意一下，三个人从泥水里欠起身来，用尽全力把手榴弹投向鬼子的阵地，随着接二连三的爆炸声响起的时候，父亲就听见鬼子的机枪一下子哑了。父亲有点兴奋地站了起来，刚想往上冲，却觉得脚下一滑，一下子陷入水中，接连呛了几口水，顿时有点蒙，就在水中打着转，顺水往下滑。蔡锁通见状，急忙扑过去想拉住父亲，没想这一扑，却把父亲推向了深水里，一把没有拉住，眼睁睁地看着他们的姬副大队长被一个大漩涡卷了进去，不见了。

岸上，赵克仁看到鬼子的机枪火力哑了，这回真的不顾一切地跳了起来，也不讲究什么指挥战术了，手里的盒子枪朝后一抢，吼道："冲啊！"就身先士卒地向前冲去，游击队员们就紧跟在他身后冲了过去。

这次战斗应该说是很漂亮，毙伤鬼子伪军三十多名，其中击毙鬼子少尉一名，活捉了汉奸区长汪仕皮，并且缴获步枪二十多支，子弹数百发，歪把子机枪一挺。

但是，稷王山游击队却没有一点胜利欢乐的气氛，因为他们在战斗中不但牺牲了三名队员，更主要的是副大队长姬德荣下落不明。蔡锁通一再嘟囔着说，在那么冷那么湍急的汾河里，一会儿人就要冻僵了，那还能有个好？姬队副肯定凶多吉少了，这就更让大家笼罩在悲痛之中了。尤其是大队长赵克仁，更是显得肝肠寸断，脸涨得通红，他先是骂蔡锁通和丑娃儿两个，咋就不知道保护姬副大队长？又下令让蔡锁通带着几个队员，还有那个会游水的丑娃儿，沿着汾河下游去找，活要见人，死要见尸，总之是一定要找到，找不到就枪毙他们。

几天后，河东抗日联席指挥部召开会议，分析时局和当前形势，调整和协调对日作战计划。稷王山抗日游击队汾河渡口的伏击战在会上得到上级表彰，并作为国共联合作战的典型事例写入河东战史。我后来查了《河东志》，对稷王山抗日游击队引为自豪的这次战斗仅有这第一段记载："3月，稷王山抗日游击队在国民党军763团一部配合下，于汾河渡口伏击日军驻小梁据点一部，歼灭日伪军三十余人，并活捉汉奸区长汪仕皮。"

在会上，赵克仁谈到这次汾河渡口的战斗时泣不成声，追忆自己的同学，稷王山抗日游击队副大队长姬德荣同志的英勇事迹，同时也检讨了自己在战斗中的指挥失误。他向河东特委书记阎子明提出，是否让他到延安去学习一下军事和作战指挥。

阎子明就鼓励他，让他在战争中学习战争，并说这是他在延安"抗大"学习时一位伟人讲的。在八路军里许多声名显赫的将军指挥员，就都是这样在战斗中成长起来的。

这时，来参加会的晋绥军驻乡宁新编独立旅的一位上校团长听赵克仁讲完父亲姬德荣的事迹后，在吃饭时忍不住向赵克仁打听他这位姬副大队长是哪里人？赵克仁就说了。那上校团长顿时就显得很激动，连说他也是坡下庄的人，父亲姬德荣是他的本家兄弟，比他小三岁。原来这位上校团长叫姬德和，和父亲是没出五服的堂兄弟。那年他去万泉县城卖家里的母羊下的两只羊娃，没想羊没卖掉，他却给抓了兵。由于他个子高大，被晋绥军一位团长看上，当了警卫，后来看他还识几个字，就又送他到太原城里阎锡山办的讲武堂学了两年，回来后从连长干起，到现在的上校团长。听说本家兄弟姬德荣在和日军作战时被汾河卷走了，他即刻让随他来的副官给本部发电，让部队在沿河一带开展搜寻。他充满感慨地对赵克仁说："我那叔，唢呐吹得好,外号'吹破天'。我这位本家兄弟,人也是聪明哩,尤其是戏唱得好,嗓子也好。我都好些年没有见着他咧,没想到他都当上了副大队长。"

赵克仁就说:"你们兄弟俩都不错么。你不都当上团长咧!"

姬德和就笑着摇了一下头。一会儿他又神秘地告诉赵克仁,说阎长官最近就在离稷王山不远的云丘山上的五龙宫住着哩,在那里组成了临时指挥部。他在调兵遣将,准备进行反攻,收复晋南和晋东南各县城哩。姬德和又说:"恐怕阎长官下了决心,咱们二战区要和日本人决一场生死大战,把日本人赶出山西哩!"

赵克仁问:"听说你们独立旅上次在云丘山伏击了一次小鬼子,还打死了一个大佐?你参加了没有?"

姬德和说:"什么我参加了没,就是我指挥我们101团打的。小鬼子也太狂了,竟然十几个人就大摇大摆地跑到云丘山五龙宫想拜真武大帝哩。你想我能放过这送上门的买卖么?"说着姬德和叹了一声说:"不过,这日本人真他娘的不讲国际公法咧,他们在施放毒气哩。我们上次没防备住,吃了个大亏。"

一听姬德和这样讲,赵克仁也气愤地说:"我们上次在黄河龙门渡口和小鬼子碰上咧,小鬼子也放毒气。我们中毒的十几个战士,至今还没有恢复哩。真是一帮子畜生!"

姬德和说:"我们的情报人员正在进行侦察哩,日军恐怕就在这一带有生产毒气的厂子哩……"他没有把话说完,然后叮咛赵克仁说:"一有我兄弟,噢,就是你们姬副大队长的消息,赶紧通知我一下。"

第四章

父亲那天一下子淹没到汾河里，昏头昏脑地呛了几口水后，脑子反倒清醒起来，赶紧用两只快要冻僵的胳膊划刨着水，从水里冒出头来。父亲仗着年轻力壮，顺水漂了一会儿，看到离岸边近了，就猛刨几下水，身子往前一扑，便搁在浅滩上了。

我在听父亲讲述这一情节的时候，不止一次充满疑惑地问他，你是咋着学会游水的？我咋就没有见过你一次游水呢？父亲说，他哪儿会游水呀，是在河东城里当"百万庄"棉花店掌柜的时候和伙计们到河东城大南门的澡堂子泡澡，有两个伙计生在汾河边上，会游水，就在澡堂子里教他学了几下狗刨，说会两下子总比不会强。那会儿澡堂子大概是想让人多点，面积挺大，就像现在的小游泳池子，父亲就跟着学了几下狗刨式和剪刀式，没想到还真的用上了。而那天父亲也真的是急了，因为从水里绕过去炸鬼子机枪的主意是他出的，在没有人带队去的情况下，就只有他自己去了。父亲说："其实也是年轻气盛哩，身上有那么一股子甚都不怕的愣劲儿。搁现在，想着都后怕哩。"父亲又说："也主要是汾河里的水是活水，只要人稍微活动一下，不要慌乱，就能浮上来哩。"这类似的话我在部队上学习游泳时也听教练讲过，说在流动的水里学游泳要比在不流动的水里快些。

父亲就那样趴在浅滩上喘息了一会儿，这才抬起头看了看周围，远远近近的景物都笼罩在一片浑沌沌的雾气里，滩里的一切都是影影绰绰模糊的轮廓，四周围除了河水的喧哗外，一个人影儿也看不到。父亲也不知道这一下子漂到哪儿了？反正是听不到汾河渡口的枪声了，看样子漂得还不近哩。头顶的太阳有气无力地袒露着一张惨白的脸，似乎热量都被这雾气吸收去了，但不管怎样，这会儿对于刚从冻冷的河水里爬上来的父亲来说，晒在身上还是有一丝暖和的。父亲就这样在滩地趴了一会儿，撑起身子一看，这才发现自己竟还是赤裸着的，衣服刚才下水时放在汾河渡口了。父亲一时不知道该怎么办了，总不能就这么光着身子去到处走吧。

父亲孤单单一个人，在春季那无力的阳光下，正待在汾河滩那儿不知道该怎么办呢，就听见远远地有说话声，接着就听见一个尖细的声音在唱着什么：

  人穷就穷在肚子里，

  喝几口河水充饥哩；

  光棍就光到心里头，

抱着个枕头当婆娘哩……

声音随着河风断断续续地传了过来,不一会儿就看到影影绰绰的两个人向河边走了过来。父亲等那两个人走得近了些,就使劲"咳"了一声,然后父亲就看到那两个人猛地站住了,而且父亲还听到了一声熟悉的拉动枪栓的声音和一声断喝:"谁?干甚的?"

父亲就使劲喊了一声:"救命呀!"

听见喊声,那两个人就慢慢地走了过来,父亲就看清了,其中一个手里举着一个扁担,另一个手里端着一支老套筒。父亲心里就"咯噔"一跳,知道遇到滩里的土匪了。

那两个土匪走近父亲,其中端着老套筒的年轻土匪尖着嗓子喊道:"不准动!"

那个抄着扁担的老土匪也跟着喊:"动就杵死你!"

父亲就又喊道:"救命!我不动,我也动不了!"

那两个人看见父亲精赤着身子,浑身泥水,又是个年轻娃,就没有那么紧张了,手里的枪和扁担也放了下来,然后走了过来,那个老点的土匪问道:"你娃这是咋尿咧?成了这尿样子?"

父亲就用刚才想好的一通谎话说:"我是咱通化村人,在河津县城一杂货店熬相公哩,今个想回家,可刚走到汾河边,碰上开仗咧,子弹乱飞哩。一害怕,就想到河边躲避一下,可没想一下子滑到河里咧,就漂到这搭咧。两位叔,救一救娃么。忘不了你的大恩大德哩。"

那个抄扁担的老土匪就"唉"了一声说:"你说刚才在河渡口那搭是有人在交火啦?是谁和谁么?"

父亲就说:"不知道。咱吓也吓死咧,还敢看?"

老土匪就伸过记扁担来,让父亲抓住,把父亲从滩泥里拽出来,说:"你咋连衣裤都没尿咧?真成了精光蛋咧。"

父亲就说:"在水里光往下沉哩,就都脱掉咧。"

年轻土匪又尖着嗓子说:"你还懂得哩,要还穿着衣服,你娃这会儿就不知道漂尿到哪儿咧,还有命?"说着话,就把自己上身穿的褂子脱下来递给父亲,让父亲围住下身。然后那个老土匪就过去挑起刚才扔掉的水桶,到河边一个垒起的堰上打水。父亲这才明白自己漂到这里为什么会被挡住了,原来是有人要在这里挑水便垒了一个堰坝,既减缓了水流,又形成了一股很强的回水,他就被回水推到岸边了。

两个土匪挑了水就要往回走。那个老土匪说父亲:"娃,通化村离这搭远尿哩,这滩里四五十里没人烟,你娃一个,还不被狼啃咧!干脆跟上我回窑里,我跟掌柜的说一说,吃点饭,睡上一晚,等有人出滩时,你相跟上再走。"

父亲就装作很高兴地说:"我就听叔的吧。不知道你们是做甚生意的么?咋在这滩里做生意么?"其实父亲在河东城里时早就和土匪打过交道,知道土匪头目也称"掌柜","窑"就是土匪窝子。他还从老土匪的肩头把水桶夺了过来,自己担上。

两个土匪就"呵呵"地乐了,互相看着自嘲地说:"做甚生意?我们做屎的是无本生意哩。"

老土匪就又"唉"了一声说:"也是没法,逼屎到这条路上咧。好人谁上这滩里来么!"顿一下又交代父亲说:"娃,一会到了窑上,悄悄地吃了饭,我给你找个窝歇着,甚话也别乱说,也别到处乱跑。不然,弄下乱子可别怨我。记着咧!"

父亲就"嗯"着,担着水桶就在前面快步走,却被老土匪喊住了,说:"快到魔鬼滩咧,你娃跟在我的身后,踩着我俩的脚印子走,可别踩偏了呀!"

父亲心里一惊,知道到了传说中的汾河魔鬼滩了。原来他也只是听人说过,在汾河上有一处滩地,净是稀泥,但表面却是一层硬土壳子。人要是不小心走到上面,刚开始还有点硬实,但走着走着,那层表面硬壳就一下子破了,人也就陷下去了,很快就被稀泥浆淹没掉了。还有的人说会从那稀泥浆里冒出长着三个头的怪兽,张着三张血盆大口,一下子就把人和动物吞掉了。凡是误入这块滩里的人就别想活着出去。所以这滩名就叫魔鬼滩。

尽管父亲都已经是稷王山抗日游击队的副大队长,都和日本人交过几次手了,但一听说这就是那传说中的魔鬼滩,身上还是出了一身冷汗,挑着两桶水的身子就有点晃,踩不稳前面人的脚步了。那老土匪回头看见了,就说:"看看,还是怯火哩。步子都不稳咧。"就从父亲肩上接过了担子，年轻土匪扛着老套筒悠悠地在前面领着路，后面跟着挑着水的老土匪。父亲朝四周看了一眼，仍然一片雾沉沉的。看来今天只有跟着这俩土匪走一遭了。

这伙土匪的寨子建在半山腰，前边是用石头垒起的约有二十米高的陡墙，中间开了一个只容一人通过的小门。如果这扇门从里一关，在墙上面架一挺机关枪，只要子弹充足，就是千军万马也休想攻破，可真的是一夫当关，万夫莫开了。父亲在心里就暗暗称赞这伙子土匪真会找地方，就是不知道这伙土匪的头目是谁。

老土匪把父亲带到一面做伙房的窑里，给了父亲一个凉馍，指了一下窗台下面，说那儿有葱哩，让父亲自己剥葱就馍吃。原来这个老土匪是个做饭的。他悄悄地告诉父亲，他原来在靠近汾河渡口的地方开了个骡马店，去年冬天的一个晚上，来了一伙子蒙着脸的土匪，把他的店抢完烧了，还把他也抓了来。知道他做饭做得好，就让他专门做饭。这不么，怕他跑了，就是挑水还得跟着一个人看他呢。

父亲这才明白为什么他挑水还跟着一个土匪了。

老土匪又说："你知道掌柜的是谁么？就是那个名震汾河滩的'一团红'么。咋着，你不知道？"

父亲摇了摇头，说："不知道。"他说的是实话。这些年他只是跟汾河滩的土匪樊老五打过几次交道，那也是为了抗日打鬼子的事情。

至于黄河滩里的众多土匪股子、窝子，他确实不知道。

也许是在土匪窝子里长期不说话的缘故，这个专门做饭的老土匪话挺多，他看了一眼窑洞外面，没有人，就又凑近父亲，一脸神秘地说："每次出去'拉肥猪'，掌柜的都蒙着脸哩，打扮得看不清人。可我有一次听他说话的声音像是个女人哩。不过，你可不敢乱打听呀！"

就在这时，窑门口有人说话，随即就有一个人进来说，师爷刚才吩咐咧，掌柜的昨夜着了凉，要发汗哩，让烧点红糖姜汤。没等做饭的老土匪答应，就听一个显得非常苍老的声音说："怎么有生人来咧？"说着话，就见一个银须飘逸，神态安详的老者步入窑洞里。父亲抬头一看，一下子惊呆了，嘴里正嚼着的馍噎在嗓子眼那儿，憋得脸通红。

原来那老者正是田秀才。

田秀才也一眼认出了父亲，惊得张大了没牙的嘴，半天没说出一句话来，只是下巴上的银须一个劲地抖动着……

接下来的过程就又落入一般俗套，但又是必不可少的了，我相信大家都在书和影视里面看得太多了。我这里只拣主要的讲一下。

这伙土匪的当家掌柜"一团红"，竟然就是父亲的媳妇田春梅，田秀才也丢掉斯文落草为匪，给自己的侄女当了师爷。

要说起来，这个田春梅也是个烈性女子哩。我小时候不止一次地听父亲提到我这位骑头骡子,双手打枪的大妈,每当这时,父亲的脸上总是流露出一股肃穆怀念的神情来。我也不止一次地听母亲对父亲说:"你也不去把她的尸骨搬回到塬上来,埋在一搭,逢年过节的也好烧些纸钱祭典哩。"这时候父亲就叹一声说:"这么些年咧,汾河滩地倒来倒去的,公社化后又重新圈地整地的,早不知道她的坟在哪搭咧!"在我十岁那年,学校停了课,老师都去串联闹革命了。父亲也被当作"叛徒"和"国民党特务分子"揪了出来,迁赶回农村劳动改造了。趁这个机会,父亲用自行车载着我,骑行了三四个小时,来到了汾河古渡,那里已修建了许多房屋,不再是荒滩一片了。父亲带着我来到滩地一处靠崖的地方,寻觅了半天后,父亲有点失望地蹲下身子,在地上抓了几把泥土,小心地包在了手绢里,然后站起来,嘴里念叨着说:"春梅,你若地下有知,就跟上我回咱塬上去,在老家安个身吧。这些年一个人在这里,也真是苦了你咧……"父亲哽咽着说不下去了。

我第一次看见,父亲的脸上老泪纵横……

在当家大掌柜住的那间窑洞里,在打了父亲一个耳光,然后又扑在父亲的肩头整整哭了两个时辰后,田春梅这才断断续续讲了她家遭难后的事情和她是如何落草为匪的。那几天,在我的爷爷、也就是田春梅公公的张罗下,草草安葬了自己的父母后,田春梅又流了产,有点绝望的她咬着牙发誓要给自己惨死的父母报仇。她先是一个人跑到河东城里想寻找自己的丈夫,就是父亲,但她从来没有一个人出过远门,更别说进城了。结果,丈夫没找到,却被人骗卖到禹西街上一家叫作"望春楼"的妓院里了。

在妓院里,田春梅度过了一段生不如死的日子。

有一天,妓院里来了一个左边脸上长着一颗黑痣的客人,这客人先要去洗澡,挑中了田春梅。等到了单独的澡池子,田春梅帮客人脱下身上的长褂子后,却发现客人身上披着一支盒子枪。看到田春梅惊讶(不是惊慌,更不是害怕)的目光,客人有点炫耀地把枪交给正在给他搓背的田春梅把玩,又教她怎样装子弹、怎样开枪……然后告诉了她,自己就是汾河滩上的土匪,姓樊名老五。

田春梅心里一惊,问道:"你就是樊老五?外面都贴着抓你的告示哩,咋还敢进城来洗澡逛窑子?"

樊老五哈哈地笑着说:"你不都看着我在洗澡么?还有逛窑子么。"说着就一把搂过田春梅,在她的身上如饥似渴、饿狼般乱抓乱啃起来。

就在这时,田春梅看到了樊老五的脖子上戴着一件玉石佛的挂坠链儿,身子不由得就哆嗦了起来,因为那件挂坠链儿就是父亲田拐子在她第一次结婚时到万泉县城给她买的。她第二次结婚,也就是嫁给父亲时把这件挂坠链儿留在她家里了。千真万确,这件挂坠链儿就是她的,因为她把挂坠儿底下的一个角磕掉了,为这个她母亲还骂她疯癫哩!

而樊老五则以为是她动情了,不由得抱过她来就要做那事。

田春梅极力稳住自己的情绪,强装出一张笑脸来,抓住那件挂坠链儿看着,问道:"这么好看的挂坠儿,是从哪儿得来的?"

樊老五就说了那天晚上在坡上村的抢劫,并摘下来递给田春梅,十分大方地说:"喜欢,就送给你唡。"

田春梅就将挂坠儿挂在了脖子上,嘴里说:"妹子谢谢哥唡。"脑子里却在快速地转动着、思索着,一边用她那柔韧的手指,在樊老五身上不紧不慢地搓着。忽地,一个非常大胆的复仇计划,也就是主意在她的头脑里产生了……

田春梅满脸堆着笑容对樊老五说:"哥,你说妹子伺候你伺候得好不好么?"

樊老五躺在池子里,觉着通体舒服,痛快,哼叽着说:"好,好哩。一会儿哥就多给你几块大洋。"

田春梅也故意哼叽着说:"妹子不要哥的大洋。妹子想跟上哥走,常常伺候哥么。"

樊老五一下子从澡池子里跳了起来,看着田春梅,瞪大眼睛说:"妹子,你是说憨话哄哥开心哩还是真话么?"

田春梅说:"真话,真真的话。"

樊老五这回真是激动了,他早就想给自己娶个女人咧。作为一个男人,身边没个女人可真是不行的哩。虽说也可以进城来泡澡堂子逛窑子,但毕竟担惊受怕小心谨慎,只怕被人认出来了。刚才他也只是在田春梅跟前说些大话而已,其实心里也是不踏实的。要是这个漂亮的女人愿意跟上自己走,那可真的是天上掉下个仙女来咧。他一把抱住田春梅,问道:"你……你真的愿意跟哥走?跟哥上汾河滩当……"他没有说完后边的话,毕竟那是个并不好听的名称和字眼。

田春梅认真地点了点头,一字一句地说:"愿——意——哩。"

樊老五看着田春梅认了真,不像是跟自己开玩笑,便也认真起来,夸耀般地说:"要说么,咱们名声不好听,可天不怕地不管的,吃香的喝辣的,也是享福着哩。"

田春梅就摇着樊老五说:"今天你就带妹子走么。"

樊老五就被摇搓得浑身欲火难耐,一翻身扑倒田春梅,把她压在自己的身子底下……

第二天一大早,田春梅就跟老鸨说要出门买东西哩。按照妓院里规矩,妓女们要买什么东西,只要告诉那些"大茶壶"(在妓院里伺候嫖客和监督妓女的男人)一声,他们很快地就会给她们买回来的。这主要也是防止妓女们悄悄跟着人跑掉。但今天老鸨看田春梅什么也没有带,也就没有在意,只是问她要买什么,又说:"这些事还劳姑娘们跑腿么?"田春梅就笑了笑,朝老鸨手里塞了一块大洋,凑到老鸨耳边说是昨晚那个客出手好大方的哩，就孝敬妈妈了。老鸨就眉开眼笑地让她早去早回。田春梅确实是什么都没有带，也带不出来的。她只把积攒下来的两件首饰塞到了贴身的裰子兜里，一摇两晃地出了"望春楼"的大门，然后向禹西街口走去，跟着她的"望春楼"那名"大茶壶"在后面不紧不慢地跟着。刚到街口，就有一辆黄包车停在了田春梅跟前，那车夫低声说："快上车，当家的在前面等着哩。"

田春梅就坐了上去。那跟着她的"大茶壶"见状急忙追上来，刚要张口喊，就从他背后闪出一个人来，用枪抵在了他的后腰上，说："敢叫唤一声，立马要了你的命！"

那"大茶壶"就大张着嘴，却一声也不敢出了，眼睁睁地看着黄包车拉着田春梅跑远了，然后拐了一个弯，就连个人影子也不见了。等他回过神儿来，赶紧再回头一看，背后也没有人的影子了。

田春梅就这样跟着樊老五来到了汾河滩，给樊老五当上了压寨夫人。

樊老五娶到了田春梅这样的臀部肥美，桃园壁厚，风情万种的女子，真的让樊老五迷醉得神魂颠倒，销魂留恋，连着好几天都不出窑洞，吃饭都是小土匪送进去的。那些日子里，樊老五真是对田春梅言听计从，说一不二。田春梅说她想学打枪，虽然土匪们的子弹并不是很多，但他每天让田春梅对着崖壁练枪法，还把自己从二战区国民党一个团长那里抢来的一把巴掌大小的勃朗宁手枪送给了田春梅。等这样练习了一段时间后,加上田春梅的悟性和她的苦练,她的枪法在一百米以内简直可以说是指哪儿打哪儿。然后田春梅又说女人骑马腿会变成罗圈的,不好看了,他立马亲自带着人到附近抢来一头紫红色骡子,让田春梅每天学着骑。那会儿在汾河滩里经常会出现这样一幅风景,一匹紫红色的骡子上,驮着一位穿着大红色披风的女子,那女子常常用块红绸缎蒙住大半边脸,只留一双眼睛在外面。手中的勃朗宁手枪抬手能打天上飞鸟,挥臂能击中滩里野兔。骡子疾驰而过,远远地看去,闪闪烁烁就如同滩地里激起一团红色的旋风。土匪们就都称呼这位漂亮性感又威武过人的压寨夫人为"一团红"。

有一次,田春梅一个人骑着骡子沿着河岸滩地闲逛,竟然逛到了离自己的窑几十里的汾河渡口那儿。就见从滩地里茂盛的芦苇丛中突然钻出两个人来,一个手里端着根火铳,另一个手里举着一根矛子。冲着田春梅蛮横地喝道:"把骡子留下来,把身上的钱财留下来,放你一条活路。"

田春梅虽然惊了一下,但很快地就稳住了神。她毕竟不是多半年前的村妇田春梅,而是土匪"一团红"了。她勒住骡子,坐直了身子,故意把嗓音压憋得粗粗的,问道:"你们是哪个号头的?报一下么。"这是土匪行话,就是问"你是哪一伙的?"

两个劫道的土匪相互对看了一眼,似乎听不懂这个骑着骡子的人在说什么话,那个端着火铳的土匪凶神恶煞地叫道:"说屎甚哩?老子听不懂。少尿啰唆，快点下来，免得让爷爷们费事！"

田春梅知道这两个人不是正经土匪，是野道儿的，就是临时起意，藏到这没人过往的芦苇深处捞一把。她不用再装了，一把扯下蒙着脸的红绸子，骂道："就你们两个这熊样，也敢称爷！"右手一翻，小巧的勃朗宁已从袖子里掏出来握在了手中，再一抬手，"当当"两声，一颗子弹打在了矛子尖上，矛子尖立刻开了花，成了几瓣儿。另一颗子弹顺着火统的枪膛打了进去，按说枪应该炸膛的。可是枪里根本就没装火药。那端枪的土匪只觉着枪猛然往后一坐，差点脱了手。

两个人顿时吓傻了。

田春梅笑了笑，柔声说："把枪口朝下，墩一墩，看子弹是不是钻到你枪膛里去咧？帮爷找找。"

那土匪乖乖地把枪口朝下，在地上墩了几下，就见一颗亮晶晶的子弹头滚了出来。

俩土匪扑通一声跪在地上，拼命地磕着头，叫着说："大爷，好汉，饶了我们吧。今年天旱，种的地里没一点收成，没办法咧……"又随即捣蒜般磕着头，哭天抹泪的。

田春梅毕竟是女人，就又动了恻隐之心，掏出两块银圆扔了过去，说："滚，别再让我碰上了。"然后勒转骡子准备返回寨子。

两个人捡了银圆，又在身后说："大爷留个名么！"

田春梅扭头顺着河风丢下一句："爷爷就是'一团红'！"

从此,"一团红"在汾河两岸叫响了。而且是越传越神,说她胯下一匹神驹,来无影去无踪,就像是一团火红的旋风;说她枪法极好,说打你的右眼,绝对打不到左眼……汾河滩一带的百姓赌咒发誓这样说哩:"我要是咋么咋么了,让我出门碰见'一团红'!"

我相信诸位读者一般在看到这里的时候,心中肯定会这样认为的,我这位大妈一定是一位水性杨花、风流成性的女人了。否则,怎么会心甘情愿地做了土匪的压寨夫人,而且又在土匪樊老五的培养下,也成了一名女土匪呢?

田春梅生性风流是不假。但父亲告诉我,田春梅这次却是有目的的风流,是一种忍辱负重,强颜欢笑,是一种早已仇恨入心,总有一天要发芽的风流哩!自从那夜得知樊老五就是那天夜里残害死父母的仇人后,她就在一瞬间下定了决心,要以牙还牙,让樊老五比自己父母还死得惨!女人一旦发起恨来,男人都是无法比的。但田春梅又不是那种单纯的女人,毕竟经过了两段婚姻,又在河东城里的窑子里度过了这么一段日子,可以说这一段日子让她明白的东西比她一辈子生活在坡上村还要多得多。她明白,要实现自己报仇的愿望,光是靠自己一个女子的力量是制服不了樊老五这个土匪的,甚至有可能还会把自己也搭进去,那可就得不偿失了。所以她就先将仇恨埋在心底,开始与樊老五虚与委蛇,一步步地讨得樊老五的欢心,进而取得了他的信任。**渐渐地**，在每次行动前，土匪们研究方案时，樊老五也让她参与进来，许多时候，她出的主意竟然得到了土匪头目们的一致赞成，有两次行动还得到了成功。她也慢慢赢得了大部分土匪的信任。这样，樊老五把土匪们的钱财也交与她管理了。她开始在土匪中行使起权力来，并使用女人们的小恩小惠和她惯用的媚态交际，很快地就在她周围聚集了一大批亲近的土匪来。甚至田春梅在窑里说的一些话，有时要比樊老五还管用一些。

田春梅觉得，报仇的时机应该来了。

别看樊老五是个船娃娃（汾河上的船工）出身的土匪，可尤其爱洗澡。他曾告诉田春梅，天气热的时候，他可以一整天泡在汾河里，饿了就顺手抓河里的鱼虾来生吃。当了土匪后，他还是爱在水里泡，天气凉了的时候，就到城里泡澡堂子。"那个舒坦劲呀，没法子说得哩。"

田春梅听他这样说，心中就有了打算，一个十分狠毒的念头就在心底产生了。她让几个会干泥水匠活的土匪在一孔窑里砌了一个灶台，把那口给牲口煮料的大锅洗涮干净后架在上面，周围用砖又砌了一米多高的弧形桶壁，然后用白石灰抹得瓷光光滑溜溜的，除了小一点高一些外，就和河东城里的澡盆子一样了，高兴得樊老五抱着田春梅边啃边说："看我这婆娘，不愧是窑子里弄出来的婊子儿，就是聪明哩，今晚上就泡一回，享受享受么。"

晚饭，田春梅让伙房的老土匪弄了几个菜，就招呼樊老五喝酒，说喝了酒泡澡才舒服哩，能把身上的浊汗泡出来。她自己也陪着樊老五喝，把个樊老五哄得晕头转向，竟然把一坛子土制北方烧喝光了。

晚饭吃过后，田春梅叫过来自己的两个心腹小土匪，让他们在窑外的灶火前添柴烧水。等水温热了，她就喊樊老五快来泡澡。樊老五摇摇晃晃地过来，先伸手摸摸水的温度，然后就脱光了衣服爬了进去。泡了一会儿，就喊田春梅说："你也进来吧，这真的跟河东城里的澡盆子一样哩。我说你这个婊子儿，就是会活人哩。"

田春梅本不想进去，却又怕樊老五起疑心，就也脱个精光，慢慢地顺着桶壁溜了进去。她刚进去还没站稳，就被樊老五一把搂过来，抵到桶壁上，大张旗鼓地干了起来……

樊老五喝了不少的酒，又这样拼死拼活地和田春梅一番折腾，自然感觉元气大伤，就靠在桶壁上，犹如一条死蛇般，闭着眼睛，一会儿就鼾声大作起来。

田春梅说："水有点凉了，我让他们再加把火。你在里面多泡一会儿，我待会儿给你搓一搓。"说着就起身，让两个心腹小土匪拉着自己爬过了桶沿。

田春梅穿好衣服，来到窑外，对两个小土匪摆摆手，两人就把早已准备好的干柴树枝拼命地往灶膛里填进去，顿时，火焰熊熊地燃烧起来，不一会儿，锅里的水就热起来。

063

樊老五正舒服地躺在锅里泡着呢,忽然一下子被烫醒了,想爬起来,在翻滚着热浪的圆底子锅里竟然站不稳当,身子软得一点劲也没有,刚起来就又滑倒了,胡乱伸着胳膊抓挠,可一跌一滑地就是够不着桶壁。他大声叫道:"婊子,你在干甚哩?"

田春梅爬上桶壁,望着在雾水里挣扎着的樊老五,眼睛里露出了锋利的光,在雾气腾腾的窑里显得很是狰狞。她对樊老五说:"你还记得坡上村被你烤死的那老两口么?"

樊老五一惊,知道报仇的冤家终于找上门来了。但他却没有想到是个女人,而且是给了他许多温存的女人!于是他还是喘着气挣扎着问了一句:"你……你是他们的……什么人?"

田春梅一字一句,咬牙切齿地说:"女儿。那天你活活烤死了我的父母亲。我发誓,要用同样的方法让你死得很惨。今天我就要活活煮死你……"

樊老五已经说不出话来了……

第二天,田春梅叫土匪们用滩里的胶泥土封死了这孔窑洞。随即,她派了几个心腹土匪,用最快的速度,把她的大伯,也就是田秀才悄悄地接到了窑里,做起了她的师爷。就是在关键的时刻帮自己拿个主意。

而田秀才做梦也没有想到自己的侄女竟然做起了土匪,还竟然强拉自己入伙!但已至此,他也只有认命。何况他也遭过一劫,还差点丧命呢。不过,他从不把这里叫什么土匪窝子,而说是穷苦人在乱世中自卫求生存的一座堡垒。

田春梅当然赞成,说大伯就是有文化哩,一来就给我们定了个调。

从此,田春梅就听田秀才的话,给他们这支土匪武装改名叫"自卫军",把窑改名为寨子。

第五章

父亲听完田春梅，也就是自己老婆的讲述，好半天没说话。他觉得坐在窑洞对面的这个成了名震一方的土匪头目"一团红"的女人，一下子变得陌生了起来，自己也仿佛刚认识了她一样。他甚至怀疑自己是在听一个天方夜谭，眼前的这个女人还是曾在柿树林里、在自家的炕上，和自己如胶似漆般的那个丰满温柔的女人么？

但眼下，田春梅看着父亲的目光却是温柔的，甚至还有那么一点无助。一个女人再精明再强悍，一旦到了自己心爱的男人面前就会变傻变蠢变得很弱小了。

窑洞外面的天空还闪烁着夕阳的余晖，而窑洞里面却已经暗得看不见人的眉目，只是个影影绰绰的轮廓了。

田春梅说："你咋么不在河东城里了咧？你咋么不做棉花生意了咧？"顿一顿又说："我要是找到了你，就不会被人骗到窑子里，也就不会成了今天的这个样子咧。真是怪我哩！"她说着，竟然又低头抽泣了一声。

父亲也轻轻地叹了一声说:"国破家亡,这是个乱世呀,不能怪谁哩。"

田春梅就说:"你这话,我也听伯讲过哩。他也这样说,说现在是乱世,上天要收恶人哩,还有甚……甚,从东洋那边的日本来的倭人,跑到咱们中国来欺负人哩……"

听田春梅这样讲,父亲心里就倏地产生了一个念头,要是能够把田春梅这支武装拉到稷王山上,加入抗日游击队,不就又壮大了抗日力量了么!

这时,那个做饭的,也就是把父亲带到寨子里的老土匪,手里捧着两支蜡烛进窑里了,后面跟着个年轻土匪,手里端着个盘子,上面放着两大钵碗面条和一个盘子,里面盛的看上去像是鸽子肉,还有一碟油泼辣子,几瓣儿蒜和醋碗,送进窑里来了。老土匪先是看了父亲一眼,然后对田春梅嬉笑着说:"掌柜的,快吃饭。今天赶好咧,窑顶趴了一只芦鸽子,让赖子一枪给打下来咧。正好给掌柜的加个菜。趁热趁热。"然后就又讨好地冲着父亲点了点头,就招呼年轻土匪一声,出窑去了。

田春梅就把面条推到父亲跟前,说:"你不是就爱吃这汤汤面么?我让他们专门跑到小梁镇上买的细白面。"

父亲心里就又是一热,低头看那碗面条,上面铺满了绿莹莹的韭菜和葱花，再拌点儿油汪汪的辣子油，真正是诱人呢。再加上父亲确实饿了，就捧起钵碗狼吞虎咽，吃得吸溜吸溜的，很快就一碗见了底。他放下碗，抬头一看，田春梅却没有吃，而是坐在对面呆呆地看着他，眼睛里闪动着异样的神采，很能让人产生一种欲望。只不过当时父亲没有觉察到这些罢了。他看到田春梅没动筷子，就问："你咋不吃？"

田春梅说："两碗都是给你的。我知道你在家时，每次都要吃两大钵碗的哩。"

父亲就吞咽了一口唾沫说："那我都吃了，你吃甚？"

田春梅说："我不吃。我就看着你吃哩。"

父亲就又把那一钵碗的面条毫不客气地吞到自己肚子里了，吃得脑门子上都出了细密的汗珠子。他觉得在自己老婆面前不需要装，没吃够就是没吃够么。直到好多年后，父亲才明白过来，那是一个女人在和丈夫久别后相聚，胸中早已春心荡漾，激情难抑，哪里还有心思吃饭呢！当然，女人和男人不一样，表述激情的方法不一定就非要上床做那事情。女人喜欢听你说些情话，讲些分别后的思念，或者就那么温情脉脉地看着你做一件事情……而且，一个女人在看着自己心爱的人吃饭时，那种幸福是一般人无法体会到的。而那天田春梅看着父亲吃饭时的神情就是非常特别的那种。父亲是在许多年后的那场史无前例的"文化大革命"中，被造反派抓去在牛棚里关了半年后，父亲回到家里,我母亲也是为他做了两大钵碗汤汤面,然后就坐在那儿静静地看着他吃,那情景何其相似,父亲一下子才体悟了出来。

然而,田春梅当晚却安排父亲睡到另一孔窑洞里了,并没有让父亲和自己同床共枕。父亲百思不得其解,一夜心情烦躁辗转难寐,焦躁中裹着一种郁闷。在睡到半夜的时候,父亲从床上爬起来,打开窑门,就看见在寨子的陡墙边上站着一个人,夜里从汾河上吹过来的河风掀动着她头上的乱发,父亲认出来了,那人是田春梅。

父亲慢慢地走过去,站到田春梅的身后,他感觉到河风很硬,裹着滩里的沙子,刮到脸上冷冰冰的,还有些生疼。父亲犹豫了一下,还是伸出胳膊,又像从前那样从后面抱住了她。田春梅的身子在夜风中颤抖着,而且父亲也感觉得出来,她的脸上在流泪。

父亲轻声说:"为甚?"

田春梅声音抖动着说:"为甚?你说为甚?我进过窑子做过婊子,又做过土匪的压寨夫人,你说能为甚?我这个人的身子已经脏咧,脏咧!……老天爷呀……"她从怀里掏出枪来,对着滩里就是一阵狂射,直到打空了枪里的子弹。

父亲一声不吭,就那么紧紧地抱着她。

土匪们也许知道那天晚上发生了什么事情,听着枪声,却没有一个人出窑来。但父亲相信,他们都在窑门口和窗户上看着哩。

那晚,田秀才也没有睡着,他不时地坐在窑门口,看着雾茫茫的汾河滩，一袋接一袋地吸着烟，不时地揉搓着那只残废了的左胳膊，然后返回窑里，用那只好着的右手写着甚……

整个寨子是一个躁动不安的夜晚。

经过了一个晚上的思索权衡，父亲下了劝说田春梅这股土匪，不，应该叫他们自卫军，归顺稷王山抗日游击队的决心。父亲也知道，这件事田春梅好说，关键处应该是师爷田秀才。因为昨天晚上父亲就向田春梅提出了这个问题，问她今后打算咋办？就这么一直占山为王下去么？田春梅只是一个劲地摇头，一脸的茫然。她说当初只是为了报仇。现在把仇人活煮了，算是替父母亲报了仇了。可往下该咋办，她确实不知道。也正是因为这样，她才把自己的大伯强行接了来，让他替自己拿个主意，给这支土匪队伍指个道儿。这时候田春梅的脸上又露出喜色说："这下好咧，你来咧，是老天爷把你给我送来的哩。你就给我在这里当大掌柜吧。"

父亲这才把自己的真实身份告诉了田春梅。

并告诉她，田冬梅就和自己在一起呢。

田春梅一听，先是惊讶地瞪大了眼睛，半天才说："我就说我到河东城里咋就找不到你？原来是参加八路咧？好好的生意你不做，咋着去参加八路呢？"

父亲就向她讲述当前的形势。父亲说："这是好事么，是为了抗日,打败日本人么。就是你说的那些个倭人……"

田春梅说:"我也听说过八路哩。可人家说你们——哦,是说八路穷得很哩,没枪没炮,穿得破破烂烂的,让人家撵得到处钻山沟,还不如我们哩。我还听人家这样子说哩:'土八路,瞎胡闹,一身虱子两脚泡。'不是就说你们么?"

听她这样说,父亲也忍不住笑了,说:"暂时是困难些,但也在不断地改变着。"父亲顺口又告诉她,田冬梅不但早就在游击队里,而且还是个头目,担任着政委职务哩。

田春梅就惊叫了起来,说:"哎呀,就说哩么,我妹子突然不念书咧,说是被拐骗咧,闹半天是参加八路咧?"

父亲说:"所以,从昨天见到你开始,我就一直在想哩,要是你也带上队伍参加了八路军,你们姐妹俩不就在一起咧。还有……"父亲替她分析着眼下的形势:"守在汾河滩,看上去自由自在,可是,三四十口子人要吃要喝,毕竟不是个长久之计。眼下政府集中精力在对付日本人,顾不上这儿。一旦政府腾出手来想收拾你们,就凭你们这个寨子,凭你们这几条枪,根本顶不住的。不要说别的,只要派上一个连把寨子一围,连打都不用打哩,不出一个月,你们没吃没喝,自己就先垮咧。所以,还是要从长计议哩……"

没等父亲说完,田春梅就打断了父亲的话说:"我知道你的意思咧。"然后她的脸就沉了下来,显露出一副为难和忧虑说:"要说么,对这伙人我倒也了解过,都是这周围四邻八村的人,做土匪也是为了养家哩,再说也自由野惯咧,怕到了八路那里不好管。俗话说哩么,也是穷家难舍,熟地难离哩。一下子让他们到那不相干的稷王山那里去,我就怕说服不了这伙子人。反而会坏了事情。"

父亲承认她说的有些道理,心里也想这事不能操之过急,得慢慢地做工作哩。不过,父亲又突然冒出一句,说:"要不,你自己跟上我走吧。我可不想让你再当这土匪头目了。"

田春梅低头沉默了一会儿,说:"我何尝不想跟着你走么!自从昨儿个见到了你,我就……"她顿了顿,又说:"可是,我眼下还不能一走了之。我得对他们有个安顿。为了给我报这个仇,这寨子里有许多弟兄跟樊老五的那帮子亲信们结下梁子咧,他们已放下话了,总有一天会了结这件事情的。我想你也看到咧,有不少人把家小都搬到寨子里了,把这里真当成了家了,把我真当成了他们的掌柜的,有甚事都要找我解决哩。我要是突然扔下他们一走,这江湖上会怎样看我这个'一团红'呢?就是你们八路也肯定不会要我这样不讲江湖的人吧!"

话讲到了这个份上,父亲知道往下就不好再讲什么了。他也知道,田春梅已经真正融入这个江湖了。其实父亲刚才也就是随意说了那么一句话,也是顺便试探一下田春梅的态度。他现在真正的意图并不是带走田春梅一个人,而是这支队伍。

不过，父亲觉着自己离开游击队已经两天时间了，应该尽快和赵克仁他们取得联系。就问田春梅在这伙土匪里有没有信得过的人？

田春梅点点头说有。又问父亲要办什么事情？

父亲说要往稷王山那边送一封信。

田春梅就先"哎呀"了一声，说，这寨子里哪有什么纸笔呢？又一想，高兴起来，说她大伯那儿有纸笔哩，要写就得去他那儿写哩。至于送信的那位可靠又信得过的人，她去安排。

父亲就只好去见田秀才了。

父亲虽然娶了田秀才的侄女，但由于田秀才一家本来就和自己的丈人田拐子面和心不和，所以并没有和田秀才打过什么交道，只是娶亲的那天见过一面，田秀才毕竟也算是长辈么。在父亲的印象里，田秀才看上去是个挺深沉的人，瘦瘦的一张寡皮脸，不苟言笑，下巴颏上稀落落地蓄着一撮山羊胡子，一副清高拒人千里的样儿。父亲自娶了田春梅后就再没有见过他。自从那次被土匪打伤，后又被侄女强行"请"上这汾河滩上的寨子后，正如他对田春梅说的那样："人逢乱世，甚也不能怪嫌咧！"但他并没有给侄女出过什么有用的好点子，只是没事就用好着的右胳膊捧本书走来走去地看，有时还摇头晃脑地轻声诵读，那时候寨子里的土匪们就都围过来，静静地听他诵读，那情景真的很让人感动。这就让这座聚集的全是杀人越货的土匪，笼罩着很浓的杀生气氛的寨子无形中增添了不少书生气,也增加了不少体面,也似乎让田春梅这个掌柜的有了些许气派。就像现如今的领导身边都要有个秘书,且不管那个秘书用得着用不着,反正是到哪儿带了秘书的领导肯定比没有秘书可带的领导有面子。而且现在寨子里的事情,不管这件事情田秀才参与没有参与议论,只要田春梅说是问过师爷了,大家脸上的疑惑表情就一扫而光了。

父亲进了田秀才住的那孔窑洞,先恭恭敬敬地叫了声:"伯。"

田秀才正捧着一本书在看,看到父亲,就把书随手放下。父亲斜瞥了一眼,发现是本《水浒传》。父亲心里就想,敢情田秀才进了寨子,就也入乡随俗,开始研究起来有关农民起义的问题了!在那些年代里,《水浒传》这些书籍,是被归于淫诲盗匪一类的,正经读书人是不屑读的。

田秀才没有寒暄,直截了当地问父亲说:"听春梅说,你在这个?"他用右手的大拇指和食指做出个"八"字来,又问:"这应当归延安管吧?"

父亲就说:"现在国共合作,全民抗战哩。八路军就是国共合作后的新编制,全称是'国民革命军第八路军',朱德任总司令,彭德怀任副司令。"

田秀才说:"这么说,老蒋也管?"

父亲点了一下头,说:"管。"顿了顿,又补充一句说:"军装和军饷都归老蒋发哩。"

田秀才又问:"老阎呢?"

父亲说:"我们八路军归二战区领导,老阎是二战区的司令长官,当然更要管咧。"

田秀才的脸上就露出一丝如释重负的神色,重重地"哦"了一声,靠在那儿,闭上了眼睛,嘴里低声嘟囔着不知在念叨什么,下巴上的山羊胡子一翘一翘的。父亲知道,他是在摆派头,也就是我们现在所说的摆谱。他是长辈,又是清末秀才,自然得在下辈面前有点派了。

父亲看他这个样子,也不着急,就坐下来,顺手拿起那本《水浒传》翻了起来,恰好翻到田秀才刚才扣着的那页,一看是第二十八回:"梁山泊分金大买市,宋公明全伙受招安",父亲就知道他心里这会儿在琢磨些甚了。

终于,田秀才睁开眼睛,看到父亲正在翻看那本《水浒传》,就顺口问道:"姬家,想你这本书也看过咧。你说说,宋江为甚一心要招安呢?"

父亲随口说:"宋江想当朝廷的官么。"

田秀才说:"这可以说是一个方面。但更主要的原因是宋江知道,占山为王终究不是个正道道哩。那么个大摊子要维持下去可不是件容易的事情,光是靠抢根本不行,哪有那么多的大财主等着让你去抢?抢一次也许能行,再抢人家还不防备?还不想法对付他?再说了,朝廷也不会让你这样抢下去的,今天大兵来剿明天人马来打,想过安生日子肯定不行。所以他就想着要招安,只有招安了才能生存才会有前途。"他说着看了父亲一眼,继续说:"你知书达礼,如今又是八路军,是文武双全之人。春梅是你内人。你不会就这么看着她这样子吃了上顿要想下顿咋么吃,整天担惊受怕地做一辈子土匪吧!"

父亲于是就完全明白田秀才的意思了。而且他也明白田春梅把窑改叫寨子,也是田秀才的主意,学梁山好汉的样子,最后找个出路。

父亲就告诉了田秀才他自己的想法以及他和田春梅谈了后她所担忧的那些实际问题,而且父亲说他现在就打算要给稷王山游击队写一封信,谈一下这个问题的。按当时父亲的想法,让游击队里派一个人来,最好能让田冬梅来,一起宣传抗日救国的道理,对这伙子土匪进行说服劝告,动员他们上稷王山加入抗日游击队。当然,这只是父亲心里的想法,他也没有告诉田秀才说田冬梅也在游击队里。

谁知田秀才在听了他的想法后,连摇了几下头,嘴里吐出几个"不妥"来。他说:"此等劣民落草为寇,唯利益为上,那些官话道理他们听不懂,也绝对是听不进去的。"

父亲说:"那咋办?"

田秀才又晃了一下脑袋,卖弄地笑了一下,说:"要想让这支人马离开此地,转入正统,就是按你打算的让他们加入八路军,就只有用这四个字:引火烧身!"

父亲一下子没有弄明白,问道:"引火烧、烧什么身?"

田秀才说:"就是要让他们明白在此地待下去就只有死路一条了,他们才会死心塌地地跟上走,去寻找另一条谋生的路。否则,很难让他们离开此地的,毕竟他们在这里经营了很多年咧。"

父亲琢磨了一下,觉着也是这么个理。但父亲还是心存疑惑,问道:"伯,您老说,可又怎么来'引火烧身'呢?"

田秀才就看了一眼窑门口,用右手有点神秘地从怀里掏出来一张纸,递给父亲说:"这是方圆五十里地的几个大户,还有倭人的据点,我们选其中的几家只要动一动,他们就肯定会联合起来进行报复,或者联合起来对付我们。这些势力我们单个对付其中个别的还可以,但只要人家一联合,我们可就是井台上的蛤蟆——干瞪了。"

父亲看着那张巴掌大小的纸,上面密密麻麻地写着大小不一的字,先是姓名,后面标明的是哪个村庄的,家庭财产估计数额,势力强弱等,还有周围日本人的据点和所处位置。父亲就在心里说,这田秀才看起来貌不惊人,肚子里坏水还不少哩,生起坏念头来,一般人还真是比不上哩。不过,也情有可原,他这样也是为了自己的侄女和这个寨子么。

父亲又问:"既然这样,你为甚不和春梅讲一下,她是大掌柜么。"

田秀才就叹一声说:"一个妇道人家,能成甚气候?她也就是为报冤仇有此一举。再往后么……"田秀才晃晃脑袋,山羊胡子翘了几翘后说:"再说哩,那些日子就是这样干了,也没个退路,没个去处呀!"

父亲觉着田秀才完全是真心想帮自己的侄女脱离匪窝,脱胎换骨的,他毕竟是读书人,不想让祖辈背上个土匪的恶名,正如他非要给这伙子土匪改名叫"自卫军"一样。如果真能投了八路军,就也算抗日队伍了,这"自卫军"也就名正言顺的了。父亲就说:"好的,伯,我得马上给稷王山抗日游击队写一封信,在我们采取行动后,让他们迅速派队伍接应我们,这样我们才能顺利撤离。"说到这儿,父亲又恭维田秀才说:"伯,凭您的计谋,可与三国诸葛亮一比哩。等到了稷王山,我推荐您担任我们的参谋长。"

田秀才却淡淡地一笑,又揉搓着自己的左胳膊说:"唉,也就是春梅娃把我弄到这里来咧,我也就说是帮一帮娃。至于上稷王山,我这把老骨头就拖累不起了。"他从褥子底下拿出纸来,又用右手开始研墨,说:"你就赶紧写吧,这事也拖不起。这两天我右眼皮直跳,我心里总是有那么一种预感,寨子里会有事哩。"

父亲在认真地研究了田秀才那张纸后,当天晚上就做出了队伍休整,三天后,自卫军袭击小梁镇头上那座日本人据点的决定。

当然,做这个决定的时候,父亲并不是盲目的,他首先征求了寨子里的大掌柜，也就是自己婆娘田春梅的意见。谁知这时候田春梅就一点主见也没有，唯父亲是瞻了。她大大咧咧地说："你说甚就是甚，谁敢不听，我就把他扔到汾河里喂鱼去。"说这些话的时候，田春梅还是很有大掌柜的威风的，面目也一下子变得很凶狠狰狞。父亲就想，要是有一天我不听她的了，她会不会把自己也扔到汾河去呢？有可能的，古人早就说过了，最毒妇人心么！

接下来，父亲让田春梅安排两个比较机灵，又信得过的队员，到小梁镇上去摸清楚据点里的情况。其中一个就是那天在汾河边上遇见父亲的年轻土匪，他名叫羊倌倌。父亲后来问过他，咋哩叫了个这名字？他说他也不屎知道咋就叫了个这名字，反正他从小就在汾河滩上放羊哩，那就应该是个羊倌倌么。而且他嗓子又尖又高，能唱流行的骚曲曲。那天父亲和田春梅来找他的时候，他正一个人在站哨，靠在寨子门上的哨楼里正唱骚曲曲哩：

  我们这地方靠着汾河畔，

  大闺女就爱这扳船汉；

  船到河当间风摆浪哩，

  就把妹子扳倒在干河滩……

田春梅就吼了一句："别号咧，再号这些骚曲曲就把你熊娃给骟了！"

田春梅现在已变得很粗野，用现在的话来讲就是很不文明了。她再也不是那个喜欢瞥斜着眼角看男人、抛媚眼的诱人的女子了，而变得凶神恶煞起来，动不动就大爆粗口，让男人都感到脸红的话她也能骂出口来。就连她额头上那点原本诱人的红痣，也在众人的眼中变成了凶痣，因为只要那颗痣发红，田春梅就要发怒发火，说不定就会掏出那把从不离身的勃朗宁也给你那额头上点个痣。

父亲就皱了一下眉头，对羊倌倌说："现在布置给你一个非常重要的任务，就是到小梁镇去侦察搞情报。"

羊倌倌就尖着嗓子问："什么叫情报？"

父亲就耐心地解释说："就是看小梁据点里有多少日本人？多少皇协？武器都是些什么？最主要就是他们每天开饭的时间，换岗哨的时间。还有，当官的是谁？是日本人管据点还是由皇协军在管？要是皇协军在管，当官的是哪里人……"

羊倌倌听得捂住了耳朵，叫道："哎呀呀，麻搭尿死咧，我记不住。是不是他们和哪个女人睡觉也要侦、侦察呀？"

田春梅就说："你个熊货，就只记住这一条！"

父亲却非常严肃地说："是哩。这也是情报。说不定在什么时候就起作用咧。"

说归说，羊倌倌还是很快和另一个也是本地人的队员赖子装扮成赶集的人到小梁镇去了。

接下来，父亲很认真地检查了他们的装备，也就是寨子里的家底。樊老五留下两把德国造二十响，六杆长枪，五杆是老套筒，只有一杆是"三八"式。子弹都不多，每杆枪只有几发。还有一挺歪把子机枪，可惜子弹配不上。因为机枪是7.62的口径，子弹却是7.9的口径。父亲就让他们用锉刀把每发子弹锉去一点儿，这样对付着能打，就是不能打连发，但还是可以顶好几杆步枪的。手榴弹却一个也没有。田春梅说土匪们不喜欢用手榴弹，他们进行抢劫时一般也用不着手榴弹的。田春梅说那老套筒的后坐力太大咧，打出去子弹枪就震得掉地下了。父亲就又让他们在老套筒的枪托上裹上厚布或者棉花，减少后坐力。田春梅欣喜地看着自己的男人在指挥着自卫军的队员们改造武器，喃喃地说："没想到，一个男人家，你的心真细，还真懂打仗哩！"

父亲说："一旦开了枪交了手，那就是你死我活哩。所以一定得先保护好自己，才能消灭对方。这也和咱的做生意一样，先要了解对方的实力，钱多哩钱少哩？间或就是和咱空手套白狼哩。咱才能按把握大小行动，不能盲目乱来一气。不然就光是赔咧，赔尿塌咧！"

田春梅就仰头哈哈地笑了起来。这是父亲来到寨子后第一次看见田春梅放声大笑。父亲就在心里叹一声，这女子，也是把心伤透咧！今后不管咋，就是到了稷王山，也得好好地待她哩，毕竟是自己的婆娘么。

田春梅笑毕了，就说父亲："你呀，三句话不离你的生意哩。可你咋不好好地做生意，咋参加了八路咧？还舞刀弄枪的，哪像个正经生意人么！"

父亲说："唉，国破家亡，日本人能让你安安生生地做甚生意？还是伯说的那样，乱世么，怪不得谁哩。等把日本人打跑了，咱就好好地弄个铺子，然后你再给咱生上几个娃，好好地过咱的日子。"

父亲的话说得田春梅很动情，一下子搂住父亲就红了眼圈，说："这回你不能再丢下我咧，你走到哪儿我都要跟着哩，死也要跟着哩。"

父亲说："你胡说个甚哩，咋想到哪咧！哪个人生到世上都要遭遇几个坎几个难哩，躲是躲不过去，但能抗过去忍过去。就说咱们国家，现在也正在遭难哩，只要全国民众一心抗战，把日本人赶走，就能过上好日子咧。"说到这儿，父亲才想起该向田春梅打听一下家里父母的情况咧，就问道："你就那么不声不响地走咧，父母一点都不知悉么？"

田春梅有点不好意思了，说："我就是怕咱爸妈挂心，就不想让他们知道我是去干甚哩。后来想起来，这事情我做得很鲁哩，肯定让咱爸妈担心咧！"

父亲就又安慰她说："这事么，不说也罢。说了他们更担心，还会……"他没有说完下面的话，但田春梅却已经明白了，接着说：

"还会落个媳妇是土匪的骂名哩!"

父亲就有点暧昧地笑了。

这时候,他们就听到羊倌倌又在吼骚曲曲:

莫嫌哥哥的牛牛瞎,

哥哥把妹子娶回家。

一晚上牛牛歇不下,

瞎牛牛种出来个瞎娃娃……

又尖又细的声音从滩里传了上来。

父亲和田春梅他们就知道,羊倌倌和赖子他们侦察摸情报回来咧,而且肯定是有收获的。

父亲和田春梅他们没有估计错,羊倌倌和赖子他们仗着是本地人,地形熟人也熟,竟然在据点里还找到了一个当皇协军的熟人,这样他们就以找水喝为名进了据点里,把情况摸了个一清二楚。羊倌倌在地上画了一张草图,讲了据点里的兵力分配和布置。一层是皇协军们住着,有一个班的兵力,十二个人,一挺歪把子机枪。皇协军的小队长刘秃子和一个日本军曹住在二层,也有一挺歪把子机枪。本来这里住着一个小队的日本兵,但那次因为护送汉奸区长,在汾河边上遭到八路军的伏击,死伤了二十多个日本兵,剩下的就撤回河东城了。这里就只留下两个日本兵,说是顾问什么的,其实是不放心皇协军,是在监视他们的。而且这俩日本兵还轮换着在这个据点里住,平时一个人根本不出据点,只是在小梁镇逢集会的时候,让几个皇协军陪护着出来到集上"米西米西"点中国小吃,买点东西,然后赶紧就龟缩回据点了。看来,稷王山抗日游击队的那次伏击还真把他们打怕了。

羊倌倌还兴奋地告诉父亲和田春梅,据点里还有女人哩,说是皇协军为日本人抓来的。"这回要是打下了据点,那女人……"羊倌倌说这番话的时候显得很亢奋,两只手不住地在一起搓着。

田春梅就骂他:"你个熊货,看到女人眼就冒开绿光哩,滚!"

羊倌倌一出窑门,就又放开嗓子号开咧:

东边的日头西边的土地,

没有一样是自家的;

东边的女子西边的婆娘,

没有一样是自家的……

第六章

三天后,小梁镇逢大集,这是进入夏季农忙时分的一个大集,庄稼人要修理各种农具和采购种子,所以都来赶这个集。有钱人家到集上买布做夏季衣裳,人来人往,熙熙攘攘,显得异常热闹。据点里的那名日本军曹也耐不住寂寞,在小队长刘秃子和几名皇协军的陪同下,迈着罗圈腿到集上转悠来了,一看见年轻女子,眼睛就瞪圆了,嘴里不住地念叨着:"花姑娘的约西!"

就在这时,一支吹吹打打的娶亲队伍从集上路过,在几个吹鼓手后面,一顶花轿颤颤悠悠地抬在八名壮汉的肩上,两边还紧随着四名陪轿丫头,紧跟着花轿的是抬着嫁奁箱、食盒和财礼盒的队伍,最后还有两辆马车。父亲则扮成了新郎,十字交叉披着红绸骑在一匹高头大马上。羊倌倌戴了顶瓜皮帽,给父亲牵着马。

娶亲队伍吹吹打打就来到了小梁镇据点旁的大路上,两名站岗的皇协军把手里的枪一横,厉声喝道:"站住——"

鼓乐和唢呐声便都停了下来。扮成乡绅的田秀才就快步上前，先抬起右胳膊拱拱手，说："各位老总，今日大喜，来来来，各位也分点喜气。"说着话，就上前给两位皇协军手里塞了个用红纸包着的大洋。

我想，这大概就是那会儿的红包吧。

两个站岗的皇协军得了红包，用手一捏也就知道是大洋了，顿时眉开眼笑，嘴里说："同喜同喜哩。"就挥手准备放行。这时，恰好刘秃子和那个日本军曹回来了。日本军曹一看娶媳妇的队伍，兴奋得满脸通红，两眼放光，一连声地叫着："娶花姑娘，大大的好。约西约西哟！"

刘秃子见状，就有点献殷勤地搀着日本军曹走上前去，凑近花轿，用一种不怀好意的语气说："让太君看看新娘子长得甚样样，好看不好看么。"说着就用手掀起轿帘，日本军曹迫不及待地探头进去，却一下子呆住了——

花轿内的新娘子一只手端着一支二十响的驳壳枪，两个黑洞洞的枪口正对着他们两个。田春梅一张含粉的笑脸，尤其是额头上的那颗红痣，在粉脸上显得格外娇艳。田春梅轻声说："刘队长，看清楚了没？要不，再让你日本干爹看看。"

刘秃子顿时吓得魂不附体了，声音一下子变了个调："是……是'一团红'……"身子不由自主地就往地下坠，仿佛一瞬间地上的引力增大了似的。

那个日本军曹也看出了端倪，嘴里骂了一声："八格牙鲁！"手就朝屁股后面的王八盒子伸去。就在这时，田春梅的枪响了，两只手几乎是同时勾动了扳机，所以外面的人只听见一声枪响，却见刘秃子和日本军曹的额头上同时出现了一个圆点，随即两个人就愣了愣，倒在了轿子前面，额头上的圆点里就有红色的东西慢慢洇了出来。

父亲见状，立即从腰间拔出盒子枪朝着据点上面的那个皇协军开了几枪，也不知道打中没有，反正当时是看不见人咧。父亲大声命令道："开始行动，各就各位！"

这时候，嫁奁箱子、食盒、财礼盒都被打开了，大伙从不同的箱子里取出枪支，分头冲向据点里的各个火力点和仓库。据点门外那两个站岗的和十几个跑出来看热闹的皇协军还没反应过来，就被缴了械。

这一场奇袭仗打得非常干净漂亮。在没有伤亡一人的情况下，全歼小梁据点守敌，其中打死日本军曹一人，皇协军三人，俘虏二十三人。缴获歪把子机枪两挺，"三八"式步枪二十二支，手枪三支，弹药一千多发。还有面粉、大豆、猪肉、香油等，拉了满满两大车。对这次战斗，《万泉县志》亦有记载："4月初，活动在汾河滩上的抗日自卫军（原系土匪队伍，后被我党收编）在我地下党员的策动下，对驻小梁镇东交通要道口的日军据点进行突袭，打死打伤日伪军多人，并缴获一批弹药和物资……"

父亲和田秀才按照早就商定好的,在小梁集上展开抗日宣传,宣称他们是汾河滩抗日自卫军,专门抗日打鬼子的。并号召群众一起行动,填平了据点周围的壕沟,烧了据点,然后浩浩荡荡地赶着大车拉着战利品,大张旗鼓地直奔了汾河滩。走在大街上的时候,父亲和田春梅并肩骑着马同行,街两旁的群众就不断地指点着说:

"看,看么,那就是汾河滩上的女土匪'一团红'么!"

"哦哟,跟画儿似的,还真是个人样子哩。啧啧,咋就当土匪么!"

"胡说个甚?没听说么,人家是抗日自卫军,专打日本人哩。"

"旁边那个男人是谁?长得挺反正(好看)的么。"

"不晓得,大概是……相好的么。"

"是么,还真个是一表人才哩,看上去还真是相配哩!"

羊倌倌还真的"缴获"了一个女人,说是附近村子的,被皇协军抓弄来做饭洗衣服,晚上还陪日本人睡觉。对这些事,父亲还真不知道如何处理,因为这还是一支土匪武装,不能完全按照稷王山抗日游击队的规矩去办。他就看田春梅,问她咋办?田春梅说:"看人家女子愿不愿意跟他么,他一个放羊的,能有个女子跟他就烧高香咧。"

结果,那女子还真的愿意跟着羊倌倌哩。她说她那个样子,就是回到村子里也没人敢要她咧,就是家里人也不会要她咧。

回来的路上,羊倌倌的情绪极其亢奋,不住口地吼着骚曲曲:

阳婆婆出宫就满面面红,

　　妹妹的粉脸脸就爱死个人;

　　阳婆婆落山烧红半天霞,

　　妹妹长得漂亮就勾住个咱;

　　水灵灵的双眼柳叶叶眉,

　　浑身匀称可真喜死个人;

　　八十里汾河滩一展展平,

　　搂着我那妹妹亲嘴就不放……

等回到寨子的时候,羊倌倌号得嗓子都有点哑了。

　　回到了汾河滩的寨子里,全寨子上下都对父亲佩服之至。田秀才对父亲也是刮目相看,田春梅更是对父亲恩爱有加,看着父亲的眼神里不光是钦佩和爱慕,还洋溢着满满的幸福感和依赖感。

　　但父亲却没有片刻轻松,他抓紧时间安排人修筑加固寨子里的防御设施。他心里清楚,凭寨子里目前的装备和战斗力,如果是皇协军或者别的土匪武装来进攻,可以凭借地形顶上一两天。但如果是日军来进攻,那就不好说了,说不定连一天都顶不下来,那就只有弃寨撤离了。而且让父亲心里焦虑的是,不知道自己写的那封给稷王山抗日游击队赵克仁大队长和政委田冬梅的信送到了没有?就是他们接到了信,会不会派部队来接应他们呢?父亲的心里一点底也没有。如果这次"引火烧身"烧得不好，反而弄来个孤军奋战，那才是自己毁了这支武装哩！

不过，父亲又有那么点自信，觉着赵克仁不会那么目光短浅，不会见死不救的。再说还有田冬梅呢，她总不会不管自己的姐姐和姐夫，而且还有自己的亲生父亲呢！

父亲心里尽管焦虑，但表面上却没有流露出一点来，甚至在田春梅和田秀才的面前，他也没有把自己内心的情绪表现出来。反而看上去更是放松，甚至还有点潇洒，嘴里轻声地哼着戏文：

我本是那一介寒儒，

没曾想半生埋没红尘路；

把这男儿堂堂七尺躯，

怎的无一个安身处……

田秀才听着父亲唱的戏词，就不由长长地叹息着。父亲心里一怔，觉着这唱词应该就是田秀才此时的心情写照，自己好像是在故意给人家添烦恼哩，便赶紧住了嘴，却又一时想不起别的唱段了。

父亲一刻没有停下来，一直都在有条不紊地进行着撤离前的部署和安排。他先把这次缴获来的枪支弹药分配给每个人，尽可能地多带些。实在无法带走的，先集中在一孔窑里，在窑门口埋上炸药，万一带不走时就炸塌窑门口，把带不走的武器弹药埋在里面，等有机会再返回来取。然后把那些面粉和物资，还有大洋，都按需分给了每个人，家里离得比较近的就让他们连夜把这些东西送回了家。父亲和田秀才、田春梅又悄悄地安排几个心腹，把一孔通往山后的窑洞挖通了，然后又堵了起来。这是留着在前面冲不出去的时候，就从后山溜到崖下面，只要有人接应，就能很快地从那里的一条沟里跑掉。

父亲估计，他们轻易就端掉了日本人设在交通要道上的一个据点，而且还不是正规部队所为，这会让在中国大地上骄横惯了的日本人很没面子，也肯定咽不下这口气的。父亲坚定地相信自己的判断，河东城里的日本人肯定会来寻找他们这支武装进行报复的。

也就在这时，派去给稷王山游击队送信的人回寨子了，和他同时来的还有一个人。父亲一看，竟然是那个蔡锁通。

蔡锁通一见父亲，就拉住父亲的手不放，低声说："哎呀哩，大队副，那些天大家伙可伤心咧，都说你肯定被水淹死咧，都把我埋怨的，说是没救你，差点让我也跳了河哩！"

父亲说："这下你不用跳河咧！"

蔡锁通看周围没人了，就低声说："接到你的情报，赵大队和田政委亲自带着一小队来咧，他们先住在前面的后沟子村，一有动静，半袋烟工夫就赶过来接应咧。他们让我先过来问一下，就是有没有可能现在就把人带走？这样就少了许多麻缠咧。"

父亲摇了一下头，说："依眼下的情况看，只能带走几个人。大部分人是不愿走的，因为他们还感觉不到灾难已经快来临了。"

蔡锁通说:"要是来宣传一下子呢?田政委很能说的哩,就让她来说一说,宣传上一下子么。"

父亲还是摇头,说:"不是那么简单的事情,这些人和一般的群众还不一样哩,用纪律无法约束他们,用道理更无法说服他们。他们只认眼前。噢,说一说人就跟着你走咧?真成了三寸不烂之舌咧!"

蔡锁通就说:"你说田政委是甚?烂舌……"

父亲就敲了他一下,便要他先吃饭,吩咐伙房给他端来一碗回锅肉,把个蔡锁通高兴得用袖子直抹嘴唇的涎水,说:"大队副,怪不得他们不愿意走哩。看看你们这搭的伙食,吃上三天,我也不愿意走咧。"

父亲就起身走到窑门口,看着朦朦胧胧的河滩,自言自语地说:"所以,还得让日本人来逼他们离开,要说起来,还真的是故土难离哩。这兵荒马乱的,一旦离开了,再要回来……"

父亲详细地把计划告诉了蔡锁通,然后让他回到后沟村通知赵克仁和田冬梅,一切按计划行动,只要听到这边枪声密集,就赶紧来接应,在背后捅鬼子一下,这样他们就可以从后山的崖下面撤离。为防不测,父亲又安排羊倌倌带了两个心腹在夜里送走了蔡锁通。接下来的日子,父亲就耐心地等着日本人来"帮他实施"这一计划了。

但是,一天过去了,汾河滩里并没有什么动静。两天过去了,汾河滩里除了偶尔出现的几个放羊打雁的人外,还是没有什么动静。接着,五天过去了,汾河滩里仍然静悄悄的。寨子里的大伙儿仍然沉浸在胜利的喜悦中,可以说有点忘乎所以,觉着天下应该是他们这样子的了。那个曾在汾河渡口开过骡马店的做饭的老土匪,把他们从据点里缴获的猪肉每天炖大半锅,吃得大伙满嘴流油,有几个竟然跑开了肚子,说是肚子里从来就没有过这么大的油分,现在过量咧!羊倌倌有了个女人,更是每天兴奋得像是过年,得空就号骚曲曲:

梦里头寻下个好光景,

精勾子落下个穷欢乐;

一辈子走南又闯北,

滩里头找一个安乐窝。

就这么活,就这么过……

日子美得日塌火……

寨子里没有人能想到这辈子还会有什么灾难,对即将到来的危险浑然不觉,或者说根本就不以为然。

就连父亲自己也犯开了嘀咕,难道自己判断错了?

实际上,父亲判断得一点没错。

越是平静,越是风雨欲来的前兆。

父亲已经嗅到了杀气!

处在交通要道上的小梁镇据点被端掉,着实让驻在河东城里的日军司令部大吃一惊，因为光据点里就配备了两挺歪把子机枪，火力对付一般的八路部队完全是绰绰有余的了。同时，日本人又有点疑惑，因为他们知道在附近一带并没有八路军的大部队和二战区的国民党正规军活动呀！是从哪儿冒出来这么有战斗力的一支部队，轻而易举地就把一个皇协军小队消灭掉了？

驻河东城里的日军派出大批特务和便衣探子，四处搜集端掉小梁镇据点的是一支什么部队。很快，情报就收集报告上去了。因为父亲他们早就故意把信息散布出去了，还唯恐日本人不知道哩。当得知端掉小梁镇据点的竟然是活动在汾河滩里的一小股土匪时，日本人的鼻子都要气歪了，这简直是对大日本皇军的天大羞辱！恼羞成怒的日本人终于在第九天的夜里出动了。驻河东城的牛岛师团派出了一个中队的鬼子，加上三百多人的皇协军大队，共八百多人的兵力，带着小钢炮，悄悄地摸进了汾河滩，特务探子带路，绕过了魔鬼滩，把寨子围了个水泄不通。

父亲曾不止一次地给我讲过这场汾河滩上的激战，说那天也怪咧，往常是云遮雾罩浑沌沌一片的汾河滩，那天却出奇地晴朗，没有一点雾气。当太阳从东边爬上崖顶，把光芒洒向这一片滩地的时候，他们惊讶地发现，褐色的裸露的汾河滩地上，突然出现了一队队罗圈着双腿，举着比自己还要高出许多的长枪的日本人。父亲说，也许日本人觉着对付这帮子土匪武装不需要什么战术含量吧，所以，他们乘夜色围住了寨子,为的是防止土匪们逃跑。因为土匪们都是单打独斗的好手,都是狡猾狡猾的。但歼灭土匪的战斗则要在白天打,日本人要让土匪们看一看大日本皇军的威风,领受一下大日本皇军炮火的威力。是呀,从日本人占领东三省开始,张作霖、张学良父子,蒋委员长,和日本人交手哪一个也是败多胜少的。就说咱山西的阎老西,又是忻口抗战,又是守土抗战,还不是被日本人撵得跑过黄河,躲到陕西去咧!所以,日本人此刻自信得很,对付区区一伙子土匪,就如同老鹰抓小鸡一般了!

最先发现日本人的还是寨子里的哨兵。

说起寨子里的哨兵来,因为在平时根本没发生过什么事,加上寨门又挺坚固,寨墙又高,哨兵就如同一个摆设,站哨的大都在睡觉,或者在养神。但却从来不缺岗不误岗。这是父亲这些日子里特别叮嘱的,田春梅就发狠说谁缺了哨、误了哨就毙了谁个狗日的,扔到滩里喂狼去。

这个哨兵依然是在哨楼里睡了一个晚上,一个晚上滩里都很安静。等太阳晒到哨楼了,他感觉到了太阳暖洋洋的光芒,就从哨楼里钻出来,先是伸了个懒腰,然后目光随意地看了一眼寨墙下面的汾河滩,这一看,就让他呆住了,像是不相信自己的眼睛似的揉了几揉,然后再仔细地看去,这一下就看准咧,满汾河滩的日本人。他刚张大嘴要喊——不知道他要喊什么，反正还没有喊出声来，也就在这当儿，滩里的一个日本鬼子，大概也是个哨兵，横过肩上的"三八"枪，对着他就是一枪，准准地打在了天灵盖上，又穿出去打在窑顶的崖上，他就那么大张着嘴发了一下愣，然后就从寨墙上一头倒栽了下去。

听见枪声，父亲迅速冲出了窑洞，一看滩里的日本兵和皇协军，心里就"咯噔"一下，心说小日本这回是确实被打疼啦，对付他们下本钱啦！

田春梅和那些队员也都跑出了窑洞，一看滩里的阵势，都有点发蒙。这些平时只做些抢劫越货勾当的土匪们，哪里见过这种枪炮对阵的大场面，一个个面皮紧绷，脸色是各种各样，躬腰曲背，紧握着枪的手在打着哆嗦，就连田春梅也紧张得粉脸变成煞白煞白的。她凑到父亲身边，声音颤颤地问："咋办？"

父亲轻轻地捏了她一下手，低声安慰说："不用怕，想着他们也是人，就好咧。"然后父亲大声说："大家不用怕，日本人也是人，而且还是发育不良的人。大家看见了，长得比我们还要矮好多哩。一对一他们根本不是我们的对手，所以我们就叫他们日本小鬼子！"

听父亲这样讲，大家不那么紧张了，有的脸上还露出了不以为然的笑意。

父亲继续说："现在大家一定要听我指挥，当小鬼子打炮的时候，大家都进窑洞隐蔽，这儿只留两个观察员。当小鬼子进攻的时候，我们再出来打。远的用枪打，近的用手榴弹炸，绝不能让小鬼子靠近寨墙。"

田秀才不知什么时候也站在了窑门口，他今天特意穿了一件白绸衫，头上戴了一顶新的瓜皮帽，显得很儒雅。只见他翘了翘山羊胡子，又使劲"咳"了一声说："今日我们自卫军与辱我中华之倭贼作战，虽死犹荣，流芳百世！"

田春梅也说："话说在头里，谁要是怕咧，怕日本小鬼子，谁就赶紧下去向日本小鬼子投降去。只要上了战场，就不能怕死，不能怕疼，打日本小鬼子就要豁出命去打。现在再说一遍，战场上谁不服从命令还是老规矩，就地枪毙！"

队员们被父亲他们这一番话鼓起了劲，也纷纷跟着话头喊叫着："不怕日本小鬼子！"

"都跑到咱家门口来咧，打他个狗日的！"

"谁一会要是熊包咧，谁就是大姑娘养的哩！"

父亲刚要再说几句什么，就听见"咣"的一声，随着河风的尖啸，一颗黑黝黝的东西老鸹般飞上了寨子，恰巧就撞到了田秀才站着的窑洞壁上，还未落地就炸开了，褐红色的泥土一下子砸了大家一身。田秀才就一声不吭地倒在了窑门口。但当时大家伙还未发现田秀才被炸死了，只顾着自个躲避。父亲知道日本人要开始进攻了，下面的炮火会更加猛烈的，就让大家赶紧隐蔽，抱着枪支都躲进窑里去，这建在崖壁上的窑现在就成了天然的防炮洞。他自己则伏在用麻袋包筑成的掩体后面，观察着滩里的动静，只见日本人在寨子前面的滩地上，一字排开了三门小钢炮，每三个人一组，向寨子发射着炮弹。还有四挺歪把子机枪，集中对着寨墙射击，密集的子弹一层一层像刀子般切割着寨墙，打掉了外层抹的那层黄土，露出了里面的石头，在寨墙上掀起了土黄色的烟尘。父亲就在心里叹一声，平时还觉着这寨墙牢靠得很哩，简直就是固若金汤。可现在看，日本人不用进攻，光是用炮火再猛烈地打上半天，这寨墙自己就垮尿咧！

这时候，田春梅冒着炮火从窑里跑到父亲身边，满眼都是泪水。父亲就问她咋咧？她就说了田秀才刚才被那颗炮弹炸死咧。父亲就不禁一怔，觉着这眨眼间人就阴阳两隔，半天没有说话。等又一阵爆炸过后，父亲发现田春梅还在旁边，就大声让她回窑里去，她声音颤抖却坚决地说："不，我就要和你在一起哩，死也死在一起！"

父亲心里一热，就没有再赶她回窑里，而是把她的头压低了一些，不让她在掩体后面露出来，说："日本人的枪打得很准，三八枪射程远，不要给他们当靶子咧。"

这一会儿，寨子上已是一片狼藉，烟尘黄土弥漫。也就在这时，父亲听见炮声停了，机枪声也断断续续起来。他探头一看，只见前面是几十个皇协军，端着上了刺刀的步枪，成散兵线向寨子跟前冲来，后面紧跟着一队日本兵，在日本兵的前面是个举着指挥刀的军官，嘴里还一个劲地直叫唤着什么，反正也听不懂。父亲就大声喊叫窑里的队员们赶快出来，小鬼子开始冲锋咧，准备开火。其实这半天队员们在窑里已被日本人的炮火憋燥坏咧，一听要打，就冲了出来。父亲先指挥两个队员把机枪架好，又让大家伙找好位置，说："等近了再打。近了，日本小鬼子的火力就弱咧，他们怕打着了他们自己人哩。"

说着话，前面的皇协军已冲到了寨墙下面，开始艰难地撅着屁股往上爬了。根本没法子隐蔽，全暴露在寨墙上队员的火力下，时机真是太好咧。父亲就大喊一声："打！"一排子弹出去，皇协军一下子就倒了好几个，剩下的也不敢往上爬了，连滚带溜地滑了下去。队员们就追着打，这些土匪出身的自卫军队员，个个都是好枪法，所以打得挺准，几乎弹无虚发。父亲就亲眼看到田春梅在他的身边一连打倒了两个皇协军。

日本人的机枪就又开火了，很准确地打在寨墙上面的掩体麻袋包上，发出"噗噗噗"的声音，就听"哎哟""哎呀"几声，一下子就有好几个队员就被击中了。

机枪火力很猛，也很准，打得寨墙一片烟尘，队员们根本就抬不起头来。日本小鬼子凭借着优势火力压制着父亲他们，然后又开始了第二轮进攻，这次是日本人打头阵，光听那嗷嗷叫的声音，就知道是日本小鬼子上来啦。

要说日本小鬼子确实比皇协军作战有经验，他们拉开散兵线，跳跃奔跑，用有效的战术动作规避着寨子里的射击，很快就冲到了寨墙下面，但要向寨子上爬，就仍然得和皇协军一样，躬腰撅臀地向上爬。趁这时机，父亲喊了一声："打！"队员们就又是一阵猛射，两挺歪把子打起日本小鬼子来也毫不客气，顿时又倒下了十几个小鬼子。剩下的很快就拖着伤员撤回去了。接着，日本小鬼子的几挺歪把子刮狂风一般扫射了过来，不时地听到队员们的咒骂声和号叫声，这说明他们虽然中了枪但还活着哩。还有的被击中了要害，一声不吭就倒在地下牺牲了！

父亲有点着急，对田春梅说："得解决掉日本人的机枪哩，那东西火力太猛咧。"

田春梅说："让咱们的机枪和他对射，打死日本人的机枪手。"

父亲正思忖这样行不行？就看见羊倌倌猫着腰过来，一脸的泪，眼睛都哭红了，说："掌柜的，我婆娘被日本人的炮弹炸死咧，给我颗手榴弹，让我用手榴弹炸了这伙子熊！呜呜！"

田春梅恼怒道："不看甚时候，光想着你婆娘！赶紧守住你那块地方，一会儿让日本人冲上来，连你的命都保不住！"

父亲看看羊倌倌，心里一动，问道："你能把手榴弹扔到日本人的机枪那儿？"

羊倌倌抹了一把眼泪，点了一下头说："能。我放羊时有的羊跑远咧,我就扔石头把羊赶回来。我能扔得比这还远哩。不信你看么!"说着话,他就起身,往后退了几步,然后猛地一个助跑,就将手里不知什么时间抓着的那颗手榴弹扔了出去,只见手榴弹在空中翻滚着,画了一个很优美的弧线,很准确地落在了一挺机枪跟前,吓得那机枪手和旁边的弹药手一起扔下机枪,打着滚向旁边躲避。

但遗憾的是手榴弹却没有爆炸。

原来羊倌倌没有拉弦就扔出去了。

父亲这才恍然大悟,土匪们在抢劫时是不喜欢使用手榴弹的。这回从小梁镇据点缴获回来两箱子手榴弹,一直堆在窑里,却没有教土匪们怎样使用。

于是父亲赶紧拿过一颗手榴弹现场示范,教大家使用。先打开后盖,拽出拉火环,套在手指头上,然后扔出去,大家就听见从寨墙下面传来"轰"的一声爆炸。于是,羊倌倌就又拿起一颗来,打开盖子,把拉火环套在指头上,照例助跑几步,"嗖"地一下扔了出去,这次又非常准地落在了一挺机枪跟前,把机枪和机枪手都炸飞了。

大家就都拍起手,欢呼起来。

羊倌倌也神气得意起来,又拿起一颗手榴弹,嘴里说:"小日本,炸死了我的婆娘,我今天非炸死你们这帮子熊不行哩!"就又准备投手榴弹,却没想他也大意咧,往后退的时候腰没有弯下去;身子暴露太高,就听两声很脆的枪响,羊倌倌的手榴弹没有投出去,大瞪着两眼控制不住般顺势往前扑了几步，就趴在掩体上，死咧！

日本人也盯上他啦，安排枪手专门等着他露头呢！

父亲大略数了一下，这才不到一顿饭的工夫，寨子里就已经阵亡了十几个队员。虽然他们也打死了不少皇协军和日本人，可照这样子再打下去，一会日本人的炮火再轰一阵子，恐怕寨墙也要垮屎了。父亲就在心里埋怨赵克仁他们，怎么还不在小日本背后动手呢？

田春梅的脸上一道黑一道灰，像个大花脸。她一手提着枪，另一只手捂着肚子弯着腰过来问父亲："有没有人接应咱们？冬梅他们来不来？不来咱们就跟日本小鬼子拼了，反正今天咱们也打死他不少，赚着咧！"

父亲看她这个样子，就问："你咋咧？挂花啦？"说着就要拉开她的手看，却被她挡开了，低声说："看你一惊一乍的，肚子上擦破了点皮，这会儿有那么点……"她吸溜了一下，身子一软，靠在父亲的身上了。

父亲情知不好，赶紧解开她的衣服，原来她腹部中了一枪，她自己撕了块褂子布塞在那儿，这会儿血又把褂子布染红了。

父亲这才明白，田春梅是怕队员们知道自己中枪后心乱，这才不吭声，又把自己变得惨白的脸抹得灰黑灰白的，就看不出本来面目了。父亲心里就剧烈地颤动了一下，说："坚持一下子，咱们游击队里有医生哩……"

父亲知道不能再打下去了,寨子里只剩下二十多个人,还有一半挂了彩,下一次日本人的进攻能不能顶住都很难说哩。他觉得不能再等下去了,不能再等着赵克仁他们来接应了,趁这会儿日本人在调整战术,没有重新发起进攻,赶紧从后山撤。父亲就安排两个队员快把那孔窑洞炸通,又让另外两个队员把早已准备好的绳索背到窑里去……也就在这时,父亲听到在滩里传来一阵炒豆般激烈的枪声和手榴弹的剧烈爆炸声……

父亲在心里喊了一声"好哇!"他知道是赵克仁和田冬梅带着游击队接应他们来咧!

其实父亲是错怪赵克仁他们了。他们一听到枪声,就赶紧往汾河滩里赶,和日本人接上火也就是半天的工夫。也怪父亲,他高估了这帮土匪的战斗力,原以为凭着寨墙和寨子里的力量,还不顶上日本人一天或者大半天,却没想到日本人的炮火太猛烈咧,这才冲锋了两次,他们就损失得差不多咧!

赵克仁和田冬梅带着稷王山抗日游击队前来接应父亲他们突围,毕竟赵克仁也指挥过几次战斗咧,这次就比较有经验,要求大家主要是以袭扰敌人为目的,不和日本小鬼子硬拼,不正面接触。他和田冬梅分开,各带一队,从两面开始进攻。这样他们打法和寨子里土匪区别就大咧，一下子就显得很有章法了。他们按照八路军的游击战术，三个一伙，五人一组，在广阔的汾河滩里组成了很长的散兵线，交替掩护着，向日本人发起跳跃性的冲击，稍一接触，就急忙后撤，等日本人后退时，他们又追着打冷枪杀伤敌人。日本人就觉着遇上了真正的八路啦，就扭头全力以赴地对付起稷王山游击队来。也是日本小鬼子惹得天怒人怨啦，老天爷也在帮助八路军帮助父亲他们，恰在这时，汾河滩里刮起了大风，顿时沙尘弥漫，天昏地暗，几步之外就看不清人影咧。所以，父亲趁这天赐良机，带着寨子里剩下的队员们抬着田春梅和其他伤员，很顺利地从那孔炸穿的窑洞里用绳子滑下后山，非常顺利地沿着那条沟撤到了后沟村，和赵克仁他们胜利地会合了。

但父亲却没有片刻的轻松，相反心情更加沉重。因为尽管游击队里的医生给田春梅进行了包扎，但田春梅的伤势非常严重，已经昏迷过好几次了。也许她自知顶不了多久咧，就让一直守在她旁边的妹妹田冬梅把父亲喊来。

父亲正在和赵克仁商量，队伍在后沟村不能久待，得马上转移。尤其是田春梅和几个队员的伤势，得赶紧找医生救治哩，一下看到田冬梅眼含泪水跑来，说她姐叫他赶紧去一下，心里就有一种不祥的感觉。他有点趔趄地跑到田春梅的身边，看到她的脸色因失血过多，显得异常苍白。

田春梅微微伸出手,抓住父亲的手,脸上露出虚弱的笑意来,说:"我怕是挨不过今天咧。我感觉太累咧,太累……"她猛地又喘了起来。

父亲从她身后轻轻地扶起她,说:"你坚持一下,我们马上走,到路上找到医生就给你治。"

田春梅喘了两下后又继续说:"我,活了这些年,该受的受咧,该吃喝的也吃喝咧,该出的气也出咧,该爱的男人也爱咧……就是还没和你过够哩……真想听你唱戏哩……"

父亲的眼里盈满了泪水,说:"春梅,别说这些,打走了小日本,我们还要好好地过日子哩。"

田春梅说:"记住,你可要把寨子里的弟兄们照顾好,别让他们再去死咧!你也别为我难过,没甚哩。在奈何桥上,我爹我娘,还有我伯,他们都在等着我哩。还有那么多的弟兄们哩……"她努力地抬了一下头,看着站在父亲身后正抹眼泪的田冬梅,说:"妹,替姐照顾好你姐夫,姐在阴曹地府里报答妹子……"

田冬梅捂着嘴叫道:"姐……"

一种极大的悲痛朝父亲袭来,父亲终于不可遏止地哭出了声,大声叫道:"不,春梅,你不要走,不要丢下我!你要给我好好地活着……你听么,我给你唱戏……"

父亲任泪水在脸上横流,不成调地唱着:

为春愁抱琵琶弹曲消遣，

瞒过了高堂上一双春楦。

哎呀呀！

隔窗那里有一书生容颜罕见，

真是个美宋玉昔日潘安……

就在父亲唱着的时候，田春梅的脸上露出了一丝微笑，然后无力地闭上了眼睛。

父亲抱着田春梅越来越凉的身体，忍不住放声痛哭起来——

在我的印象里，父亲一生宁折不弯的刚强性格，让他在历年的各种运动中没少受折磨，尤其是在那场全国动乱的大革命中，父亲有好几次差点就被打死。我记得有一次，父亲在批斗中惨遭毒打，胸前肋骨被打断两根，满脸是血。但父亲怕母亲担心，在自己回家的路上，硬撑着到村子里池塘边，用水把脸洗干净，这才回了家。母亲还是看到了父亲鼻孔里的血和脸上的伤痕，就问是咋咧？父亲竟然还笑了笑说，怕是上火咧。母亲又问，你背上咋那么多土呀，是去打滚了呀？父亲又说，是累咧，就靠在崖上歇了会儿，把土擦到脊背上的哩。

我不知道父亲那些日子在断了两根肋骨的情况下，每天还照常去生产队怎样干活？但我从来没有看到过父亲掉泪，除了那次在汾河滩上祭奠田春梅大妈时他掉了泪，也就是那天他给我讲述了田春梅牺牲的经过。至于父亲当时掉泪了没有？他没有说，但我从父亲在汾河滩上老泪纵横的情形来判断，父亲肯定是非常悲痛的！

我从来没有怀疑过父亲对我母亲的爱。

同样，我也相信父亲对我那位"土匪"大妈的爱和真情！

第七章

稷王山抗日游击队一下子变得兵强马壮起来，不但增加了二十几个士兵，还添了两挺歪把子机枪，十几支带着刺刀的"三八"式步枪，每个战士都装备了三颗日式甜瓜手榴弹，子弹每个战士都至少发了十发。于是在河东特委的批准下，改名称为稷王山抗日独立大队，小队改称为中队。父亲仍为副大队长兼任第一中队的队长，蔡锁通被任命为新成立的第二中队队长，赵克仁和田冬梅在县国立中学的同学陈孝悌被任命为第三中队队长。独立大队举行了简单的成立仪式，请来了河东特委书记阎子明。因为驻云丘山的二战区晋绥军新编独立旅的姬德和上校团长特意给赵克仁交代过，有了父亲的消息赶紧通知一下他。赵克仁就也派人送信，告诉他父亲回来咧，顺便请他来参加独立大队的成立仪式。

接到赵克仁派人送的信后，姬德和带着他的副官和警卫队连夜骑着马就往稷王山赶，第二天傍晚就赶到了独立大队的驻地。赵克仁特地关照,让他和父亲住在一间屋子里,给他们兄弟俩单独相处的时间和空间。见到父亲,姬德和只是略略端详了一下,就蛮有把握地说:"是我兄弟,没错哩。"他双手抱住父亲的肩膀摇着说:"你还认得我么?记得我么?"

父亲说:"咋不记得你呀,哥。你那年去赶集卖羊,我不是还想跟着你去么,我小没跟上,结果你人就一直没回来。叔和婶,还有村子里的人找了好多天哩,我也跟上人去找咧。最后,大家都以为你被人害咧,不在人世上咧!"

姬德和着急地问:"我爹和我娘呢?他们还好着么?"

父亲咬了咬嘴唇,沉默着。

姬德和似乎预感到了些什么,就说:"兄弟,哥出来这么些年,在死人堆里往出爬过哩,早已把生死置之度外咧。甚事都经过咧。你就实话实说吧。让我知道了,也少了些牵挂咧!"

父亲就告诉姬德和说:"由于找不到你,婶成天地哭,眼睛后来就看不见咧。有一天叔到地里去了,婶摸索着到井台吊水,结果滑了进去。旁边又没有人知道……"

姬德和就重重地喘了一口气,闭了一会儿眼睛,又问:"我爹呢?"

父亲说:"叔的死我也是后来听老爹讲的。那天日本人从东孝原的炮楼下来,要到村子里抢粮食,叔知道后就上了村公所的房顶敲钟让大家赶紧藏粮,赶紧跑……结果日本人打了一枪,就把叔从房顶打了下来……"

姬德和没有听完,就猛地起身走出了屋子。父亲急忙追出去,只见姬德和仰面苍穹,只是一个劲地出着粗气。一会儿,他猛地朝着我们老家所在的西南方向跪下了,从胸腔里爆发出撕心裂肺的哭声,不,我听父亲说过,那简直就是在号、在吼哩,那是一个男人悲痛到极点后的一种发泄!姬德和一边大放悲声一边就朝着西南方磕头,一下一下磕得地面"咚咚"响,父亲听见他嗓子眼里断断续续憋出的字眼是:"爹呀娘呀,你儿不孝呀……"

赵克仁和田冬梅听见哭声也过来了,听父亲说了情况,就过去劝说姬德和:"姬团长,节哀,日本人欠下我们的何止一家血债呢!"

在大家劝说下,几个警卫上去搀扶,总算把姬德和搀进了屋子里。姬德和现在毕竟是个上校团长,多年来在战场上拼杀,身经百战,也是看惯了生死,在生死场上闯荡过来的人,痛哭几声后把胸中的憋屈发泄了出来,情绪也就渐渐地稳定了。不过,他还是咬着牙说:"不杀尽东洋小鬼子,我姬德和枉为男人!"顿了顿,他又问:"那我爹我娘的后事……"

父亲说:"是村子里的人帮忙,具体是我爹在操办,咱们姬家户都参与咧。哥,你知道,咱们姬家户这些年在咱们村人丁不旺,尤其是男丁,几乎家家都是独生子。所以,就由我顶的孝幡,婶和叔都是……"

姬德和一把搂过父亲，抱得那么紧，让父亲都有点喘不上气了。他似乎是竭尽全力地叫了声："兄弟呀——"

接着，姬德和就关切地问起了父亲这几年的情况。父亲就讲了自己的经历，特别谈到了这次伏击日本人时掉进汾河，险些丧命的事情；讲了收编汾河滩土匪队伍和田春梅的死。父亲也咬牙说："哥，就是你说的，不杀光小日本，枉为男人！"

姬德和狠狠地说："弟媳死得很惨，也很壮烈。我们兄弟一起杀小鬼子！"

这时，田冬梅端着几个菜进了屋子，一边往桌子上放菜一边说："你们兄弟有很多年没有见面了吧？我在厨房里炒了几个菜。"接着，又把一瓶陕西产的"西凤"酒放到桌子上，看了父亲一眼，说："这还是赵大队上次到河东城参加抗日协调联席会时带回来的呢，一直舍不得喝哩。看到你们兄弟团聚，赵大队就贡献出来咧。你们喝点酒，接着聊。"然后转身离去了。

父亲就告诉姬德和，田冬梅是田春梅的妹妹，也是坡上村的。

姬德和就"哦"了一声，瞪大了眼睛说："我说哩，她刚才看你的眼神就不一样哩。原来是小姨子呀。咱们老家不是有句俗话么，是说小姨子的半个屁股是姐夫的。你这个——"

父亲就打开酒瓶，倒好酒，端起来对姬德和说："什么这个那个的，你当哥的就不要胡乱猜测咧。这是我们稷王山抗日独立大队的政委亲自下厨,在款待你这位国军团长哩。来,不要辜负了我们赵大队的一片好心。我们兄弟干一杯。"

姬德和喝干了杯中的酒,仍然接着刚才的话题问道:"这么说,她是你带着参加抗日游击队的?我没猜错吧。"

父亲摇了一下头说:"猜错了。她比我还参加共产党早,在县女子中学就是共产党员咧,也比我上稷王山早,要不,她咋是政委,我才是个副大队长呢?是她在领导我哩。"

姬德和不知道该说些什么了,也就端起酒杯说:"好咧,不说啦,咱们兄弟喝酒。"

稷王山抗日独立大队成立,自然要表示祝贺。姬德和这次带的礼品不菲,首先是两挺捷克ZB26轻机枪,各配两千发子弹。这种机枪的性能要比日本人的歪把子优越,故障少、射程远、射速也快。还有两箱子西药和绷带等医疗用品。把个赵克仁高兴得差点跳起来,悄悄地对父亲说:"你这个大哥团长,还真够意思哩。"这时,赵克仁看到父亲手里拿着一个手枪套,就问:"这是什么?"

父亲老老实实地回答说:"这是我哥送给我私人的礼物。"

赵克仁精得很,一下认出了那是一个德制M1911柯尔特手枪的枪套。打开枪套,里面果然是一支柯尔特手枪,枪柄上还缀有亮晶晶的钻石。赵克仁顿时眼睛就亮了,对父亲说:"哎,我是大队长,应该算个团级了吧，是应该佩戴这种手枪的。唉，现在都没有一支相配的枪佩戴，出去都丢咱们独立大队的人哩。"他在开抗日联席会的时候，看到那些国军和晋绥军的头头们腰间都挂着这么一支枪，又轻巧又威武又神气，而他自己还是挎着一把上次贺龙师长送的盒子枪，一看就是个基层一线的指挥员。说完他看父亲没有什么反应，就用一种讨好的语气说："姬队副，看在咱们同学的份上，你把这支枪送给我佩戴。我……我送你二十发盒子枪子弹。咋样？"

父亲有点为难，说："我哥送我的礼物，一眨眼我转手又送了人，这不好说吧。"

赵克仁挠了一下头，看着天空说："上次你掉进汾河里被冲走咧，真没把我急死。我要是会游水，早亲自下去救你咧！那几天我真的是吃不下饭，睡不着觉哩。谁让咱们是同学呢！"他看见父亲还是不说话，就又说："要不，你给你这个大哥团长说一下，干脆让他再送咱们两支，我、你，还有田政委一人一支。"

父亲乐了，说："我还真没见过你这么贪得无厌的人哩。"

赵克仁说："反正国民党的装备要比我们的不知好出多少倍哩，他们的武器弹药都是敞开供应的，不要白不要。"

父亲被赵克仁实在缠得没法，就把这支柯尔特手枪送给了赵克仁。父亲说："其实，我早就想着要把这支枪送给你佩戴哩。你想么，你是咱们稷王山抗日独立大队的领导，咋能让你佩戴着盒子枪么？"

赵克仁迫不及待地赶紧将枪佩戴在自己的身上了，好像怕父亲反悔似的。然后在稷王山抗日独立大队成立大会上讲话时，他的宽皮带上就佩戴着这支柯尔特手枪，绑腿打得溜光，和阎子明、姬德和他们并肩昂首挺胸地站在台子上，背剪起双手来，还确实有点威武神气哩，挺像个大首长的样子。父亲就记起当初在河东城里时，那个军统少将曾告诉过他的一段关于枪的话：一个男人，身上只要佩上了一支压满子弹的真枪，他的身上和脸上自然就带上了一股气，可以说是一股壮气，也可以说是一股杀气。枪有时候也是一件装饰品哩，让一个人威武起来。

赵克仁现在就是被这支柯尔特装扮起来咧！

稷王山抗日独立大队正式成立后打的第一个大仗，就是协助晋绥军截击日本人的一批军火。

情报仍然是河东城里的地下党得到的，然后报告给了阎子明，阎子明经过充分考虑，认为这是个千载难逢的机会，但又考虑到稷王山抗日独立大队的战斗力有些弱，单独打这一仗有困难，就指示稷王山抗日独立大队，尽快和驻乡宁的晋绥军独立旅联系，他通过联席会议进行协调，共同来截击这批日本人的军火。于是，赵克仁就和父亲专程赶往乡宁，先去见姬德和团长，谈这次截击军火的计划。姬德和听后沉默了一下，说："这不是个小仗呀！就按你们得到的情报里说的，护送这批军火的光日军就是一个大队，还有伪军一个中队，这估计就是上千多兵力咧。再加上他们的辎重部队，还有接应的部队……光凭我们一个团的兵力，再加上你们独立大队的一百多人，也就是一千多人，小鬼子的战斗力我知道的，这仗怕不好打哩。我得向旅长报告哩。"

赵克仁就说："还是我们直接去见他吧。在上次的抗日联席会上，他的发言表态可是很慷慨激昂哩。"

姬德和想了一下说："这样也好。两党会晤么，他大概不会那么……"他没有把话说完，只是很有意味地笑了笑。

于是，赵克仁就带了田冬梅和父亲一起到晋绥军独立旅去拜见旅长了。

独立旅的旅长叫梁瑞林，是阎长官的亲信梁化之的侄子。说起来和姬德和还都是阎锡山办的山西讲武堂的同学。在过去，还一度同在一个部队里当过连长。但梁瑞林仗着上面有梁化之护着，自己做人也很圆滑通润，深谙官场之道。所以现在就做到了少将旅长了。姬德和就只是他手下的一名上校团长。

对于赵克仁，梁瑞林也认识，那次开抗日联席会他们也见过面。两个人在会上都讲了话，彼此还有印象的。所以，双方坐下来后，两人略微寒暄几句，双方就进入了实质性的话题。

自然先是赵克仁说话，他故意用一种淡淡的，似乎很羡慕的语气说:"梁旅长带着一万多装备精良的将士,却咋也和我们这些游击队一样,也隐藏在云丘山里,云里雾里当神仙哩。让那区区三千多的日本人盘踞在河东城里,搞什么'大东亚共荣圈',简直就是一种耻辱哩!"

梁瑞林对于赵克仁的讥讽,脸不变色心不乱跳,反而哈哈一笑说:"赵大队长,你可真是站着说话不腰疼哩。你以为我不想打小日本?我也想打。可你看看我的部队,组织成分杂乱不说,政治素质和军事素质都挺差的哩。今天看着还有万把人哩,能跟着喊喊抗战口号,可要是真打起来,就成了一盘散沙咧。哎,记得我上次不是请求过你么,让你给我们派几个政工人员来帮忙做部队的整顿教育,你咋还没给我派?"他故意转移着话题。

赵克仁说:"这事下一步再谈。咱们还是先谈眼下这件事。我们得到可靠情报,日本人近期有一批军火从河东城要运往中条山地区的日军清水师团,路过稷王山地区。这正是我们出击的大好时机。我们这次来,就是会同贵部,协商截击敌人军火计划的。"

梁瑞林明显地对这次截击日本人军火的事并不太感兴趣。他靠在那张太师椅上,不屑一顾地说:"老赵,我军正在按照阎长官的部署,调整战术,'守土抗战',以时间换取空间哩。阎长官现在自己都西渡躲到陕西去咧。所以说眼下还不是和日军决战的时候。我说老赵,你们八路军还是趁这机会,也躲到山里抓紧时机招兵买马吧。"

一直没有吭声的田春梅突然正色说:"既然梁旅长提到了阎先生,提到了'守土抗战',那么梁旅长可知阎先生为何不像蒋委员长那样提'抗日救国'呢?这是因为阎先生认为收复失地,固非现今之力所胜。而守土抗战则为军人应尽之天职。而今,日军到了贵军眼皮子底下,而梁旅长却为了自保,任之逍遥如入无人之境。如果阎先生知道了,恐怕梁旅长不好解释这一作为吧。"

田冬梅的一番话说得梁瑞林面红耳赤,一下子无法应对,便看着赵克仁说:"这位漂亮女士,是贵部……"

赵克仁赶紧又介绍说,这是独立大队政委田冬梅女士。其实刚才一见面就已介绍过了。梁瑞林这一下只是为了掩饰尴尬而已。

梁瑞林就抚掌笑着说:"老赵,难怪你们独立大队团结一心有战斗力,原来有这么漂亮又能说会道的政工人员呀!可否把田政委借我部一段时间,做做政工教育,也让官兵的思想统一到抗战方面来。"

赵克仁就含糊其词地说:"行么。等这一仗打完……"

田冬梅打断了赵克仁的话,又对梁瑞林说:"我还听说阎先生在西渡之前写了一首诗:'为行游击战,议决行营离。敌人三面围,只有向西移。'梁旅长您也是阎先生的心腹,您应该更了解他哩。阎先生在山西经营了二十多年,断然没有去陕西寄人篱下的道理,他更不会甘心偏安一隅的,终究是要回来收复失地的。阎先生眼下虽然在陕西,却仍然指挥着河东的晋绥军和第十八集团军同日军周旋作战。只要有时机,他就不会放过的。梁旅长既是阎先生的心腹,咋会不懂他的心思?他要反攻打日本人,你却在此自保,他会咋着想?"

田冬梅这番有根有据软中带硬阐明利害的话,说得梁瑞林不语了,心里也隐隐地有那么一点压力,他心里清楚田冬梅说的是实情,毕竟现在是全民抗战,阎老西一心想着收复山西的失地呢。他沉默了一会儿,问道:"那你们希望我部做什么?"

赵克仁说:"这次估计是场大仗,打大仗当然要有大部队哩。其实我们也不用跟敌人正面交锋,我们独立大队可以利用山区地形的优势,搞袭扰战。等到日本人的辎重部队一出现,你们主力集中突击,将其击溃打散。我们将会集中附近的民兵和小股游击队,还有村民,迅速抢运军火……"

梁瑞林笑了,说:"老赵,听你这么一说,还挺有一套的,也未必不可行。但是,我们毕竟是正规军,不能只听你这么说一说我们就参战。我们还得请示上峰。"

在父亲和赵克仁他们离开的时候,姬德和悄悄地对父亲和赵克仁他们讲,别看梁瑞林上面有梁化之罩着,可他自己还得有队伍。没有了队伍,就甚也没有咧。这也是梁瑞林顾虑多的原因。他得考虑这场仗打下来,队伍的损耗和胜算的把握有多大。

父亲倒也赞成,说:"这是对的,其实打仗就像是做生意,没有赚头的生意谁做么?"

梁瑞林的本意并不想打这场仗。因为这些年来，他深谙这个道理，无论这次战斗优势多么充分，但一仗打下来，总是歼敌一千，自损八百的。所以，梁瑞林在多次的战斗中，总是不管胜败如何，而是看部队伤亡大小。一有伤亡，他就把队伍及时拉下来。所以，无论战斗多么惨烈，梁瑞林的队伍总是能全身而退，在这一点上他和父亲颇有些相似。而且这也是他后来能爬到少将旅长这个位置上的原因。但他和父亲的想法却是有着本质上的区别的。父亲是心软，舍不得部队，看不得战士伤亡；而梁瑞林则是为了保存自己的实力。相反来说，姬德和在这方面脑筋就有点死，打仗唯胜是求，常常把自己身边打得都没几个兵了。所以，上峰是不敢把一支队伍交给他的。所以，他就一直待在被人管的位置上，常常不能做主。

但这次出乎梁瑞林的意料，赵克仁他们刚离开不久，他就接到了上峰的电令，不但证明赵克仁他们提供的情报是准确的，而且要求梁瑞林部务必截击日军的这批军火，绝对不能让中条山日军清水师团得到这批军火。

这一下，梁瑞林就不能不作为了。他把姬德和和另外两个团长喊到作战室，先把上峰的电文给他们看了，然后围着沙盘开始研究这次截击军火行动。

梁瑞林对着沙盘思索了一会儿，就先把老同学姬德和叫过来，对他说:"看来赵克仁他们的独立大队对这次截击日军的军火很感兴趣、很有劲头,我们就给他们鼓鼓气,不要让他们失望。你分析一下,看咋着给他们一些什么样的实质任务?"

姬德和想都没想地说:"就凭他们那几条枪,一百多人的队伍,能起到什么作用?敲敲边鼓,就是他们说的搞点袭扰战还凑合。这仗还是要靠我们来打哩。"

梁瑞林就知道姬德和的老毛病又犯了,他加重了语气说:"姬团长,你有这种想法可不行哩。现在是国共合作统一战线,实行全民抗战哩。蒋委员长也一再讲么,人不分男女老幼,地不分南北东西么。所以,赵克仁的独立大队这次不仅要参加战斗,而且要放在主战场上。当然,本旅也将投入全部兵力三个团,还有炮兵营、工兵营、骑兵营。这只是战术方案。但在实际战斗中,我部参战部队仅出动你团一营,其他部队全部作为后备接应。而且所有参战部队,必须保证伸缩自如,绝对不能陷入主战场中去。你现在就按这个战术策略,给我搞一个可行的作战方案出来。你明白了没有?"

姬德和沉思了一下,这才说:"明白是明白了。可是上峰的电文要求我们,必须达成截击日军的军火。如果我们用兵过于保守,仅凭八路军独立大队零敲碎打的,万一日军把军火成功抢运,岂不耽误大事,我们会不会受到上峰责备和怪罪?"

梁瑞林对这位老同学不开窍的脑袋真是有点哭笑不得了,都这么些年咧,还是弄不明白官场规则,尽管他比自己战术水平要高,可就是一直上不去,这就是原因。上峰发来的电文当然是冠冕堂皇的,上峰当然不希望敌人军火运送成功,但上峰更不愿意看到自己的队伍被打光了。这种心思电文里当然不能明说,这就要下级在心里揣摩上峰的心思了,这也就是官场。梁瑞林这样想着,还是对姬德和说:"姬团长,我是让你制定一份一定要确保本部官兵全身而退的方案。至于截击敌军火成功与否,还有上峰的怪罪,自是本旅长的职权范围,你就不要考虑了。"

姬德和就彻底明白梁瑞林的心思了,他从内心里还是不愿打这次仗,还是想自保的。他敬了个礼说:"旅座,我尽力而为,让你满意。"

梁瑞林走后,姬德和又这样想,战场上的事情瞬息万变哩,只要是让我带部队上,到时候按不按作战方案来就不是你说了算咧。我也是个中国军人,不能做对不起祖宗的事,而且独立大队还有我兄弟在哩,能让我兄弟小看我这位大哥,在日本人面前当缩头乌龟么?这样想着,他看一会儿电文,又盯一会儿沙盘,忙碌了一个晚上,果然按照梁瑞林的思路制定了一份虚张声势的作战方案出来。按照这个作战方案,晋绥军独立旅的主力仅出动101团一个营的兵力据守日军经过的稷王山马峪口,基本上是坐山观虎斗了,而把围歼日军的辎重部队的几个主攻方向都推给了稷王山抗日独立大队了。

第二天一大早,梁瑞林还煞有介事地把团长以上军官召集起来,讨论由他和姬德和制定的这份截击日军军火的作战方案。大家都认为，由旅座主持制定的这份作战方案具有非常强的可行性，天衣无缝。姬德和就在心里冷笑，大家其实都是揣着明白装糊涂，心里都有个小九九哩，那就是不要让我的团上第一线，仗打赢打败就不关我甚事咧。其实何止是这几个团长呢？就是国军的许多高级将领不也是这样子么，只对自己负责，不对他人负责，更不要说对国家对民族负责了！

梁瑞林迅速派自己的副官把截击军火的作战方案送到了稷王山抗日独立大队指挥部里。赵克仁再笨再不会打仗，也看出了这份方案的名堂，冷笑了一声，对梁瑞林派去的副官说："倭贼横行，国难当头。贵部身为山西本土军队，不去执行阎先生的'守土有责'倒也罢了，却制定出如此圆满完美的自保作战方案来，真是令人钦佩之至哩！"

那副官自然也是对方案明白之人。他先以为八路军的独立大队都是些土包子，只会小打小闹地进行些游击战，看不懂这些正规的作战方案，却没想到被赵克仁一眼就看穿了，被他点明了一说，顿时脸就红一阵白一阵，坐立不安地辩解说："赵大队长误解了。这是梁旅长会同我部战术专家姬团座用了一个晚上的时间才制定出来，来之不易哩。赵大队长说自保，本部全体军官都一致认为是万全之策。"

赵克仁听副官这样说，就扭头看了一眼旁边的父亲，又问副官："你说的姬团长，就是姬德和？"

副官立正回答说："是。他是本旅最善战的，他的一团也是最有战斗力的。所以，梁旅长特命他全权指挥这场战斗！"

听副官这样一说，赵克仁不吭声了，又把那份作战方案打开，招呼父亲也过来看，一起研究。然后，他对副官说："好吧，请转告梁旅长和贵部官兵，我稷王山抗日独立大队全体官兵枕戈待旦，时刻准备出击。到时候会让贵部看一看，我们八路军官兵是咋样和日本人作战的！"

送走了晋绥军新编独立旅的副官，赵克仁看着父亲说："你看你那个大哥团长制定的截击作战方案，说是让我们设伏，他们堵口子，这干脆就是把我们往日本人跟前送哩。他们倒好，就守着一个口子，等我们打得差不多咧，他们一冲，净得好处了。要是万一我们顶不住日本人，他们溜起来也快得很哩。"

父亲没吭声，也拿起那个方案看，琢磨了好半天，这才说："我觉着我那个大哥不是那个梁旅长，就是为了保存实力。我看这个方案里倒是给我们留下了一个灵活处理的办法哩。老赵你看，晋绥军以一个营的兵力守住日本人的出口马峪口，而用两个团的兵力在做预备队。那我们就把日本人往马峪口赶，迫使日本人往那边突围。这样他们不想打也不得不打咧。"

赵克仁说:"你这是一厢情愿哩。凭咱们的兵力,能把日本人赶过去?一旦赶不过去,和日军形成僵持,那我们就消耗太大咧,真让他们在那儿坐山观虎斗咧。"

父亲说:"我们可以调动附近的民兵和大小游击队参加伏击。日本人的真正意图是运送军火,而不是来和我们决战的,只要我们一开始集中火力,摆开一个决战的架势,把气势造足,让日本人觉着我们这三面都是部队,情急中他们不会一下子判断出我们是不是主力的。而晋绥军肯定一开始只想看我们咋着打,他们并不急着开火,日本人肯定会向他们那边撤,就把战火引向了他们,这样就逼着他们非得开火不可了。战斗一旦打响,他们就是想坐山观虎斗也不可能了。城门失火,殃及池鱼。他们必然要来灭火的哩。"

赵克仁一琢磨,觉着倒也有道理。就说:"你这样安排,倒好像和你那位大哥商量过一样哩。"

父亲说:"还有一点,就是我觉着,今晚我那位大哥肯定会有信过来的。他一定也是让我们把日本人往马峪口那个方向赶,然后他们再出动兵力聚而歼灭。我了解我那位大哥的性格,他不会这么轻易地放过这么一个歼灭日本人的机会的。我记得他从小和别的孩子打架,从来都要赢哩。如果这次打输了,他一定会找个机会再打一下的。"

赵克仁就说:"那好,我们马上向阎子明同志报告,然后由河东特委给各县的县大队、区小队及游击队发通知,让他们参加这次伏击战。"又交代说:"把所有机枪都用上,对了,不是你从汾河滩还带来两门炮么,也带上。"

父亲判断得没错,晚上,姬德和派他的副官又赶到了稷王山抗日独立大队指挥部,口头传达了他的作战计划,结果和父亲分析的一样,就是让他们在三面围住拼命用火力阻敌,但一定不要冲锋。等日军撤退到马峪口时,晋绥军发起攻击,等把日军打乱了,这时候独立大队和别的游击队再发起冲击,主要目标是搬运军火。如果日军发现上当回防军火的时候,千万不要贪恋那些军火,赶紧组织队伍撤离现场。

姬德和说他还私自安排了一个营在侧翼掩护协防他们。

父亲知道,姬德和看到他们本来人就不多,不愿意让他们再增加伤亡。这和父亲的心思是一致的。

这次以稷王山马峪口为主战场的截击日本人军火的战斗,除了晋绥军独立旅部分主力外,稷王山独立大队和河东特委前后动员了大大小小二十多个县大队、区小队和民兵小分队的兵力,共有两千多人,在这场游击战加运动战和伏击战中大显身手,将日本小鬼子的辎重部队围在马峪口那条狭窄的沟里动弹不得,当日本小鬼子看见三面都有伏兵的猛烈火力和军号喊杀声,而且又是山峦高坡,不易突围,果然就全力护送着军火向马峪口全力冲击,打算强行杀出一条血路来突围，同时一面发电请求援兵。这样很快就和姬德和守口子的那个营遭遇上了，尽管战前姬德和一再交代不可轻敌，但那个营并没有太当回事，也是想看看八路军的破枪烂炮咋着和日本人拼杀哩，却没想日本人反倒冲着自己的阵地来咧，一接上火就打得非常激烈，日军挺着刺刀在机枪和小钢炮的掩护下，"嗷嗷"地叫着拼死往前冲，看样子一定要在这里冲出去。在猝不及防的接触中，指挥阻击的王营长在日军的第一轮冲击中就中弹牺牲了。姬德和就亲自带着另一个营又冲了上去，战斗越打越残酷，这里反而成了主战场。姬德和麾下的连长都阵亡了五六个，姬德和本人胳膊也中了一枪。但他仍然在前沿不下去，挥枪高喊："杀倭贼！乃我中华男儿本色。退却者格杀勿论！"

而在这时，驻河东的牛岛师团接到增援电报，火速带着二百多日军赶来增援，这就使姬德和腹背受敌了。梁瑞林看这情形，就下令先让姬德和率部撤退，谁知姬德和誓死不退。气得梁瑞林摔了杯子，亲自赶到前线想指挥撤退，脱离接触，没想战斗太激烈，迫使梁瑞林把假戏做成了真的，打到后来，他不得不将两个做预备的团顶上去接应，从两侧向牛岛师团发起攻击，从而将原本计划的规模小仗，拓展成了一场全面出击惊天动地的大仗了！

当这场截击战打到傍晚时分，被包围在马峪口沟里的日军辎重部队虽然走投无路，但仍在负隅顽抗，拒不投降。独立大队眼看着日本人全被夹击在马峪口的沟里，便吹起了冲锋号，全线发起了冲击。因为这时候赵克仁和父亲他们已经控制不了这些由各县集中而来的县大队和区小队了，他们穿着颜色各异的服装，从三面山上蜂拥而下，一面叫喊着，一面胡乱射击着，冲向那些拉着军火的汽车和马车。这些县大队和区小队充分发挥其游击战中的近战和夜战特长，争先突入敌阵。不过，在日军的还击中，不断有人员中弹，从山坡上滚下来。但大多数人还是冲到了沟底，上到汽车和马车上，搬运起军火来。

日军眼看着抵挡不住，就又发射了毒气弹。

田冬梅正带着一伙子战士在搬运军火呢，就看见脚下"噗"地落下一颗炸弹，爆炸后没有炸伤人，却腾起了一股烟雾来，随即，周围的人就呛得剧烈咳嗽起来。田冬梅知道是日本人发射毒气弹了，赶紧喊叫大家捂紧鼻子。但在炮弹枪声的轰鸣中并没有多少人能听见，随即就有不少人晕倒了。田冬梅也感到一阵头晕目眩，赶紧靠在一辆汽车上，仍然大声喊着："大家……快……快捂住鼻子和嘴……"然后就晕倒了。多亏她的女警卫员青青一直跟在她身后，见状赶紧背起她就往山上撤。

关于这次截击日本人军火的战斗，我先后查了《河东志》《万泉县志》和《稷山县志》，均没有找到有关这次战斗的记载。直到今天我写本书时，才在山西省图书馆的《山西抗战史》中查到了有关这次战斗的记载，但全是有关晋绥军独立旅的，主要记述了梁瑞林旅长身先士卒，亲上前线指挥战斗，被日军毒气所伤；也提到了我那位大伯姬德和，说他身中两弹，仍然死战不退，挥枪杀敌。至于稷王山抗日独立大队和参战的河东各县县大队、区小队以及民兵小分队等，只字未提。但上面记载了这次战斗共造成日军辎重部队近三百多人伤亡，歼灭伪军五百多人。从河东赶来接应的牛岛师团亦伤亡一百多人。缴获颇丰……此役震动全国，除受到阎长官的嘉奖外，重庆的蒋委员长亦来电嘉勉，并对梁瑞林、姬德和以及另两位团长授青天白日勋章，并追授战死的一位团长扬成才为少将。

解放后，扬成才被人民政府授予烈士称号。

后来我又查到有关资料，牛岛师团的真正伤亡数字应该是二百多人。因为在撤回河东城途中，沿途又不断受到那些曾参与截击日军军火战斗后同时撤离的县大队、区小队的袭扰，伤亡便不断增加。这也导致了后来牛岛师团为报复这次截击日军军火战役，在同年的5月底，倾巢出动，对河东一带进行疯狂大"扫荡"。据《河东志》记载：驻河东日军牛岛师团沿通（化）河（津）公路北下，在渡过汾河突破右翼国军防线后，又转向东，和中条山之敌形成两面夹击之势，对我稷王山根据地军民疯狂残杀，所到之处真是尸体遍野，处处冒烟，令人惨不忍睹……

第八章

　　此次截击日本人军火的战役,稷王山抗日独立大队也收获不小,不但缴获了大批的枪支弹药,还有大米和白面等,而且还缴获了几匹马。这几匹马除了用于驮运拉车外,也理所当然地给大队几位领导每人分了一匹坐骑,也就像现如今领导干部的"专车"。父亲是副大队长,也很荣幸地分到了一匹。但这匹马看上去很老了,也很瘦,深栗色,毛发凌乱,眼神无光,也不知道日本人从哪里抢来的。但父亲很知足,觉着这匹马是给他这个副大队长的待遇。但父亲并不爱骑马,他一直喜欢骑自行车,就是老百姓说的"洋马子"。他在琢磨着,什么时候能缴上一辆"洋马子"骑一骑呢。但父亲没有想到,就是这匹貌不惊人的瘦马,却在后来的一次战斗中救了父亲一命呢。此是后话了。

　　当然,独立大队也还是有些损失和伤亡的。打仗么,哪能没有损失。不过,由于组织得好,战士们也不像那些县大队、区小队的不听指挥,所以这次战斗他们是损失最小的,亡三人,伤十一人,其中包括中毒的政委田冬梅。而田冬梅这次中毒还比较严重,抬回稷王山后昏迷了四五天才醒过来,多亏姬德和上次送来的两箱子药里有一种叫"氢氩酸"的解毒药,又每天给她灌两碗绿豆熬制的汤,并用点燃的艾叶熏鼻孔这种土法解毒。虽然性命无虞了,但这次中毒却给田冬梅留下了后遗症,不知毒气把她的什么器官给损害了,导致了她终生不能生育。

  从我记事起,我这位姨妈身边就有个女孩儿,长得浓眉大眼,父亲让我喊她姐姐。后来我每次到县城这位姨妈家,她都会带我到街上玩,但在她身上明显有一种优越的炫耀感觉。每次我问到她些什么,她都会很不屑地说:"这都不晓得呀!真是的!"而且有一段时间,我隐约听到父亲在和姨妈说,让我和她定亲。但我明显不喜欢她,她也比我大两岁呢。直到我入伍后有一年探亲,这才听说她是姨妈抱养的,先在县医院工作,后来还担任了我们县的卫生局长。其实我有一种感觉,就是她和我姨妈关系并不那么融洽。我这位姨妈脾气很不好,发起火来还会打人,而且嘴里冒出的动不动就是:"我枪毙了你!"我小时候听到这话可真吓得够呛!尽管她很喜欢我,每次我到她家里都会找出一大堆好吃的给我吃,但我还是害怕到她家里去。并且她还抽烟,那会儿纸烟很少,一般人都抽不起的,她那点工资有一半都抽了烟了。在那场"文化大革命"中,姨妈因为受到父亲的牵连,也被打倒了,工资停发了,她就和农村的老农民一样抽起了旱烟,用一个小笸箩盛着晒干后搓碎了的烟叶子,用烟袋锅子抽了一锅又一锅,每次来我们家,母亲就给她包一大把晒干了的烟叶子。在我的印象里,她的那张脸就是成天笼罩在烟雾里的。我父亲由于在"文化大革命"中受到了摧残,身体受损,比她去世得早,得知父亲去世的消息,我这位姨妈从县城急匆匆地赶来,到了我家门口一下车就痛哭失声,跌跌撞撞地扑进屋子,上了炕就跪下了,看着父亲的遗体,嘴唇抖动着,半天才从嗓子眼里迸出两个字来:"姐夫!"一下子就晕了过去——

我似乎有点儿明白我这位姨妈终生未嫁人的原因了。

写到这里,我也应该介绍一下我这位终身革命的姨妈了。

田冬梅也像她姐田春梅一样长得很漂亮,但却比田春梅瘦,身材高挑匀称,面皮白里透红,举止温文尔雅,透着一股大家闺秀的气质。但是经过那次中毒后,除了那个不能生育的后遗症外,她的脾气也一下子变坏了,动不动就骂人,甚至还会动枪,与她的政委形象以及以前那种温文尔雅的形象差别大极了!

我曾听父亲讲过姨妈的一次发火,甚至还动了枪,尽管父亲讲得很含糊,但我还是听明白了,这次姨妈还是为了他……

还是那次截击军火的战斗结束后不久,第二战区办的《抗敌报》

来了一位年轻的女记者，要来采访大队长赵克仁、政委田冬梅和父亲，还有蔡镇通他们几个中队长及一些作战勇敢的战士。那天是在稷王山根据地一个叫原村的一处地主的院子里，初夏的阳光暖洋洋的，院子里的两棵洋槐树上开满了花，空气中弥漫着槐花的香气。戎马岁月，情绪每日绷得紧紧张张的，难得有此空闲，喝点儿茶，聊会儿天，说点儿笑话，晒晒太阳，已是久违的享受了。

应该说，父亲还真是个说笑话的高手哩。我们老家就是个出产笑话的地方，最著名的要算那个流传很久的"七十二挣笑话"了。现在，万荣笑话已经成为一种产业，面向全国了。我从小就听父亲讲过不少本地笑话，真正的是脍炙人口哩。那天，就在田冬梅被通讯员找到，说有从太原城来的记者要采访她哩。她就大步流星地来到了那个院子里，正好父亲刚讲完了一个关于"挣"的笑话，那个笑话是这样的："有个人第一次到河东城里办事，第一次看到火车，回去就给村子里人吹开咧，说火车跑起来有多快多快。吹到后来这样说：那火车还是趴下跑哩，要是站起来跑，更快哩！"大家就都哈哈笑开了，尤其是那个女记者，笑得捂着肚子边叫"哎哟"边说："太原城里头传说你们八路军都是一些庄稼汉土包子呢，谁知一见，一个个都这么风趣，开个玩笑都这么有文化！"说着还用手在父亲的肩上拍了两下，谁知这两下恰巧就被走进院子的田冬梅看到了，再听着他们的放肆大笑，脸色顿时就黑云压城了。当她把目光又落在女记者那张一直盯着父亲的如花般的脸上时,就从牙缝里发狠般地挤出两句来:"真是商女不知亡国恨,隔江犹唱后庭花!"

大家的笑一下子就戛然而止了,面面相觑,一时不知道政委田冬梅为甚发火,又在说谁是"商女"了。

赵克仁反映了一下,就赶紧站了起来,正想给那女记者介绍田冬梅,却见那女记者眼睛四下里滴溜溜地一转,看到在这院子里就她们两个女人时,马上就反应了过来,噌地就站了起来,冲着田冬梅说:"你是干什么的?你说清楚,这里谁是商女?"

田冬梅瞥了她一眼,并没有理她,而是说赵克仁和父亲他们:"现在是什么时候?大敌当前,日本鬼子就在离我们不到几十里的地方杀人放火哩。你们却在做甚?几个领导,围着一个城里来的女人,吹吹拍拍在这里寻欢作乐……"

赵克仁顿时一头雾水,脸上就红一阵白一阵,不知道田冬梅今天咋着了。他看了看父亲,见父亲只是低着头,不吭声,就嘴唇哆嗦着说:"田冬梅同志,你……你在说些什么?什么和城里来的女人……她是太原城里来的记者,是……"

这时候,那女记者就往田冬梅跟前踱了两步,这位女记者穿着一身国军的制服,而国军的制服都是美制的军装。美制军装的特点是胸前的小翻领特别漂亮,尤其是女兵服,恰好让胸前的优势全显露了出来。当时这位女记者还挺着胸部,似乎是在故意炫耀,说:"你说我们在寻欢作乐？请问你知道什么叫寻欢作乐吗？我不知道你是这儿的什么人儿，但从你刚才对这位抗日将领说话的口气来看，你好像在统治着他们，管辖着他们呢，那么请问，他们是你的什么人？你又是他们的什么人？啊？"

田冬梅以一种异常愤怒的目光盯着女记者说："你这个国民党特务，敢在这里对我指手画脚地这样说话，再这样说话我枪毙了你！"这样说着，右手就不由自主地放在了腰间的手枪上。

要说呢，这女记者能一个人在战火纷飞的年代里从太原城跑到稷王山来采访，本身就说明她不是一般的女人，不是个好对付的善角色，所以对于田冬梅这种拿枪来吓唬人的做法，她根本就不屑一顾，反而轻蔑地一笑，转身对着几个不知所措的稷王山抗日独立大队的领导们说："你们这位女同志是不是有什么病？神经病……"

话音还未落，就听一声枪响，女记者哆嗦了一下，当场就瘫倒在了地上。

这一枪彻底地打掉了我这位姨妈的淑女形象了。

许多年后，父亲说起我这位姨妈当时凶神恶煞般拔枪射击的样子时，他都不寒而栗哩，那和她在县国立中学演戏时的模样简直判若两人。父亲每次说到这里，总是摇头说："都是那场战争毁了她咧，要不凭你姨的模样和她的聪明，又有文化，早当上大干部咧。她脑子里中了日本人的毒气,一直没有彻底治好,时常犯病,犯起来就发莫名的火,甚至拔枪打人。"那天她的那一枪,不仅把那个女记者吓了个半死,也让赵克仁和父亲对她多了几分戒备心理。与此同时,除了那个一直跟着她的女警卫员青青外,又专门给她安排了一名男警卫,说是照顾她的生活,其实是为了防止她病情发作时伤人。

这名男警卫名字叫狗剩,也是河东那一带的人,那年十六岁,个头不高,还很腼腆,说话还脸红,倒挺像个姑娘家。但他手脚却十分利索,能不声不响迅速地从你的口袋里把东西掏出来而不让你发觉。父亲观察过他的两个手,手指头又细又长,若放现在,那肯定是一双弹钢琴、拉小提琴的手,是一双艺术家的手。而在那个年代,就只能玩枪咧!

狗剩是自己找到稷王山来的,说他没有了父母亲,是个孤儿,一个人给财主放羊哩。由于饿,他就经常隔三岔五地偷偷杀财主家的羊,用火烤着吃羊肉哩。财主刚开始没发觉,但时间长了,财主发现少了羊,就问狗剩,狗剩先说是让狼叼走咧,后又说大概是自己没看住羊跑丢咧,总之是越说漏洞越大,后来一害怕,就跑咧。后来听说稷王山有打日本人也打财主的队伍,还能吃饱饭,就自己找着来咧。

这里我还是再谈一起我这位姨妈因为犯病的原因,却意外地打了一场胜仗的事。

那还是在那次截击日本人军火不久后的一天，田冬梅带着三中队到离稷王山根据地不远的赵村去做群众宣传工作，也是为独立大队招兵买马。赵克仁这段时间主要让田冬梅负责这些工作，说咱们缴获了日本人这么些武器，却没有兵马使用，不是白白地浪费么？你是政委，就负责群众这一块工作哩，给你一个中队的人马，想办法到秋后把咱们独立大队扩大成独立团，也和那个晋绥军一样，我也来个团长干干。田冬梅没有说甚，而是很爽快地接受了这个任务，并且立竿见影，早出晚归地开始宣传抗日，开始了招兵买马的工作。

那天下着小雨，道路很泥泞。田冬梅在赵村养过伤，应该说是熟悉的。可那天也就怪咧，宣传效果很不理想，战士们讲道理把嘴说得都冒白沫了，老百姓的反应却很冷淡，当田冬梅带着狗剩和两个战士来到一家豆腐房，动员做豆腐的吴老汉儿子参加独立大队打鬼子时，那吴老汉却骂起了他们，说："你们也不看看你们的队伍里都是些甚人么，二流子、土匪、小偷，乱七八糟的甚人都有。我们这些本分人，咋能跟这些人在一起混么！都给我走开些，别妨碍我做豆腐。"气得跟着她的三中队长陈孝悌上前就要动手把吴老汉捆起来，说他是反动分子。那吴老汉倒是不怕，一边不慌不忙地摇动着豆腐兜子一边翻着眼皮不紧不慢地说："咋咧？你们口口声声不是说自己是抗日队伍么，抗日队伍还对老百姓下手？"

事情就搞成了僵局。田冬梅就气呼呼地出门上了她那匹马，带着队员们踩着泥泞的小路一跌一滑地返回驻地，连晚饭都没有在村子里吃。正走着呢，突然，带着三个战士走在前面做尖兵的陈孝悌急匆匆地返了回来，紧张得嘴唇都在抖，说："政……政委，前面的沟……沟涧里有小日本的汽车哩！"

田冬梅一怔，忙问："有多少？"

陈孝悌说："还……还没顾上数，反正看上去不少，有好多辆哩。"

田冬梅就命令队伍停止前进，就地隐蔽休息。她自己下了马，弯着腰和陈孝悌来到前面的一个突出的崖坎上，趴在湿漉漉的地上观察了一会儿，让旁边的战士大略数了一下，前后约有十六辆严严实实蒙着帆布的汽车，在沟涧里泥泞的土路上艰难地行进着，由于路滑，不时有汽车陷进泥坑里走不动了，就有鬼子和伪军下来在后面推，车队行驶的速度十分缓慢。

而他们要返回驻地，必须要穿过沟涧里的这条道路。因为独立大队的驻地在山那面。

田冬梅观察了一阵后，得出结论，这不是日本人的战斗部队，好像是战场保障的辎重部队，不知道汽车上拉的是甚东西？又往甚地方送哩？这种部队应该是没有战斗力的。她的脑子里就忽地热了起来，似乎不受自己控制了。加上这会儿陈孝悌又在旁边抖颤地问道："政……政委，我们是等鬼子车队过去了再走，还是……"

这陈孝悌也是姨妈的同学，家里还是个有钱的财主哩。他所带的三中队里就有十几名都是万泉县国立中学的学生，算是学生兵哩。也正是因为这样，赵克仁就让他们跟着田冬梅去做宣传，去做招兵买马的工作了。当然，经过了多次战斗的锻炼后，他们打起日本人来也是不含糊的。当时赵克仁和父亲让陈孝悌带着三中队跟着田冬梅政委去做宣传动员群众工作，也觉得陈孝悌是个办事小心谨慎的人，田冬梅发起火来可以劝一劝的。可这次田冬梅冲动起来，要以一个中队四十多人的兵力去打日本小鬼子的一个辎重车队，几倍于己的兵力呀！可他就没能劝住。事后他心有余悸地说："多亏我没劝住。当时她是政委，我是中队长，再劝下去，她真可能枪毙了我哩。她枪都指着我脑袋咧！"

又观察了一阵，田冬梅就有点心动起来，说："看起来日本鬼子是没有防备的，我们冷不防打他们一下，查一查车里都拉的甚么东西，看小日本鬼子又要搞甚名堂。也让小鬼子再领教一下我们稷王山抗日独立大队的厉害，再者也让周围村子的那些落后分子们看看，我们究竟是些甚么人，是甚队伍！"

狗剩在身后抱着几颗手榴弹凑了过来，说："政委，你让我从这坡上溜下去，炸翻这些狗日的，你再赶紧带着人冲过去！"

田冬梅说："不要蛮干。陈孝悌，你先仔细观察一下，把鬼子的人数给我弄个差不离，看咱们一会儿从哪儿下手打合适。"

陈孝悌观察了一会儿,说:"政委,刚才我大略数过了,日本人加伪军好像就三四十个人,就是不知道车上还有没有了?不然,我派人下去查看一下?"

这时候天色也越来越暗了,雨还在不紧不慢淅淅沥沥地下着,气候也有点凉。

狗剩又在旁边说:"政委,看尿这架势,小日本一时半会的过不去哩。这肚子都叫起来咧。咱们下去打他一下就跑,他们根本就顾尿不上哩。"

也许就是狗剩的话提醒了田冬梅,于是她就做出了一个十分大胆的决定,这个决定就是后来谈起来让姬德和都惊叹不已,连连说:"想不到,一个女人,不可思议哩!啧啧,真的是不计后果,石破天惊,不愧女中豪杰呀!"田冬梅在心里暗暗计算了一下,决定对鬼子的车队进行中间截击,从而造成敌人首尾不能相顾的局面,然后趁乱查明汽车中所拉的物资,最后到对面路凹处的大树下集合。不过,她还是把陈孝悌叫过来商量,先谈了自己的想法,然后说:"我对战斗指挥不很熟,你看这样打行不行?你来指挥行动。"

陈孝悌却有点顾虑,说:"政委,我们就四十几个人,又没有带机枪和其他重武器,要是打起来了,一下子脱离不开了咋办?"

田冬梅听他这样一说就发火了,说:"陈孝悌你不要散布泄气的话。你要是怕死,我就先撤掉你这个中队长,我自己来指挥,等打完仗再跟你算账!"

陈孝悌赶紧说:"政……政委,我不是这个意思。我是说我们不一定非要……要打中间,随便打哪里都一样么,这样也好脱离。我是说万一……"

田冬梅就拔出枪来挥舞了一下说:"没有万一。现在大家听我的命令:全体准备好手榴弹,五个人集中炸一辆汽车。狗剩你带五个人注意看汽车里面拉的都是甚东西。好了,咱们趁天黑和下雨潜到离鬼子汽车最近的地方,只要鬼子没有发觉,我们就一直靠前,然后对着汽车一齐投弹。明白没有?"

大家都低声答应说:"是。"

陈孝悌见状就说:"政……政委,你还是在中间把握全局吧。战斗还是我来指挥。"说着就对一个战士吩咐说:"柱娃,你们几个跟着狗剩保护政委!"然后挥了一下手里的盒子枪,带头领着大家顺着湿溜溜的山坡往下滑,等离鬼子的汽车还有二十多米的时候,陈孝悌举起枪朝天开了一枪,战士们几乎是同一时间把手榴弹投了出去,因为距离近,所以几乎全是弹无虚发,全都命中了中间的七八辆汽车,当时就将这些汽车炸瘫痪了。

田冬梅看见得手了,就喊了一声:"快冲过去!"

也就在这时候,情况很快地就发生了变化,主要是因为下雨,地下的黄土泥泞粘脚,影响了他们的冲击速度。就在他们一跌一滑地冲向那几辆瘫痪汽车的时候，从车队前面的一辆车里跳出来十几个日本兵，"哇哇"地叫着疯狗一般扑了过来，枪声中，两个战士就一头栽倒在泥里。陈孝悌慌忙组织还击，没想从后面又不知道从哪里钻出来几十个鬼子和伪军，更加凶狠地冲了过来，他们顿时陷入敌人的两边夹击包围中了，顷刻间，柱娃和围在田冬梅身边的几个战士倒在了血泊里。

田冬梅这会儿反倒不怕了，用手中的盒子枪打倒了两个冲到跟前的鬼子。可是有一个鬼子被打倒了，仍然狂叫着扔过来一颗圆圆的甜瓜手榴弹，就在田冬梅的脚下转，好在狗剩手脚利索，扑过去捡起手榴弹又扔了回去，恰好砸在那个鬼子兵脑袋上，"轰"的一声把那鬼子兵脑袋炸没了。但剩下的鬼子兵仍不要命地冲过来，真个是前仆后继，绝不后退。双方越逼越近，甚至都可以在暗淡的夜色中看见各自眼睛里闪动的残忍的光了！陈孝悌见状，知道自己的队伍在肉搏拼刺方面是不如日本兵的，赶紧喊道："大家快往汽车下面隐蔽，钻过去往山上撤！快！"一面又朝扑上来的敌人射击。但他发现，盒子枪的火力这时候就显出短了，根本阻挡不住敌人的进攻。他大喊："快，上车，找机枪！"

有几个战士就翻上汽车，很快就找到了两挺机枪，然后就在汽车上对着两边冲过来的鬼子和伪军射击开了，这才把敌人的冲击压制住了。

这些年来，田冬梅虽然也参加过不少战斗，也亲手射杀过不少敌人，也算是久经战场了。可这么近距离的拼杀，这么惨烈的场面，确实让田冬梅心惊肉跳。趁着敌人暂时被机枪火力压制住的时机，狗剩拖着她，钻过汽车，向着后面的山上跑去。也许是鬼子的任务就是保护汽车里的物资，看见他们往山上跑了，只是在后面打枪，并没有追上来。

听见后面的枪声稀少了，田冬梅停住步子喘了一口气，看了一下周围的战士，又看了一下沟涧里鬼子的汽车，不禁倒吸一口冷气，天哪！打了半天，鬼子和伪军竟然还有这么多，围着汽车站着，看上去有好几百人哩！

来到路凹处的大树下，田冬梅让清点了一下人数，除受伤的外，有七个人没有跟上来，看样子是阵亡的可能性比较大。她的那匹马也不知道跑到哪儿去了。狗剩和几个战士抬上来一个箱子，封得严严实实的，还有两个战士各扛回来一挺歪把子机枪。田冬梅让大家都报一下自己打死了多少个小鬼子和伪军，大家说天色太暗了，看不清，但也估计了一下，每个人都杀死了几个，而且炸毁了七八辆汽车。这样一算，这场奇袭战应该是胜利的。

然而，让田冬梅没有想到的是，八路军太岳军区386旅第17团的一个营，就在离他们攻击日军车队的沟涧不到三公里的一个叫圪套套的沟里设下埋伏，准备攻击这支日本人严密防范戒备森严的汽车队，主要也是想查清车里拉的是什么武器？因为仅在这一个时期里，凡与日军作战的不管是八路军还是晋绥军、国民党正规军，均不同程度地受到日军生化武器的攻击，伤亡惨重。就是在齐会战斗中，八路军120师的贺龙师长在前线指挥战斗中竟然也中了日本人发射的毒气，但仍坚持指挥作战。

说起毒气战，这是国际公约法严禁使用的。而日本人多少年本身就是一种小人做法，在侵华战争中悍然违犯国际公约法，一直偷偷摸摸地研制和使用化学武器，地点遍及日军交战的十九个省区，使用了芥子气、路易氏气、光气、氢氰酸、二苯氰胂、苯氯乙酮、氰溴甲苯等剧毒剂。我曾在山西武乡县的"八路军抗战纪念馆"看到一本日军有关在作战中使用化学武器的命令小册子，上面说到他们在军事上把化学武器视为一种"非常有效的作战手段"，在作战中使用毒气"取得了始料未及的效果"。在日军内部，他们称化学武器为"决胜瓦斯"。日军在作战中，化学武器主要用以兵力不足，减少损失，增强突击能力，加快作战进程等；或者用以支援夺取要点工事，挽救败局，尤其作为一种有效的反游击作战的手段等。

尽管日本人在战后一直试图掩盖和不承认他们曾经使用过毒气，但事实却存在着。据战后国民政府军政部《抗战八年日军使用毒气报告书》记载统计，日军在中国先后使用化学武器的次数至少为2091

次，造成了20.4万人的直接伤亡。这仅是国民党正面战场上的统计。日军在敌后战场对八路军和新四军使用毒气就很少计入，对平民使用化学武器就完全未计入。这是由于国民党军政部防毒处没有向在敌后作战的八路军和新四军派出防毒军官，也没有明确的报告系统和制度，加之敌后战场地域辽阔，信息不便，统计就更是困难了。就是直到今天，日本人在中国遗留下的毒气弹仍然在伤人害人。就在我写作本文的时候，我看到了《参考消息》上的一则消息：据《共同社东京4月16日电》："关于中国少年周桐和刘浩因日军遗弃毒气弹受伤而向日本政府索赔一案在东京地方法院开庭……"

实际上，除本案外，近年来日军遗留下来的毒气伤人的诉讼案件就有七十多起，如2003年的黑龙江齐齐哈尔市发生的日军遗弃化学毒剂泄漏致人死亡案件；如1997年……1996年……1992年……但最终结果是小日本装流氓耍赖皮，东京地方法院无一例外地全都驳回了中国受害者要求赔偿的要求，至于理由么，还不由他们信口雌黄去咧。

这就是日本人的小人之处，他们敢跑到别的国家去杀人放火，甚至用毒气去糟害人，却不敢公开承认……

第九章

为甚我在上一章节里啰里啰唆地专门要讲一下化学武器和毒气战呢，因为和我们下面的故事有关了。

对于日本人频频在战场上使用毒气，造成正面战场上中国军队成营成连的士兵中毒、丧失战斗力和殉国的，国民党方面也注意到了日军在进行化学战的这个问题，只是苦于没有证据。于是，国民政府军政部专门成立了防毒处，一个是多方面搜集日军在这方面的情报，了解日军化学战的基本情况，一旦抓到证据，就提交国际社会。但由于日军对这方面的情报封锁很严，就是在日军方面，不是专门人员和一定级别的军官，也根本接触不到这方面的信息。就连被俘的一些日军在审讯时，他们只知道那是一种武器，很有效的一种杀伤性武器，并不知道是毒气弹。

由于这一段时间里，在二战区所管辖的地域里面的中条山、稷王山等大小战役中，和日军作战的部队均受到毒气的攻击，他们开始怀疑在这一带肯定隐藏着一个日军的化学武器秘密生产基地，不然不可能有这么多的化学武器投入战场。国民党军统，阎锡山手下的特工和八路军的地下工作人员，都开始进行搜集这方面的情报。这次太岳军区派出小股部队伏击日军从河东城里出来的车队，就是有情报送出来，怀疑车上拉的是毒气弹，运往中条山战场的。他们的目的是查明车上拉的究竟是什么东西？没想到被田冬梅他们抢了先，不但打了日本人一个措手不及，还竟然把汽车上拉的木箱子抬回来一个。两个战士用刺刀把箱子盖撬开，里面放着一个巨大的钢瓶，钢瓶上面有个阀门，还贴着封条，上面写着他们都不认识的日本字。钢瓶上没有任何其他标志。和小日本鬼子打了这么些年仗了，还是第一次缴获到这玩意儿，大家都不知道这是个什么东西，是用来做甚的。

于是，赵克仁就让父亲和最近的晋绥军独立旅101团联系，看他们有没有人知道这是什么武器？

接下来，赵克仁不知道对田冬梅的这次没有请示贸然袭击日本人车队的事件是表扬还是批评？也不知道她这样做对还是不对？因为他觉得既然是八路军独立大队，是部队了，就应该是有统一指挥的，要是大家出去了，都随便进行作战攻击，还不乱了套？

但父亲觉着，田冬梅抓住战机，狠狠地敲了日本人一下，行动倒也无可厚非。她是独立大队的政委，也是有决定权的。而且这次行动算起来还是赚了的,就像是做生意……

赵克仁一听父亲这样说,就摆着手说:"你就别动不动就是做生意咧,这是打仗哩。干脆,对田冬梅的这次贸然行动,不表扬也不批评就是了。"

田冬梅倒很坦然,用一种无所谓的语气说:"照我说,看见那么好的作战时机却让它白白地溜过去,那才是贻失战机哩。反正呀,这一仗打得够痛快、过瘾。日本人也是个肉身凡胎么,一枪就撂倒咧,也会哭会喊叫哩么!"也正是通过这一仗,独立大队的许多战士都对田冬梅改变了看法,说别看政委是个女人,打起日本人来凶着哩,那盒子枪真的是弹无虚发哩。而且在敌群里面一点都不慌乱,指挥若定,真正是大将风度哩。咱们独立大队哪个领导和小日本面对面地打过么?

这话传到了父亲的耳朵里,他就在心里感慨,这姐妹俩还真是有点像哩,舞刀弄枪,一个不比一个弱哩。可要说独立大队的领导没有和小日本面对面地打过仗,那就错咧。他就是面对面地击毙了河东城里的日本大特务吉川少将的。不过,父亲没有去说这些。他知道,要想让这些战士们服气,还是要在今后的战斗中露几手出来。

田冬梅虽然那样说,但心里还是对赵克仁大队长没有肯定自己指挥的那场奇袭战斗有想法,就变着法气呼呼地要求再分配给她一匹马,说她缴获的这些东西还换不回一匹么?父亲就把自己的那匹马给她骑，劝她说："这事就别和赵大队赌气咧，先骑我这匹吧。等下次战斗缴获下了，再给你换一匹。你毕竟还是政委么。"

这样一说，田冬梅倒不好意思了，说："姐夫，我不要你的马，我也不是就真的想要匹马骑哩。以前没有马，还不是成天走路么。我就是有点气不过赵大队长。其实你应该明白他的心思，他是在嫉妒我哩。"

这父亲倒没有想到。

田冬梅说："在学校里，他就是党员小组长了，后来转移到稷王山上，他又是大队长，一直是我的顶头上司。而这些年里，他没有亲自指挥打过一次像样的仗，却让我碰上了。你说他心里服气么？"

父亲虽然承认田冬梅说得有些道理，却劝她不应该这样去揣摩赵克仁的心理。父亲说："他毕竟要领导全大队哩。你是政委，更是要多配合他的工作才对哩。"

田冬梅就笑了，说："难怪我姐那么刁怪的一个人，嫁给你就一下子死心塌地铁了心地要跟着你哩。你可真是个好人、好男人哩。"

听田冬梅提到了田春梅，父亲的心里顿时有那么点伤神，情绪一下子低沉了下来，半天没有说话。田冬梅知道自己不该对父亲提起田春梅来，勾起了父亲的伤情。她望着父亲，觉着这个看上去有着与他的年龄很不相符的成熟青年，内心里却是怎样的一种激情呢？她想起自己负伤后，父亲到赵村去看她，两个人挨得那么近，如果父亲勇敢一点，就能把她拥入自己的怀中，也许她是不会拒绝的。可那会儿姐姐还在哩，尽管失踪了！要是自己不拒绝，那么现在……

她想起了田春梅临终时拉着她的手，叮嘱她的那几句话，让田冬梅替她照顾好……

她不好意思再想下去了。

这会儿的田冬梅，又变得那么温柔，很淑女了。

接到稷王山独立大队副大队长姬德荣的信，驻乡宁的晋绥军独立旅第101团姬德和团长带着副官和两名警卫，就骑着马冒着大雨赶到了稷王山抗日独立大队驻地指挥部。他一见父亲就说他一听钢瓶形状就怀疑是毒气，现在一看，果然就是。只是这些毒气还没有装入炮弹里。接着，姬德和告诉他们，日军的毒气弹分为黄弹、红弹、青弹和青白弹多种，里面填入的毒气都不一样，杀伤作用也不一样。黄弹里面主要填入的是"芥子气"和"路易氏气"；红弹里面主要填入的是"二苯氰肿"；青弹里面主要填入的是"光气"；而青白弹里面除了"光气"外，还填入了"三氧二甲肿"。与此同时，日军要把毒气装入供作战部队发射用的炮弹里，是需要毒剂弹装填车间的。这样看来，日军肯定在这一带隐藏着一个毒剂弹装填车间。

赵克仁就把发现日军汽车在运送毒气的情况和姬德和所分析出的结果，连夜派队员送给了河东特委书记阎子明。

由于雨下得很大,山路也滑,姬德和就没有走,在稷王山独立大队指挥部滞留了两天,父亲也就陪了他这位大哥两天。

两天时间里,他们兄弟俩似乎有着说不完的话。父亲关切地问他胳膊上的伤口咋样了?有没有留下后遗症?姬德和就挥着手臂让父亲看,说杀不完小日本鬼子,他全身的每一处都会好好的哩。这样一说,他们就又谈起了那次截击日本人军火的战斗。父亲就说即使你晚上不派副官来说明实际用兵意图,我也已经揣摩出来咧。

姬德和就说:"兄弟,你要是有机会能系统地学一点军事战术,将来应该是一个很好的军事家的。"他说仅仅和稷王山抗日独立大队配合打过两次仗,就从父亲身上发现他似乎对打仗有一种天然的悟性,总是能在纷乱的枪炮声中和瞬息万变的战场上冷静地寻找判断出你我之间的强弱和布防的漏洞来。这次,他特意把他自己在阎锡山办的"讲武堂"学习时的一套线装书《阵中布防要务详解》带来送给了父亲。姬德和认真地对父亲说:"兄弟,要讲起带兵打仗,还是要从最底层做起哩。要先会做连长,然后就会做团长,就会做旅长、军长。不管仗咋着打,头脑一定要工于心算,方能运筹帷幄,此乃为将之基础。"

父亲却说,他并不喜欢打仗。他还是愿意去做一个生意人,靠自己的本事去赚钱。

姬德和就感慨万分,嘴里念道:"十年干戈天地老,四海苍生痛苦深。不管是抵御倭贼的这场民族战争，还是连年来的各路军阀混战，遭受伤害最重的还是百姓哩。我希望这场战争结束后，将来的中国能铸剑为犁，海晏河清，国富民安。我就脱下这身军衣，回到咱们老家，种上几亩田地，男耕女织，闲时读书品茗……"姬德和说着，一脸神往。

父亲就附和说："是啊，很小的时候，我就记得咱们祖祠门口那副对联：'一等人忠臣孝子，两件事读书耕田'么。真到了那一天，我就在咱们村开个日用杂货铺，卖点油盐酱醋日用百货甚的。要说么，我开的杂货铺可是绝对货真价实，童叟无欺哩。"

两人都为将来的憧憬乐了起来。

我问过父亲，你那会儿的理想就是开个杂货铺么？这就是你的革命理想？我曾听红军的歌曲里这样唱哩："革命理想大于天！革命理想比天高"么。可父亲这样的理想，真的让我感到很失望咧。

父亲说：那会儿许多参加八路军的人，实际上根本就没有甚理想不理想的，有的就纯粹是为了顿顿能吃饱饭，就像狗剩等。有的就是为了能发点财，像蔡锁通等，更多的就是为了"当兵吃粮"哩，在外面混上几年，挣上一些大洋，然后回到家里，置上几亩地，娶上个婆娘。那就是老百姓嘴里常念叨的"三十亩地一头牛，老婆娃娃热炕头"咧，这就是人生最大的盼头哩。往高处说也就是庄稼人最大的理想咧！至于后来理想升华了，知道奋斗解放全中国，那是在革命队伍里不断地受教育，慢慢地成长起来的哩。

第二天，姬德和离开稷王山根据地时，父亲骑着他那匹瘦马一直把姬德和送到马峪口，再往前走就是晋绥军的防线了。姬德和跳下马来，把缰绳交给警卫员，自己陪着父亲又走了一段路，然后说："德荣，我估计，下一步我们可能还要联合进行一次大的行动，目标可能就是日军的毒气生产基地。眼下表面上还没有动静，并不代表没有行动。战争就是这个样子，表面看起来越是平静，就像鸭子，水下面越是忙活哩。我告诉你个情况，暂且不用给你们那边的人说。前些日子我们那里来了几个军统人员，是戴笠亲自派来的，连梁瑞林旅长也不敢怠慢，亲自陪着到我团驻地，休息了两天后又由我团护送到了河东城里，说是执行一项绝密任务。我猜，就是关于日军毒气的。军统人员搞暗杀侦查有一手，但没有战斗力，如果一旦侦查明确了，寻找到了目标，下一步要摧毁日军的毒气生产基地，恐怕我们还得联手。就像我们联手截击日军军火那一次。"

父亲也感慨地说："那应该是我们两支部队配合得最好的一次战斗了。就说你们那个梁旅长，一开始还挺自保的，不愿意用兵。可后来被你那么变着法儿一逼，也就上咧，打起来还是挺狠的哩。"

姬德和说："这就是逼。你知道咱们省府北面的人咋赶毛驴上山么？在毛驴的头前面挂一把青草，离毛驴的嘴就那么一点点，可就是够不着，毛驴想吃上草，就只有一直往前跑……哈哈，咱也就是这样子,逼着他上山哩。"

父亲说:"其实要论国力,我们中国的军队并不比日本人差多少,首先人数就要超过他们好多哩。如果大家都能放弃自己的私利,不打自己的小算盘,都能以国家利益为重,紧密团结,一致抗日,小日本鬼子也不会这样嚣张,从北边打到南边,从东边打到西边,简直就如入无人之境哩。我这些年虽然也和国军配合打过几仗,但每次都能感到国军打仗,就像是在做生意,瞻前顾后、患得患失,部队之间不信任、不互助、相互观望、保存实力,所以才能让日本人各个击破,长驱直入,乃至今天半壁河山隐落敌手,唉……"

姬德和听父亲这样讲,看似很随意却有点认真地问父亲:"德荣,你我虽然是兄弟,但眼下毕竟分属两个阵营。都有自己的信仰。你今天的这番话,是你自己的想法,还是受组织指派,对大哥进行统战?"

父亲这才意识到自己话说多了,忙说:"哥,我们兄弟之间,只谈思想,不涉及主义。"

姬德和就淡淡地笑了一下,招手让警卫员牵过马来,对父亲说:"抛开其他,你我兄弟之间的共同思想,就是我们曾经约定过的,杀光日本小鬼子!"

姬德和的判断没错。就在父亲返回到稷王山抗日独立大队驻地后的当天晚上，中共河东特委书记阎子明就带着河东地下党的负责人何必上山了，同来的还有一名国民党军统上尉特工。原来，他们已经获得了日军最近在华北秘密组建了一支化学武器攻击部队的情报。从军统截获日军的情报中得知，早在去年的8月31日，日军参谋总长闲宫载仁就下达了临参命第82号命令，针对日军在华北战场作战节节失利，屡遭打击，兵力损耗严重，已无力发动强大的作战攻势等原因，完全无视国际公约的禁戒，在向华北增兵的同时，向华北派出化学部队。其中有：迫击炮第3大队；迫击炮第5大队；第1、3野战化学实验部；第1、2野战毒气厂；野战毒气第6、8作战中队。

这支部队代号叫"樱花"。

樱花是日本的国花，也是一种非常美丽的花。每年的三四月份，在樱花盛开的季节里，日本人几乎倾家出动，身穿和服，扶老携幼，去欣赏樱花，那场面真的是其乐融融呢。樱花盛开的日子，就是日本盛大的节日。但他们却把这种用毒气在别的国家进行屠杀的部队取名为"樱花"，是为了欣赏还是为了取乐呢？

和阎子明一起来的那名军统上尉特工介绍说，据他们这些日子在河东城里进行的侦察，已经查清日军在河东这一带部署的是迫击炮第3大队，也就是说他们是用迫击炮发射填入毒气的炮弹。另外，还有一个毒气装填基地。这个基地很隐蔽，他们和中共地下党联手，侦察了很长时间，还牺牲了三名同志，也没有找到这个生产装填毒气的基地。

他主动给大家介绍说他就是河东本地人，名叫姚大川。

父亲明白，他就是姬德和上次说的肩负特别使命，被他们护送进河东城的那几位由戴笠钦点的执行特别任务的军统特工人员。

赵克仁分析说："日本小鬼子现在在全国战线拉得很长，消耗很大，兵力已经是捉襟见肘了。我想小日本现在是急了眼咧，打算用这毒气消灭我们，然后尽快抽调兵力投入全国其他战场。"

田冬梅也说："那我们必须马上做好防范化学武器的准备哩。前几次我们就没有这方面的准备，在日本人施放毒气时就让不少战士中了毒，至今都恢复不了，有的人还留下了后遗症。"

父亲就在心里说，你也应该是留下后遗症的一个吧。

阎子明摇了一下头，说："化学武器，防不胜防哩。以我们目前的装备和防范手段，是很难防得住的。"

父亲也说："是哩，我看到他们晋绥军还有甚？叫防毒面具，就是戴在脸上，前面有个像鼻子的那种。可我们什么防范手段和装备都没有，真要等到毒气弹在我们跟前一爆炸，再做甚准备也来不及咧。"

那个叫姚大川的军统特工插话说："不过，我们眼下可以在部队里开展这样的培训，在对日军作战时，让每个战士都携带一条毛巾，必要的可携带一壶水。如遇日军施放毒气，可迅速把毛巾用水蘸湿，捂在口鼻上。如果一时找不到水，可用尿打湿毛巾。还有，如在野地里作战，可让战士就近挖个脸盘大小的土坑，最好是有湿土的那种，然后赶紧用胳膊把脸捂在土坑里。这些都可以防止毒气的。"

赵克仁就说："好，我们就先开展这方面的训练。"他对父亲说："姬队副就负责一下这方面的训练吧。"

父亲就答应了。又对那个姚大川说："我看还得麻烦姚长官哩，就让姚长官这段时间帮忙培训一下哩。"

姚大川就满口答应说："没问题，都是为了抗战么。"

就是在培训独立大队防毒作战的短暂过程中，姚大川这位军统高级特工和父亲这位共产党员结下了深厚的友谊，也引起了后来的一连串酸甜苦辣。此乃后话了。

这里有必要插一段，就是姚大川在稷王山的时候，还和父亲一块指挥稷王山抗日独立大队打过一仗，这一仗还被载入了《八路军作战史》，作为战例和教材了。我也在日本人出版的《华北治安史》里找到了这一战例，也是作为教材的。我觉着这场战斗挺有意思，父亲每次讲起来都有那么一种无法掩饰的得意之情，我就写在这里吧，也不会影响正文发展的。

要说这场战斗，还是先要说河东城里的日本小鬼子。驻河东的日本小鬼子有那么一个阶段确实让稷王山抗日独立大队和周围的各小股游击队的游击战整得很不安宁，他们出动大部队围剿，转上半天，连游击队的影子都找不见一个,可只要一驻下,就总是挨打,正如那首很有名的《到敌人后方去》里唱的:"今天攻下来一个村,明天夺回来一座城;顾西不顾东,叫强盗兵力不集中。"后来,日本小鬼子的头脑里忽然也闪现了火花,八路军能用游击战整我,我们咋就不能也用游击战来对付八路军的游击战呢?

这样说起来,日本人其实是很聪明,也是很虚心的。在战争中能够迅速认识到对手的优秀之处,并且马上就开始学习实践,这一点确实值得我们好好学习。日本的"明治维新"就是他们向中国学习借鉴来的,学得把老师都打败了。

但是,向八路军学习游击战和"明治维新"可就不同了,总不能找个真八路来教吧。一来是真八路肯定是不教的;二来就算是八路愿意教,但八路太狡猾了,教着教着把皇军教进了八路军的伏击圈去怎么办?于是,河东日军特高课就多了一项任务,让那些特工们开始收集八路军的相关刊物,资料文献等,甚至到老百姓中间收购,然后由师团组织战术专家进行分析,然后就组织了一批日军,开始针对八路军的游击战特点进行相应的训练。

负责训练的日军头目叫山口青木,是个中佐。据说还是专门研究山地战的专家。而日本人认为要打游击战,最好的场地就是在山区。所以,山口青木负责日军游击战训练就理所当然的了。而华北的日军从开战以来,几乎都对汽车和公路有依赖,如果要打游击战,这肯定不行，这就要学习八路军翻山越岭的本事，就要像八路军那样"一身虱子两脚泡"才行哩。不但这样，日本人也学习八路军，化装成便衣。八路军就是经常化装成便衣，混进河东城，袭扰一下就跑咧，让日本人防不胜防，真是让鬼子不安宁哩。所以，要学习游击战，就也要组织便衣队，扮成中国人，必要时还可以混进根据地进行破坏活动，也让八路防不胜防。那时候可就真的是你中有我，我中有你咧！

山口青木中佐负责训练的这一批日军便衣约有三十个人，全部是从牛岛师团以及日军宪兵队里挑选出来的聪明伶俐的，个子高，长相也好看。虽说日本人和中国人那时候的长相相差不是很大，但中国人还是一下子能从外观上区别开的。我就听村子里的老人们讲过，说咱们中国人普遍长得瘦而高，而日本人则普遍长得矮，但粗壮些。日本人有个最显眼的特征是罗圈腿。在动作习惯上，中国的老百姓喜欢蹲着，日本人喜欢鞠躬弯腰，很讲礼义的那种。我也听母亲说过，日本人普遍馋，像是饿死鬼托生的，走到哪里都是找吃的哩。

日本人办事很认真，这确实是个优点。所以，山口青木就在河东牛岛师团的驻地，东城门外的牛池子搞了个封闭训练场，生活全部中国化，内部不允许说日本话。他们还请了两个汉奸来当教练，一个是河东夏县人，叫古子熊；一个是河东平陆人，叫吴良种。这两个中国人中的败类对日本人极为恭顺，称自己是"大日本皇军最忠实的朋友"，教起日本小鬼子来非常尽心，把河东人的生活习惯和一些日常话语都教给了日本人。这样封闭训练了一段时间后,山口青木又让他们单独到河东城里和中国人打打交道,结果竟然没有人能识别出他们是日本人来。这让山口青木非常得意,觉着日本小鬼子的游击队可以出动了,所以,他们就到稷王山一带活动,准备伺机偷袭稷王山抗日独立大队。

说也凑巧,那天父亲和姚大川带着一中队在稷王山的一座比较平坦的山圪台那儿进行防毒气训练哩,训练了一会儿后,父亲就让队员们休息,他和姚大川坐在那块圪台上面抽旱烟聊家常,还没说上几句话,就看到从山路的尽头突然出现了十多个小黑点子,慢慢地移动着,动动停停,渐渐地近了。父亲就看清了,那是十几个破衣烂衫的农民,肩上背着粪筐子,手里拿着粪铲子,正在拾粪哩。父亲就没有太在意,那时候没有化肥这一说,老百姓种庄稼都靠有机肥,也就是人粪便牲口粪便了。农民们经常在拾肥,在我们那一带很常见,不稀罕。但姚大川在扭头观察了几眼后,却轻声对父亲说:"不对劲哩。"说着就一把将父亲拉倒,趴在那块圪台上仔细观察起来。

这一仔细观察,父亲也就觉出了不对劲来。

首先,拾粪的农民大都是沿着大路拾哩,因为大路上才走牲口和车马,才可以拾到粪的,但这些人却跑到大路两旁的田野地里去拾粪——粪进了田地里是不允许再拾的哩,这就等于是到别人家里拾粪。还有,老百姓拾粪都是低着头看着地下的,要找粪么。可这些人不看脚底下,却是边走边东张西望的，直往周围看。

这样观察了一会儿，等那些人走得更近了，姚大川就对父亲说："看，崭新的白羊肚子毛巾。"

我们那里的人在过去一直把毛巾叫作羊肚子手巾，因为毛巾上的绒毛很像羊肚子上的毛，我小时候也一直是这样叫的哩。姚大川让父亲看那些人头上的羊肚子毛巾，父亲就差点笑了。

说起来，生活在黄土高原上的农民，经常喜欢在头上包条羊肚子毛巾。这是因为黄土高原上风一刮，弄一头黄土难洗，加上水也紧张哩。但那会儿的农民能弄块羊肚子毛巾也不是容易的事哩，哪里见过这么统一的都在头上包块崭新的白得晃眼睛的羊肚子毛巾呢？就像是现在机关组织出来活动，或者是参加义务劳动哩。

我在《华北治安史》上有关这场战斗的记载里，找到了日军化装的游击队为什么统一在头上包块白毛巾的原因，原来在日军的条例里有这么一条规定，就是现役军人出军营时必须戴帽穿靴，绝对不能光头赤足，否则送军事法庭。

日本人虽然善于学习，却也是食古不化，死守陈规。而日军组织的游击队，在日军牛岛师团的眼里，这些人仍然是正规军人，所以必须遵守条例。这下咋办？总不能身上穿着便衣，头上却戴顶日军的护腚衫军帽出动吧，山口青木琢磨了半天，不得法，便又去请示，上头让他自己想办法。山口青木又去找那个汉奸商量，夏县汉奸古子熊说可以戴个瓜皮帽或者礼帽,这些都是中国人经常戴的。山口青木向上一汇报,管后勤的日本小鬼子脑子一短路,就想当然地先给每个日本小鬼子的游击队员买了一顶瓜皮帽,头一次出去,就和太岳军区的几名侦察员遇上了,那几名侦察员看见这么怪异的一伙人,个个衣衫褴褛,都是拾粪者,却人人头戴一顶崭新的瓜皮帽!拾粪的农民咋能买得起这么贵的瓜皮帽?就是买,也没必要这么统一呀!

太岳军区的几名侦察员差点笑歪了鼻子,这简直就是人妖哩!于是,不打白不打,凑近了冷不丁一交火,一下子打死三个,打伤两个日军游击队员,缴获两把王八盒子。自己无一伤亡。

山口青木那个气呀!就又找那两个汉奸败类商量。那个平陆汉奸吴良种说,咋能戴一样的瓜皮帽么,另外,乡下人也买不起这么贵的瓜皮帽哩!

山口青木这下明白过来,说:"对,瓜皮帽的统一不行。"于是,不能再戴瓜皮帽出去了,头上改包羊肚子毛巾吧。而出主意让戴瓜皮帽的夏县汉奸古子熊则被山口青木押入了宪兵队的大牢里,说他是出坏主意害皇军哩。

这次,由山口青木亲自带队,一路行动,倒也顺利,竟然瞒过了两个村子的民兵,还抓了一个据说是八路的探子。山口青木很兴奋,连连夸奖吴良种是"皇军大大的朋友"。这样,他们竟然一直摸到了稷王山抗日独立大队的根据地。

但他们还是被父亲和姚大川识破了。

父亲迅速命令他这个中队抢占有利地形，慢慢展开。又命令一个战士飞速赶回去报信，让二中队蔡锁通带着他的中队赶来，从日本小鬼子的后面展开合围，以他们开枪为信号。父亲叮嘱自己中队的战士们，隐蔽监视，没有命令，不许擅自开枪。因为父亲心里清楚，日本小鬼子虽然只有十多个人，但他们的武器都挺精良，要比独立大队的强好多倍哩。一旦面对面打起来，独立大队怕是占不了多大便宜的。既然要打这帮化装成老百姓的日本小鬼子，就要争取全歼这股敢于向八路军根据地冒进的小鬼子，自己还不能有过大伤亡。

战斗完全按照父亲的设想打响了，日本小鬼子没有想到这次化装成这般模样了，却还是照样被识破了，真的是很郁闷呀！而且这次父亲也有一点估计错咧，这股化装成游击队的日本小鬼子并没有什么精良武器，全部都是王八盒子。所以，当蔡锁通快速带着二中队从日本人的侧后迂回过来，并打响了第一枪后，父亲就和姚大川带着战士们冲向了这股日本小鬼子的游击队，全歼了这股敌人，包括指挥官山口青木中佐。

河东城里的日军闻讯后，真是火上浇油，一怒之下，就把这个平陆汉奸吴良种拉出去枪毙了！

战斗结束后，姚大川对父亲说："真没想到，打冲锋还是挺痛快的哩！"这是他第一次面对面地和敌人交锋。

我在听父亲讲这次战斗时,有一种啼笑皆非的感觉,然后就感慨日本人太笨咧!而父亲说,日本人并不笨,也很聪明的。就是有点死守规矩,不灵活。再说咧,游击战的要求是要求游击队融入老百姓之中去,就如同一条鱼在水中哩。而日本小鬼子算个甚?老百姓都恨他们恨得不行,人人心里都有一团怒火在烧着哩,他们咋着去鱼入大海?怕不等入就变成烤鱼咧!

所以说,日本人没学成八路军的游击战,最主要的是他们不能融入老百姓的大海中。这一点他们在后来也认识到了。所以,尽管日本人很虚心,学习也似乎很努力,但最终却毫无所获,反而赔了不少兵力进去。

好,我还是接着讲河东特委书记阎子明这次专程到稷王山根据地的情况吧。

实际上,这次阎子明亲自来到稷王山,是带着十八集团军的作战命令来的。他说:"尽管河东城里有我们的地下工作人员,也有军统人员,但毕竟他们作战能力有限。"所以,他准备在稷王山抗日独立大队里挑选一批各方面都很出色的河东本地战士,组成一个精干的武装特别行动小组,潜入河东城里,配合我党和军统的情报人员,想方设法寻找日军的生产装填毒气的基地,然后彻底摧毁掉。至于武器的配备,已由十八集团军有关人员向阎长官通报了有关情况,他已下令,就由在附近驻防的晋绥军全面负责提供。需要甚就提供甚。阎老西也被日本人的化学战害苦咧,提起来就痛骂日本人不仁道哩。

阎子明交代完这个任务后,又让那个和他一块来的河东地下党负责人何必布置另一个任务。何必就从他带来的一摞文件中翻出一张照片来,传给在座的几个人看,赵克仁先看,然后交给旁边的田冬梅。田冬梅看后交给父亲,低声问:"这个日本人是个甚官官?"

父亲看到这是一个长着一张很和善面孔的日本军人,如果不是他下巴上的那撮仁丹胡子,应该是一个很眉清目秀的男人哩。父亲看了看他肩膀上扛的牌牌,只是一个大星星。就说:"不知道他们的军官咋标着哩,看不懂。"

何必说:"这个人就是日军在河东生产装填毒气的总负责人,名字叫渡边矢原,他肩膀上戴的是少将军衔。这个人来自日本的中国……"

所有的人一听,觉得像是在说绕口令般,都有点不懂,莫明其妙地盯着何必。

田冬梅问道:"甚叫日本的中国?我们中国咋是日本的?"

何必就笑了,看了一眼阎子明,就说:"看来还得先上一堂地理课了。"何必曾是燕京大学的学生,所以讲起这些来很熟练。他说:"好吧,简略讲一下。确实在日本有一个叫'中国'的省,位于日本的西部,北面是日本海,南面是濑户内海。早在平安时代,日本就模仿咱们唐朝的律令制度，规定：'凡诸国部内郡里等名，并用二字，必取嘉名。'并以当时的日本首都京都为中心，根据距离远近将国土命名为'近国''中国''远国'三个地区。日本人说的这个'中国'，其实就是'中部地区'的意思。这个'中国'地区里面包括鸟取、鸟根、冈山、广岛和山口五个县，也相当于咱们国家的一个省。"

大家就都"噢"了一声，七嘴八舌地说："这小日本，甚都是学咱中国的哩，要不，咋说咱们中国是他的老祖宗么。"

"这不么，又跑来欺负老祖宗咧！"

"按祖训讲，小日本真是大逆不道哩！"

赵克仁就使劲地"咳"了两声说："我们还是听何同志讲任务。"

何必就说："好，我接着讲。这个渡边矢原毕业于日本京都大学，学的就是化学专业，入伍后在日军的习志野学校任教官，这个学校就是日军的化学兵学校。1930年就来到中国东北，一直在日本关东军里的化学部进行化学武器的研制，并多次拿我们中国老百姓和战俘进行活体试验，为了检验化学武器的效果，他还多次亲自率领日军的化学部队屠杀我们中国的老百姓。据友军——噢，就是姚长官他们提供的情报，这个渡边矢原近期已经来到了河东城，正准备指导日军开始进行毒气弹的大批量生产填装。这也就是你们前些日子截获日军的车队里有毒气钢瓶的原因，他们把毒气正在往河东城里的生产基地运送，要装备华北一带的作战部队。但日军对这个秘密生产基地极度保密，加上河东一带地形复杂，沟壑纵横，我们在河东城里的地下工作人员数量也有限，尽管近段时期我们得到了军统特工人员的大力配合，侦察工作有了一定的进展，但还是收效甚微。所以，我们才向上级要求增派人员，全力查出这个秘密基地在哪儿，然后尽快地消灭它。"

阎子明说："第十八集团军的首长命令我们一定要尽快消灭日军这个毒气生产的秘密基地。我判断，我们八路军主力在敌后又要有大的行动咧。所以，这个任务刻不容缓。关于人员，我提几点要求：一个必须是当地人，为的是在说话行动上方便一些，不至于引起敌人的怀疑；二是要灵活，个人要有专长，比如射击准、有武艺，必须是能独当一面的战斗人员。"说到这里阎子明顿了一下，但还是说完了下面的话："这第三么，尽量挑选共产党员或者是积极分子，思想觉悟一定要高，对日本人有深仇大恨……"然后他又看了父亲一眼，特意强调了一句说："我建议一下，让姬德荣同志参加这个特别行动小组，具体负责这次行动吧。"

父亲一愣，说："要我回河东城？"

阎子明表情严肃地点了一下头，说："你毕竟在河东城里当过一段时间的掌柜，对河东城里熟悉么，对敌斗争经验也丰富。再就是，田冬梅同志也参加吧……"

田冬梅一听，感到非常意外。她没有想到让她参加这个特别行动小组，就说："让我也参加？"

阎子明说:"考虑到特别行动小组进入河东城以后,行动都是高度保密的,恐怕不能进行日常的联络工作。所以决定让你去协助配合姬德荣同志,你具体负责联络工作。"

田冬梅听着,看了一眼父亲,迟疑了一下说:"我……执行命令。"

父亲却什么也没说。

这时候,却听赵克仁呼吸急促,突然站了起来说:"要不,让姬队副留在山上,我参加特别行动小组……"

阎子明就看了一下赵克仁,然后用一种特别的语气说:"赵大队长你要留在山上掌握部队。根据目前特委掌握和得到的一些情报分析,因为最近的几次战斗,尤其是上次截击敌人军火的战斗,稷王山抗日独立大队已经引起了敌人的注意。你们要警惕起来,部队要加强军事训练,提高战斗力,驻地也要加强警戒,要特别注意一些来到山里的外地人员和生人,必要时指挥部可以多转移一下,不要在一个地方待久哩。估计敌人会采取报复行动的。赵大队长,独立大队这一段时间只有你一个领导了,要负责独立大队的工作,还有周围村子里群众的安全,这担子不轻的哩。"

听阎子明这样一说,赵克仁也就不争着参加特别行动小组了。而且,他也明显感到了一种压力。他站起来说:"请上级放心,日本小鬼子要是敢到稷王山来,我定叫他有来无回!"他又以一种领导的身份交代父亲说:"姬队副,你负责这次行动,但一定要照顾田政委,她不是战斗人员,只负责联络,又是女同志,所以,要全面保证她的安全哩。咱们稷王山抗日独立大队可就她这么一个政委。"

父亲就说:"赵大队,你就放心吧。"

当时父亲对赵克仁的这番话和一些反常举动并没有什么反应,只觉着是领导的一种安排,也是同志间正常的一种关心和嘱托罢了。直到后来赵克仁英勇牺牲了,父亲才慢慢地悟了出来,原来赵克仁一直也深爱着田冬梅哩,田冬梅就是赵克仁介绍加入的中国共产党,也是和赵克仁一起上的稷王山,又一个是大队长,一个是政委,相互配合,共同进行着抗击日本小鬼子的战斗。只是那会儿的人都比较内向些,总是把个人的感情压抑在心底,一切以革命利益为重。再就是在那战火纷飞的时刻,总也找不着合适的机会表达,就一直这样拖着,拖着,直到赵克仁壮烈牺牲⋯⋯

在我的记忆里,父亲曾自言自语般地说过这样的话,要是他们俩生活在一起,也真的是郎才女貌,挺般配的哩。可惜⋯⋯

阎子明把父亲和田冬梅叫到另一间房子里,又让警卫员守在门口,没有允许,任何人不许靠近。然后阎子明告诉父亲和田冬梅,为甚这次点名要让他们两个参加这个特别行动小组。原来,据国民党军统了解到的情报,这个渡边矢原在中国生活了很多年,成了一个中国通，并且特别喜欢中国的文化，尤其喜欢戏剧，喜欢中国的脸谱，还曾在北平登台演出过楚霸王项羽。阎子明说，组织上知道父亲和田冬梅都演过戏，而且还演得不错。这次组织特意安排父亲和田冬梅打入到河东城"爱乡剧团"里，分别以剧团里两个刚刚红起来的演员身份出现在河东城里。男演员叫萧月朋，和父亲年龄一样大，工须生；女演员名叫筱桂花，艺名筱爱爱，工花旦青衣。他们两人最近在陕西及大西北一带唱红了蒲剧《下河东》，萧月朋出演的是宋朝开国皇帝赵匡胤，筱爱爱出演的是被冤杀的宋朝忠良将呼延寿之女金莲。最近又到太原演出，场场火爆。说着话，阎子明又拿出一张报纸，是当时的《河东日报》，上面登有两人的黑白演出剧照。尤其是那个筱爱爱，看上去和田冬梅还真的有点像哩。只不过田冬梅威武些，筱爱爱妩媚些。

要说起来，这蒲剧是流行在河东和关中一带的地方戏，却和陕西的秦腔一样源远流长，尤其是大西北人很爱看，拍过电影《窦娥冤》。而且很有几个在全国享有盛誉的大牌，如王秀兰、阎逢春、张庆奎，还有这萧月朋和筱爱爱。著名戏剧家张伯驹在看过蒲剧后这样写诗评价说：

　　跷工甩发并称奇，
　　帽翅飘来更可惊；
　　北乱南昆无此艺，

却教绝技出河东。

在我们那一带，只要是哪个剧团里有这几个人的其中一位，剧团就非常红火，不管到哪儿演出，都是万人空巷。我小时候还看过他们两个人的戏哩。记得是在1973年冬天的时候，改名叫"卫东"的河东蒲剧团到我们公社演出《红灯记》，其中就是萧月朋扮演的李玉和，筱爱爱扮演李铁梅。我用自行车带着父亲骑了二十多里路赶去看戏，那会儿的票价是八角钱，这已经是最贵的票价了。想一下，普通工人的工资也没超过三十块钱哩。就这样，场内观众早已爆满，不卖票咧。正当我失望地打算和父亲返回时，父亲突然想起了什么，在一张烟盒纸上写了几句话，托戏场门口收票的送了进去。不一会儿，就见已化了妆的萧月朋匆匆出来，用眼睛四处寻找着，当他看到穿着一身破棉衣蹲在墙根的父亲时，先是愣了好半天，这才走过去，一把拉起父亲，嘴唇直抖，却甚也说不出来。

那天晚上，我和父亲是坐在戏台子上看的戏，前边还放了一张小凳子，上面放着茶碗，还有人专门给我和父亲倒茶喝哩。回到家后，我异常兴奋，觉得父亲竟然认识这么有名的人哩。但父亲却一再交代我，不要给任何人谈看戏的这件事。"人家也是刚解放出来，就不要给人家添乱咧。"那会儿父亲头上的"叛徒""国民党特务"的帽子还戴着呢，他怕牵连到人家。

说到这里,父亲就已经明白阎子明的意思了,说:"噢,你是打算让我们俩去替人家演戏?可我们哪能比过人家呀!人家可是蒲剧头牌名角哩,要是露了馅,还不把事情越弄越麻搭咧!"

田冬梅也说:"我还是在学校里为了抗日宣传演过,那都是……可咋敢去假装人家这名角色么。"

阎子明就神色严肃地说:"不是让你们去演戏,而是让你们假扮他俩,出席一些活动。演戏时自然还是人家演哩。'爱乡剧团'里有咱们的人,到时自然会给你们安排的。但你们也得熟悉一些戏文,比如他俩唱红了的《下河东》这出戏……"

父亲就脱口而出说:"那出戏呀,我会唱里面的很多戏词哩。"

其实父亲心里也有点痒痒的,要是能真正登台唱一回戏,也未尝不可的呢。

阎子明告诉父亲和田冬梅,他们俩最近要从太原返回河东城里。"爱乡剧团"里的地下党已做了安排,让萧月朋和筱爱爱他们俩在太原城多待几天,然后由父亲和田冬梅假扮成两人,大张旗鼓地公开返回河东城。

田冬梅还不放心,说:"这样行吗?被人认出来咋办?"

父亲却显得胸有成竹,说:"大多数人看到的只是舞台上化了妆的他们俩,下了台就不认得咧。再说哩,他们俩是刚刚在外面唱红,河东人还不一定认得他们哩。"

阎子明就说:"姬德荣同志分析得很对,我们就是要利用这个时机。这就要靠你们两个充分发挥你们的聪明才智了。"

田冬梅这回是真有了信心了,看了父亲一眼,这下变得很痛快地说:"行咧,我们保证完成任务。"

阎子明又交代父亲,进城后到火车站附近的一家"黄河大饭店"里,找一个代号叫"野狼"的人联系,又把联络方式和暗号告诉了父亲。

父亲沉思了一下问:"他也是自己人么?"

阎子明说:"他是国民党方面的负责这次行动的人,一方面是负责战斗部队,另一方面是提供支援保障的,就是行动中的枪支弹药什么的。在和他们打交道中,要注意保持分寸和距离。虽然现在是统一战线,但还是分属两个阵营的,这一点我们应该有所警惕。"阎子明最后又特别这样交代了几句。

父亲曾对我这样说过,在过去从事地下工作的时候,共产党这方面的警惕性要比国民党方面高得多,也许是共产党被国民党的屡次政变杀怕咧,所以时时刻刻都在提防着国民党,就是在国共合作时期,共产党从来没有对国民党坦荡出胸怀来。这些思想顾虑是从上而下的,就是在延安的毛泽东等中共领导人,对国民党蒋介石善变的两面派手法是一直提防的,时刻没有放松过。记得有关资料上记载,就是在中共红军接受改编后,毛泽东也只是先让115师和120师出动,把129师留在陕北,作为保卫陕北边区的主要力量。毛泽东是这样看这个问题的:"故我们害人之心不可有,防人之心却不可无呀。第129师暂且不动,对蒋介石也有个警示作用嘛。"相反,倒是有许多国民党方面的人,这其中也包括令人谈起色变的军统人员,杀起日本小鬼子来真的是不顾生死哩,在和八路军以及共产党地下人员打交道的过程中,许多时候也是挺光明磊落、胸怀坦荡、肝胆相照的,尤其是他们执行起任务来非常果断,而且敢于承担,这倒反而令父亲他们有时心怀内疚了。

阎子明交代父亲和田冬梅就在这两天里先赶到万泉县,那边的地下党工作人员已准备好了,安排人教他们两天戏,熟悉一下那两个人的有关材料等。田冬梅要求带上狗剩和青青,阎子明考虑了一下,觉着他们俩既然已是名角了,应该是有跟班仆人的,就同意了。但交代说,一定要严格纪律,不能乱跑乱窜,以免暴露,从而引起计划失败。至于特别行动小组其他人员集结完成后,则在这几天时间里分头以各种方式潜入河东城里。

第十章

河东城繁华依旧。

父亲一身头牌名角的打扮，头发梳得溜光，戴了一顶巴拿马凉帽，全身上下穿着白府绸夏衫，胸前还吊了块不走的怀表，脚蹬三接头白色气眼皮鞋，手里拿着一把折扇，脸上还扣了一副茶色石头水镜，真是看上去很有派头很潇洒倜傥。旁边是同样打扮得很华贵的名角田冬梅，戴着白纱手套的手里撑着一把洋伞——那会儿老百姓都戴草帽，而一些有钱人家使用的也是国产的油布伞。这些用薄洋布做的伞自然也就叫洋伞了。后面紧跟着狗剩和青青，拎着两个大箱子，一副跟班的模样。四个人随着熙熙攘攘的人流，从河东火车站不紧不慢地走了出来。

河东火车站出站口上，早有人打出了横幅标语，上面写着："欢迎我团萧月朋、筱爱爱载誉归来。"然后是"爱乡剧团"的团长带着一帮人呜里哇啦地吹着唢呐敲着鼓，拍着手，嘴里还喊着欢迎的词句,然后就热热闹闹地簇拥着父亲和田冬梅上了早就雇来的黄包车,游行般地沿着火车站直对着的大东街往前走。不知内情的人远远地看着,还以为是谁家在娶媳妇哩。

父亲他们是大前天晚上从稷王山根据地下来的,先绕道到万泉县,在万泉县地下党的安排下,到县"娃子剧团",先拿到了《下河东》的剧本,两个人分头看了两天,记住了里面几个主要唱段,又在"娃子剧团"浮皮潦草地学了一些跷脚、水袖、扎靠、甩翎之类的戏曲活儿,父亲又自作主张地让那个须生演员教了一下须生的髯口功、靴子功,等父亲要学帽翅功时,那演员就摇着头说:"这功夫只有阎逢春教的行哩,别的都是瞎学哩。再说咧,没个十年二十年功底,学不成哩。"父亲也只好作罢。然后他和田冬梅从那里上了从太原开往河东城的火车,下了火车后又如做广告般转悠了半个河东城,这才大张旗鼓地回到了"爱乡剧团"。

"爱乡剧团"的驻地在河东城里银湖路上的"河东剧院",门面虽然不是很高大,却也占了三米多宽的街面,中间是大红的铁门,两边又有小侧门,那是演戏时的入场口,收门票时专用的通道。大门的两边还各立着一个大的石狮子,看上去倒也有些气派的。

为了写这篇文章,我还专门回到家乡河东城里找过当年的"河东剧院",但早已不存在了。据说戏院在当时的银湖路南边,离河东盐湖不远,和建在盐湖神庙内的"连三戏台"遥相呼应,但在规模上可就差远了。据父亲讲,"河东剧院"属于私人经营,场内只有一座小舞台,高不到五尺,台下的面积也不大,只能容纳四五十人看戏。而盐湖神庙内的"连三戏台"则是贩盐人为祭盐神修建的,规模自然就大了,台高九尺,面阔七间房,进深三间房。上承大额枋,额枋上施异形斗拱,在下面看台的人可避雨,还可供行人过往。由于进深,还能起到扩音效果。这"连三戏台"作为河东盐湖古迹至今还保存完好,戏台两边的对联还在,字迹鲜红,看样子是刚描过不久。上联是:"奸雄百计得便宜难免当场唾骂,"下联是:"忠贞一时受困苦须知后世颂扬。"我向陪着我来的盐湖志办有关人员打听,果然是近年又对"连三"戏台进行了大修和彩绘。但那座曾为革命作过贡献的"河东剧院",早已灰飞烟灭,不知去向了。有人说,是日本人撤走时炸毁的,也有人说,是那年解放河东城时被解放军的炮弹炸掉了。总之是不见了。取而代之的是一座座矗立起来的高大楼房。抬着头望,不免脖颈酸疼,时间一长,竟有头晕目眩之感。不由让我想起刘欢唱的那句歌词来:"城里的高楼大厦越多越高……"

虽然已成了名伶,但回到了"河东剧院"里,就还得挤住在剧院旁边窄小的小平房里。剧院特地给父亲腾出了一个单间,那是最靠里边的"爱乡剧团"团长的办公间兼卧室了,在一个角落里还堆满了锣鼓钹家什和一些扎靠道具,上面蒙着薄薄的一层灰尘,也许是因为长时间没开窗户了,似乎有一股霉味儿。父亲没有顾及这些,就和田冬梅在这间屋子里换掉了在路上穿的"行头",还没把气喘匀,就听外面有杂乱的脚步声传来。父亲和田冬梅相互看了一眼,都闪在办公桌后面。父亲把手伸向腰间,抓着那把盒子枪,然后示意了一下青青。青青就赶紧探头从门缝里往外看,回头说:"是剧团的那个团长,还有狗剩……"话还没落音,就见门被狗剩推开了,然后"爱乡剧团"团长和何必一起走了进来,后面还跟着另外一个年轻人。何必就向父亲和田冬梅先介绍"爱乡剧团"的团长,说他也是自己人,叫严辞,河东荣和人。严辞这才向父亲伸出手来,紧紧地握在一起。他没有和田冬梅握,只是点了点头。尽管都是共产党人了,但在男女之间,还烙着那个时代的印迹哩,还有那么点封建。

严辞充满钦佩地对父亲说:"我们河东地下党都知道姬德荣的大名哩,可就是没想到你这么年轻,还长得这么俊。后来你到稷王山打的那几仗,都被传神咧!"

父亲就显得有点不好意思,说:"仗是大伙儿打的哩。还有田政委,亲自指挥截获了日本人毒气瓶子……"

严辞就说:"知道,知道。女中豪杰哩。"

何必就又介绍后面跟着的这个人,说他是中共河东特委的武装部长,叫孙子远。

屋子里很窄小，几个人一站，就更是显得没有地方了。父亲就对狗剩使了个眼色，他就招呼了青青一声，两个人就迅速出去了，在门外警惕地守候着。屋子里的几个人就挤在严辞的那张歪歪斜斜的办公桌跟前。

何必看了一下屋子里的人，然后看着父亲说："姬队副，我们先研究一下这次行动的事情吧。"

父亲点了点头说："好。"

何必就对那个孙子远说："你把这一段时间侦察到的有关日军化学武器专家渡边矢原的情况谈一下吧。"

孙子远就从怀里掏出一张纸，看了看说："就在半个月前，我们的人侦察到渡边矢原住在银湖路的'银湖饭店'。于是，我们就派人化装成服务员，打入到'银湖饭店'里，基本上摸清并掌握了渡边矢原的行动规律。日军驻河东的宪兵队给他在饭店的最高层，就是三层包了一个大套间让他居住，那个大套间的房号是306。他每天准时在八点钟的时候下楼，在饭店门口乘汽车到日军在河东的各部队去，前后都有日军乘摩托车进行护送。一般在下午六至七点钟的时候回到饭店。晚上八点钟左右会在警卫的护卫下到河东城里转悠，只要城里有唱戏的地方，他就会去看，有一次竟然跑到南城门外，看一个从陕西那边过来的野路秦腔戏班子撂地摊，一直看到人家不唱了，街头都没有什么人了他才恋恋不舍地离开，走的时候还给了那戏班子一沓子钱，看上去还真不少哩，这日本人倒也挺大方。那晚上是我跟着他哩，所以知道这事情。"

父亲听到这个，不禁扭头看了田冬梅一眼，心里就暗笑，没想到这个日本小鬼子还真是个戏痴戏迷哩。看来阎子明还真是神机妙算，把一切都想到前面了。

这时，一直不语的田冬梅突然插话问："有没有可能在饭店里下手？"

孙子远摇了摇头说："日本人把三层的房间全包了下来，不允许饭店再安排别的客人了。而且日军不但在三层布置了约有十个宪兵每天站岗守卫，就是在一楼大厅也有十个宪兵，楼梯口站有两个宪兵。所以一般人根本不能到三层的。就是日军军官要见渡边矢原，也是持有宪兵队的特别通行证，然后由守卫在饭店里的宪兵陪着进电梯，才能上到三楼去。"

何必接着说："还有，'银湖大饭店'离日军宪兵队的驻地不到一里路程，同时宪兵队配备有摩托车，一有动静，宪兵队在不到几分钟的时间里就可以赶到，所以，我们不可能在那里动手的。"

田冬梅的眉头就皱了起来，没有说话。

父亲问："有没有侦察到日本人的毒气装填秘密基地在哪儿？"

孙子远说："到目前为止，仍然一无所获。"

父亲又问："跟踪一直没有进展么？"

何必说:"噢,跟踪的事,一直是他们在做的。"何必说的"他们"是指河东军统站的人员,"我们有分工的。"

父亲就想起阎子明交代的,让他到火车站附近的"黄河饭店"联络的事情,就问严辞说:"这里离火车站有多远?刚才转迷糊了。"

严辞说:"不远,出了街口往西一拐,两里路的距离。"

父亲就说:"那好,我得出去一下。"他让严辞和孙子远在剧院守着,随时和潜入的行动小组队员联系。他自己则和田冬梅、何必赶到"黄河饭店"去。出门后看到狗剩和青青,想了一下,让狗剩留下,青青跟着他们一块去。父亲主要是考虑到,在日军占领下的河东大街上这么多人一起行走,会引起日本人和汉奸特务注意的。

父亲他们一行四人来到火车站附近的"黄河饭店",约定的2层202房间。何必很懂行地守在楼梯口,田冬梅和青青则注意着走廊那边的动静。父亲慢慢地来到门口,按照暗号先敲了一下门,再紧接着敲三下,然后再敲一下。没等父亲把手放下来,门就悄无声息地打开了一个缝,父亲就猜测,他在敲门的时候,那人就在门边上贴着哩。父亲就低声说道:"我是从山上下来看货的。"

门里问:"是看水货还是看山货?"

父亲说:"山货。"

门就稍微开大了一点,父亲闪身进去,一眼就看到了一个熟悉的身影,竟然是姬德和,正坐在沙发上笑望着父亲。

父亲走过去说:"你就是'野狼'?这我可真没想到哩。"

姬德和说:"那天我不是给你说了么,我们可能还要合作一次哩。而且我也估计,你们那边最有可能派的人就是你了。我知道你在河东城里待过。"

这时候,田冬梅和何必也进来了,田冬梅一见是姬德和,就热情地握手。何必有点奇怪,问道:"你们以前就很熟悉?"

田冬梅正要说什么,父亲急忙说:"我们是友军,那次截击日本人的军火就是我们两家联合作战的。"

正说着,卫生间的门打开了,从里面出来一位手里握着德国二十响的男人,正是姚大川,一见父亲,顾不得把枪插进怀里,就扑过来拥抱父亲,说:"哎呀哩,没想到是你呀兄弟!"

姬德和就瞪了姚大川一眼说:"我兄弟咋又成了你兄弟咧?"

姚大川就说:"我和咱德荣兄弟上次在山上真是一见如故哩,觉得我们之间就是有缘,就认了干兄弟咧。"

姬德和说:"我说你就饶了我兄弟吧,他这人心眼实在,可别给你们拖下水害屎咧!"

姚大川脸色就有点不悦,说:"姬团座,你这话甚意思么?我咋拖咱兄弟下水?"

姬德和说:"你们军统的人就这德行,当面吹吹拍拍地称兄道弟哩，一转脸可就六亲不认咧！我说你们这些人交没交过真正的兄弟呀？"

姬德和这番话说的是军统实情，他们在执行任务的时候，为了搞暗杀和情报，许多时候就是不择手段，翻手为云，覆手是雨，说人话做鬼事。

姚大川的脸上就有点挂不住了，说："姬团座说这话就有些见外咧，都是为了党国利益，各自采取不同手段罢咧……"

父亲看两人话不投机，越呛越火，田冬梅和何必他们面面相觑，插不上话，就赶紧打圆场说："我们都是兄弟，都是抗日救国的兄弟姐妹哩。"他对姬德和说："大哥，我们还是商量商量下一步的行动吧，方方面面的。"

千头万绪，首先要解决最重要的一个问题就是国共两面的队员，还有晋绥军的队员，集中行动得有一个统一的指挥和调动问题。姬德和知道姚大川不服自己，就先提出由父亲做总指挥，姚大川也表示同意。于是，父亲就作为特别行动小组总指挥，姬德和与姚大川作为副指挥。

姬德和就过来拍了一下父亲的肩膀说："兄弟，你就放心吧，我的那二十个弟兄全都已经集结到位咧，这次梁瑞林也下了本钱，十个队员使用二十响的驳壳枪，十个队员使用汤姆式，每人还配备了五个日式甜瓜手榴弹，一个手雷。这二十个队员全部由我挑选出来的，个个身怀绝技。另外，还带来了十把二十响，五把汤姆式，两箱手榴弹,一箱手雷。这些都在南城门外的'悦来'客栈里。现在是万事俱备,只欠东风咧。"说完他又看了一眼姚大川,说:"下面就看从中央来的姚长官的咧。"

父亲也扭头看着姚大川。

姚大川知道现在矛盾的焦点集中在他这里了,就微蹙了一下眉头,说:"是这样,自从上次我们安排人员跟踪渡边矢原,结果被他察觉了,和保护他的宪兵发生了枪战。咱们的人员用短枪和日军的长枪对射,亏吃大咧,牺牲一个,伤一个。现在,他更加狡猾了,每天出去总是先去附近的日军兵营里,然后过一会儿就会有几辆相同的车开出来,有时候是三辆,有时候是四辆,走的还不是同一个方向。我们人员有限,加上日军非常警惕,防护严密,我们又不敢跟得太紧了,所以,到现在也无法掌握渡边矢原的秘密基地在哪儿。"

这会儿,何必又想起什么来了,赶紧说:"对了,这个日本人每天出去回来,都提着一个黑色的箱子,很精致。我看到在箱上还连有一根铁链子,铁链子这头是个铁圈,活动的,扣在他的手上。"

姚大川说:"这个我也注意到了,那是保险箱手铐。别人要想抢走保险箱,除非剁掉他的手。"他看看父亲,又看一眼姬德和,说:"姬队副,姬团座,我这样考虑,要不我们分兵几路,同时跟踪这些车辆,然后在不同的地方袭击这些车辆。只要渡边矢原在其中的一辆车上,我们就能消灭他,同时拿到他的保险箱,从而找到秘密基地在哪里。"

姬德和说:"时间急迫,我们的队员也不能长时间待在那里的,设想一下,那么多年龄差不了多少的陌生人突然出现在那里,搁谁都会产生怀疑。如果再没有别的好办法,我觉得这样也行哩。"

父亲想了想说:"恐怕不行。如果分头行动,我们兵力就分散开了。"

姬德和说:"我们的人加上你们的人,有四十多个哩,再加上他们的……"

父亲说:"他们都没有直接对抗的作战经验,再说,我们也没有有效的重武器,只能采取突袭,而面对的却是日本人的正规作战部队,一旦被日本人咬住,我们就很危险咧。这就像是做生意哩,一定要考虑稳妥,风险小,这生意才能做。"

一直没有吭声的田冬梅接着父亲的话说:"我觉着姬队副的想法是对的。我们这次的特别行动,不单单只是除掉渡边矢原,我们的主要目标是毁掉日军的毒气生产秘密基地,还要缴获到日军秘密研制化学武器的证据哩,这一点我们千万不能忘记了。所以,在没有确实掌握渡边矢原的秘密基地之前,我们还是不能贸然行动,一旦打草惊蛇,后面我们的行动就会更加困难了。"

田冬梅这么一说,屋子里的人都沉默了。

父亲低头想了一会儿,忽然问何必:"你们跟踪那个渡边矢原,注没注意他每晚出来上街或者看戏时,手里也提着那个箱子?"

何必眼睛一亮,略一思索,说:"没有。他在看戏时没看见他提那个箱子。"

父亲问:"肯定?"

何必点了点头说:"肯定。"

父亲的脑子飞快地转动着,思考着,自言自语般地说:"那也就可以肯定,渡边矢原的那个箱子就一定是放在他在酒店里的那个房间里了。或者说,他那个房间里应该有个保险柜之类的东西放那个箱子。不可能放在外面的。"

姬德和一听,也马上兴奋起来,说:"肯定是有个保险柜的,这么重要的东西不会随随便便地放在房间里的。我们要是能进入他的房间,打开那个保险柜,就可以拿到保险箱里的文件,从文件里就可以找到秘密基地的线索了。这可真是个好办法哩。"他看了一眼姚大川,对父亲说:"还是我家兄弟的脑子好使。咋来了这么多的大人物,就没有人想到这个办法呢?"

姚大川琢磨了一下,也觉着眼下从保险箱入手无疑是最迅捷快速的一种方式了。他没理会姬德和的揶揄,本来中央派系就一直和地方派系不和的。而是略带点担心地问父亲说:"饭店防范那么严密,我们咋能拿到那个保险箱呢?"

父亲似乎下了决心般地说:"唱——戏!"

屋子里的人闻言都一愣,相互看了看,又把疑虑的目光望向父亲。只有田冬梅心领神会地笑了。

父亲扭头看了一眼正抿嘴微笑的田冬梅,心中受到了一种无形的鼓舞,更是显得胸有成竹了,他咬了一下牙,坚决地说:"对,唱戏。我们就给他唱一出真正版的'下河东'!"

父亲曾告诉过我,他在一开始其实也不明白阎子明为甚要他和我那位姨妈先不去执行任务,而是去学唱什么戏?在心里总是猜测着阎子明是不是有甚么别的用意哩。直到潜入河东城,知道了任务的艰巨性和困难性后,这才理解了阎子明的真正用意。心里就感慨,上级就是上级,考虑任何问题都是很全面哩。

父亲在去找严辞说关于在河东城里唱戏的事情时,脑子里就浮现出刚学会的那段《下河东》里的唱词:

> 赵匡胤困河东心如刀绞,
>
> 愁得王两鬓白须赛银毫。
>
> 王好比凤凰落架鸡笼罩,
>
> 又好比大鹏展翅缺翎毛。
>
> 深入虎穴只为把贼来扫,
>
> 没想贼人用诡计把路堵牢。
>
> 恨得王坐立不安肝火冒,

压愤恨常思量达旦通宵……

　　这段唱词也确实反映出了当时父亲的心情。虽然决定用唱戏来引诱渡边矢原上钩，但这只是个一厢情愿的事情。渡边矢原会不会上钩呢？就是渡边矢原来看戏了，或者说也登台演戏了，其他的行动会不会成功呢？还有八路军、晋绥军和军统方面的配合，还有……

　　父亲说，那些日子里，他可真的是通宵达旦得睡不着哩。

　　严辞听父亲把他的想法谈过后，沉思了一会儿，便对父亲说："这确实是个好主意。但就是不知道这个日本人会不会来看戏？"

　　父亲就说："可以派人给日本兵营里送些票么。哎，剧院里平时演戏有没有给日本人送过票？"

　　严辞说："没有。老百姓都恨日本人，哪儿还给他们送票请他们看戏？不过，倒是有一些日本人来剧院里看过戏，还是和一些皇协军来的。不买票，还非要坐在前排，说是要看花姑娘。唉！"

　　父亲说："那好，我们这次就以萧月朋、筱爱爱载誉归来，答谢河东父老乡亲为名，举行公演。给日本人送些票也正常。我想他们是会来的哩。他们不是在大力宣扬甚，大东亚共荣么，这不正是给他们机会啦？"

　　严辞就点了点头，却又想到一个问题，说："就是那日本人来了，他身边带着几个宪兵，从不离开的。我们如何下得了手？"

父亲看了一眼田冬梅,然后对严辞说:"这个渡边矢原不是喜欢唱中国戏么?我们就邀他上台,共同演出,这也正好体现东亚共荣哩,有甚不好?到时候让田冬梅同志主动相邀,我们再组织一些人从中起哄,叫好鼓掌,把气氛造得热烈些。我想在这么热烈的气氛里,他能拒绝中国人民的热情和好意?"

严辞说:"下面呢?"

父亲就回头看着狗剩,说:"下面就全看我们狗剩同志的咧!"

狗剩正在那儿擦父亲穿的那双借来的三接头带着气眼的皮鞋,听见父亲的话,抬起头看了屋子里的人一眼,笑了笑,没有说话。

原来,父亲听田冬梅说过狗剩在打仗时身手多么利索的事。还听青青说,有一次她正在给田政委倒热水,不小心把剩下的那块小肥皂滑到脸盆里了。根据地甚都缺乏,所以一块小肥皂也如同宝贝哩。而田冬梅平时都舍不得用,每次都只是轻轻地抹一下就可以了。所以青青一见肥皂掉进了滚烫的热水里,就惊叫了一声,也就在这时,正好进屋的狗剩看见了,过来伸出手,眨眼一下就把那块小肥皂从滚烫的水里捞了出来,动作之快就如同闪电一般。半天青青都没反应过来。父亲就猜想,狗剩到稷王山参加抗日独立大队时只说他乞讨的事,隐瞒了他在流浪时当小偷的事。就想着好在他还是个孩子,又参加了革命队伍,只要通过教育,他慢慢地会改过来的。

当这次父亲和他谈,准备让他乘那个渡边矢原看戏或者上台演戏的时候，靠近他，把他身上的房间钥匙偷出来，和配合他的军统行动人员一起，从"银湖饭店"的后墙上攀爬到三层，然后进入渡边矢原的房间里，找到保险箱，拿到那些关于生产制造化学武器的秘密文件。父亲他们也是做了两手准备的，军统行动人员里面安排了一名开锁专家，只要是目前国内生产出来的任何保险箱、保险柜的锁，他都可以在两三分钟内打开。这是怕万一狗剩盗来的钥匙里面没有保险柜的钥匙，那就只有让开锁专家动手了。

父亲又和姬德和、姚大川、何必等人反复商定了行动计划，把时间定在分分秒秒上。就为了这个，姚大川和姬德和做主，军统和晋绥军两家出钱，给每位行动人员都配备了一块手表。父亲自然也得到了一块，那是块真正的梅花表，小巧玲珑，晶莹剔透，戴在父亲的手腕上也和他头牌名角的身份相符。姬德和悄悄对父亲说，那是他专门给父亲挑下的哩。但父亲也没有扔掉那块不走的怀表，那是借赵克仁的哩。姬德和大伯给父亲买的那块梅花表戴了多年，一直到他解放后被当作"叛徒"和"国民党特务"押回农村改造时，那块表便戴到了村子里一位姓周的民兵连长手腕上了。虽然后来落实政策，那块表又还了回来，但已经再也不会走字咧。

既然是头牌名角唱戏，那父亲和姨妈自然都得登台了。当天晚上，剧院里就开始套排，这也是自然的，不会引起任何人的怀疑。照例，父亲扮演赵匡胤，田冬梅扮演金莲。那晚，父亲开口唱了一段后,一直坐在台下提着心的严辞走上台来,对父亲感慨万分地说:"姬家,你不唱戏,咱河东蒲剧真少了一位名角儿哩!"

也就是直到这会儿,父亲才知道严辞原是延安的南区蒲剧团的,在延安排演了马健翎编剧的《血泪仇》和《正气歌》,周恩来副主席和朱德总司令以及张闻天、贺龙、彭真、程子华等都多次看过他们的演出哩。

同时,"'爱乡剧团'头牌为答谢河东父老,公演大型蒲剧《下河东》"的公告海报,已经贴满了河东城里的大街小巷。一时间,人们都在传着这个消息,而且皇协军的人也来打听,要留票给他们。严辞就委托一个他认识的皇协军的小队长,陪着剧团的外务,分别到日军宪兵队、牛岛师团、警察局、维持会等,送上了优惠票。外务回来说,日本人接到戏票很高兴,连连说:"大大的好,约西约西。大东亚共荣!"

严辞就告诉父亲,看来日本人来的希望挺大,关键是那个渡边矢原能不能来?

父亲就发狠般地说:"他不来,我们就想法子诱他来,逼他来,非让他来不可哩。他不来,我们这出真正的'下河东'戏咋着往下唱哩么!"

父亲又让姚大川安排军统打进"银湖大饭店"里进行侦察的人

员,带着狗剩和那几个准备行动的人员,对大酒店的周围情况进行了熟悉,从哪里攀爬上楼都进行了详细斟察,包括攀爬要用的绳子,每一个细节都进行了检查。姬德和做得更是细致,让队员把每一粒子弹都擦拭了一遍。现在就是一切具备,只欠东风了。

父亲的心头压力大着哩。可以说,从决定唱戏开始,这每一步的行动几乎都是他在决定着哩,而每一个决定都牵涉到行动的成功与失败,牵连着这么多人的生命!

每一步都不能出半点差错的!

"爱乡剧团"头牌名角回报河东父老的大型蒲剧《下河东》在"河东剧院"公演了。但也就在这时,父亲由于整日整夜地思考着行动的事情,心急上火,嗓子发炎,竟然疼得发不出声咧。这下可把严辞急坏咧,要是父亲不能上场,整个计划可就都要跟着泡汤哩。而且越是在这个时候,还越是不能去跟观众解释的。观众才不管你病不病上不上火的,而且这出戏还是为那个日本人唱的,要是主角都上不了场,那日本人渡边矢原会来看戏么?

渡边矢原不来看戏,狗剩他们的技艺又咋着展现?下一步的行动又咋着开展?这可都是一环连着一环的哩。

严辞赶紧让人端来了泡着膨大海的水,让父亲赶紧喝,润嗓子,又让人到河东城的"万民大药房"买来了治嗓子的"喉症片"。但似乎药都没效果，父亲的嗓子反倒越来越疼，竟然连说话都很困难咧！

正当大家一筹莫展，急得眼冒金星的时候，谁也没有想到，萧月朋悄悄地，不知甚时候出现在了剧院里，就如同天降一般。他是穿着一身很普通的衣服，脸上还戴着一副大墨镜来的，所以也就没有人注意到他。他径直来到严辞面前，低声说："团长，一切我都知道了，我来演吧，化了妆后，是没有人看得出来的。演完谢幕时让他……让八路军长官出场就行咧……"然后就在目瞪口呆的严辞和父亲的注视下，过去化妆了。

父亲注意到，姚大川不知甚时候也出现在了台后，过来跟父亲低声说："没有事，我们给他交代过了，他说一定全力配合我们。我安排了人盯着他。"

原来，萧月朋和筱爱爱在太原城里也没闲着，隔三岔五地和河东城里的熟人通个电话甚的，也就知道了"河东剧院"里要公演《下河东》的消息。他就奇怪，他和筱爱爱两个大主角都在太原城呢，那么谁来演这个戏呢？就这样，他们两个带着一肚子的疑问和怒气急匆匆地从太原城赶回了河东城。但他们刚一下火车，就被姚大川的军统人员控制住了。其实，他们一离开太原城，那边监视他们的军统人员就通知姚大川了，并且暗示姚大川，如果他们有破坏行动计划的迹象，立即格杀勿论。但姚大川毕竟是当地人，对自己家乡的人和事还是有感情的。他没有按照他们说的那样去做，只是先安排人把他们俩控制起来,然后认真地谈了情况,并没有说明是什么具体情况,只是说有一个消灭日本鬼子的行动计划,而唱戏只是计划的一部分,让他们配合。并指出你们也是中国人,只要不想当汉奸,不想当亡国奴,就应该明白其中的孰是孰非。筱爱爱当即表示,她坚决支持杀日本人的行动,就让抗日人员替她出场演出吧。而萧月朋则是担心替他演出的抗日人员演技不行,从而坏了他的名声,非要到剧院里来,而且也说了刚才给严辞团长说的那番话。也恰好那会儿姚大川知道父亲嗓子哑了的消息,就冒险把萧月朋带到剧院来了。

也就是在那年我和父亲在公社看过萧月朋复出后演的《红灯记》后,我才知道父亲还曾和这些有名气的人相熟。父亲也曾告诉过我,萧月朋是一个很纯粹的艺人,一生就是为了唱戏的。但他又是个正派的人,活得也很纯粹。那晚,他默默地唱完了戏,然后就悄悄地到后台卸了装,在一个军统人员的陪同下离开了。而出面和观众见面谢幕的,则是父亲他们了。就是谢幕的时候,父亲注意地看了一下前五排,倒是有不少日本军人,并且都是军官,他们还准备了花篮,已经摆放在台口上了。但父亲清楚地看到,第三排的3号、5号座位是空着的,父亲心里清楚,剧院外交也告诉过他,那是特意给渡边矢原的位置。这说明,这晚,他没有来。

那个是中国戏迷的日本人没有来!

父亲心里就忽地一沉。

第十一章

渡边矢原没有来看戏,扮成剧院里跑堂伙计的狗剩就无用武之地了。没有盗取到渡边矢原的钥匙,下面的行动就无法进行,这次的行动宣告失败并取消。

其实,父亲他们全都被这个狡猾的日本人渡边矢原骗咧。听说是河东城里唱红了西北,又在太原城演出了好多场,场场人数爆满的河东头牌名角公演,这个中国戏迷能错过这个机会么?但日本宪兵队和负责保护他的日本特务们出于小心谨慎,一再劝告他不要去看中国人演的戏,虽说是大东亚共荣哩,但眼下还不到真正共荣的时候哩。但渡边矢原一定要去,而且那天下午早早地就从秘密基地赶了回来,洗了澡,换了便服,一副准备看戏的架势。

看这情况,日军宪兵和特务们就不好强行阻止他去了,因为他毕竟挂着少将军衔,而且发起火来还很凶呢。但他们又想到了一个折中的办法,同意渡边矢原少将去看中国戏,但不能坐在中国人给他安排的位置上,而是坐到了第十排几个皇协军的位置上了,旁边和前后围着他坐的自然是奉命保护他的日军宪兵和特务们了。为了能看到戏,渡边矢原只好同意了这样的安排。其实,就是渡边矢原那样的坐法,稍有经验的特工们只要进到剧院里一观察,就能发现情况的,因为那帮宪兵坐得太整齐咧,一个个笔挺地坐着,而那帮特务们却不是好好看戏,眼睛总是在前后左右扫视着。只有坐在中间的渡边矢原很认真地看着戏,还不时地鼓掌。可是,那天父亲他们的安排重点是外围,是"银湖饭店",从而忽略了整个剧院里这么明显的变化。也是狗剩没经过这些场合,他就一直在剧院里扮作伙计,前前后后地跑来跑去给人递毛巾倒茶,这些变化却没看出来。

从这一点上看,父亲负责指挥这样重大的特别行动,还是缺少经验的。

因为渡边矢原没有来看戏,父亲他们就决定进行诱逼,当天晚上,父亲就让姚大川安排在《河东日报》的内线,在第二天用大版面对昨晚的演出进行报道。尤其是把田冬梅的演出剧照登得很大,田冬梅化妆后在她的威武上又加上了妩媚,就显得更美丽了。第二天一大早,一帮子由他们安排的报童们就背着报纸满大街跑着卖报,特意在日本兵营和"银湖饭店"门口安排了很多报童,嘴里喊着:"看报,爱乡剧团演出特别专号。"

"看爱乡剧团女主角筱爱爱,河东第一美人。"

"爱乡剧团美女主角设擂,寻男角配戏,同台共演。"……

姬德和有点急躁起来,他过来和父亲商量,打算就在饭店里动手,等渡边矢原早晨出饭店大门的时候,行动队员发动突然袭击,劫持走渡边矢原。他对父亲说:"我们不能怕牺牲。要等日军把毒气研制出来我们再行动,一切都晚了。"

说心里话,父亲当时也有点着急,而且对自己设计出的这个计划能否成功,自己也产生了怀疑,心里并无多大把握。但他还是强制着让自己不要产生冲动,一定要沉住气。他耐心地对姬德和说:"大哥,我也着急哩,这心里都快要烧焦咧。可如果我们这样公开去劫持渡边矢原,肯定是不行的。河东城是日占区,除了我们,再没有像样的军事力量。而且日本人的战斗力我们是清楚的。我们要是强攻,就是队员全部牺牲也没有胜算的把握,而且一下子就打草惊蛇了。这无疑就是告诉日本人,我们的行动目标就是他们的毒气秘密生产基地。日本人还能不加强戒备么?那我们后面的行动就会更加困难了。大哥,咱们这次特别行动小组,不管是你带来的晋绥军,还是我们稷王山的八路军,还是军统人员,都是咱们中国老百姓的娃哩,谁在这次行动中受伤或是死了,我们的心都不好受。在现阶段,我们一定要比日本人还能沉住气,尤其是我们两个人。我相信,我也有这么个预感,这个渡边矢原会咬我们设计出的这个钓饵的……"

姬德和就咬了咬嘴唇,说:"行,兄弟,我听你的安排。"他毕竟是在战斗部队里带兵的,喜欢也习惯了和敌人面对面公开搏斗冲杀,而不喜欢这种"和老鼠一样偷偷摸摸(姬德和语)"的行动,觉着太憋气,不痛快!

尽管姬德和在听了父亲的话后,表示不冲动,不轻易行动了,但他还是带着他们晋绥军组成的行动小组人员,偷偷地在"银湖饭店"的周围进行了摸底侦察,随时准备采取行动。而姚大川也有点沉不住气,悄悄地带着他的军统人员在饭店到日军兵营的路上进行了侦察,打算在路上劫持渡边矢原。只有父亲和他的稷王山抗日独立大队的人员按兵不动,看上去不急不躁的,但实际上,队员们也早就按捺不住咧。这不么,田冬梅一大早就过去做安抚工作了。

事情很快出现了转机。

第一场公演后的第二天一大早,严辞就匆匆来找父亲,说河东盐务局的一个办事员来找他,让"爱乡剧团"到盐务局神庙的"连三"大舞台去演,并说这是日本人的主意。那办事员还说:"既是公演哩,就不牵扯到票价的事咧。'连三'舞台大,看的人多么,是个扬名的好机会哩。而且日本人也说咧,这也是体现大东亚共荣哩么。哎,告诉你,演完后日本人的管事还要宴请演员哩。"

这里就要插上一段咧。我们河东盐池有着上千年的历史,自古以来都是以生产潞盐而闻名于世的。而且由于河东地处黄河之畔，河风之烈，又为河东盐池提供了特殊的产盐条件，就是靠自然风吹日晒结晶成盐，只要太阳晒上几天后，人们就可以找把扫帚去扫捞采盐了。由于黄河是环绕河东城的南边向东逶迤而去的，所以刮过来的风称之为南风。前人早就有"南风起，盐始生"之说。早在虞舜时期，人们就知道了南风与产盐的关系。这位喜欢音乐的始祖，就曾在盐池畔抚着五弦琴以歌南风：

南风之熏兮，

可以解吾民之愠兮；

南风之时兮，

可以阜吾民之财兮。

如今的河东"南风集团"的名字，也就是取之于虞舜的这首《南风歌》吧。

记得在1972年冬季学校放假的时候，我为了给自己凑足上中学的学费，跟着同村的几个大人到河东盐池去担硝，实际上就是去扫盐，用硝板筑畦进行晒盐。冬季的盐池上虽然也刮南风，但那个南风却没有春夏时候的温暖咧，是刺骨的寒冷。我买不起雨靴，就穿着一双布鞋在硝水里铲硝筑畦，然后把晒好的盐又铲成堆，担到一个大硝堆上。每天的硝水浸透了布鞋，又结成了冰疙瘩。再加上硝水浸蚀，我的脚红肿不堪，到后来连布鞋也穿不进去了。我就找了两块塑料布，把脚包起来。每天回到住处,我的双脚根本没有知觉。也多亏那时候年轻,我硬是坚持干了一个月,挣到了二十六元钱。

似乎又跑题咧,还是接着说演出的事吧。

河东盐池自从日本人入侵河东后,就强行接管了盐池,然后就把生产出来的潞盐和半成品硝,大量往日本本土运送。盛产潞盐的河东老百姓却经常吃不上盐。

父亲在听到严辞说这番话的时候,脑子里顿时就活跃起来,开始思索一系列的计划。但首当其冲要考虑的是,那个渡边矢原会不会到盐务局的"连三"大舞台去看戏?如果这个日本人去了,那么这就是个绝佳的机会,这个机会可就不能错过了。可要是万一渡边矢原又不去看戏呢?

父亲思索了一会儿,就要严辞带着剧团的外务赶紧到盐务局,和他们具体商谈一下,都有哪些日本重要人物出席观看?既然体现东亚共荣么,就还可以提出和日本人同台演出的事情。

严辞答应一声,就赶紧带着外务去盐务局交涉了。

严辞走后,父亲让狗剩迅速通知姬德和、姚大川、何必以及田冬梅他们几个行动小组的负责人,商定下一步的行动计划,如果渡边矢原去看戏,并且愿意上台演出,行动该如何进行?如果渡边矢原没有去,又该如何行动。就这样,几个人心急火燎地等到了中午快吃饭了，严辞和剧团外务才匆匆地回来，带回一个日军方面出席观看演出的人员名单，上面最高官阶是日军驻河东牛岛师团的一个少将旅团长，还有几个大佐，还有日军河东宪兵司令今野大佐，就连河东警察局长都在。就是没有渡边矢原的名字。

大家心情就又沉重起来，觉着今晚这个行动恐怕又要落空了。

父亲却拿着这张名单不停地翻看着，琢磨着。他在心里这样想，渡边矢原是日军的少将，日军既然组织这么大的"东亚共荣"的活动，他却不出席，情理上有些说不过去。而且日军近段时间一直宣传鼓吹河东是治安优秀的占领区，一个少将却不敢出席反映大东亚共荣的戏剧晚会？真的是为了生产毒气太忙了么？顾不上看戏么？但他却能在河东街上闲逛，还去看野路班子在街头唱秦腔呢！

也许是盐务局的那个办事员确实办事很认真，在名单后面还附了一张在前几排就座人员的座次表，那名日军少将旅团长最突出，坐在第三排最中间，而他两边则空着两个座位，然后才是那些大佐们，包括日军河东宪兵司令今野。那么，这个少将旅团长的两边会是甚么人陪着他看戏呢？是盐务局的管事？有可能，因为戏是在盐务局的地盘上演哩。可父亲又觉着不可能，盐务局的管事充其量也就是个一般的官员，咋能和日军的旅团长坐在一起呢？因为在日军中间，是非常讲究官阶的。那么，剩下的就只有一种可能了，就是能和少将旅团长并排坐着的，只能是少将级的人物了，其中之一，就是渡边矢原！

父亲讲了他的分析后，大家就又摩拳擦掌地兴奋了起来。

姬德和在那儿噼里啪啦地扳动着手指关节，说："咱们就先按我兄弟安排的计划进行，不管这个小鬼子来不来看戏，我们都给他来个瓮中捉鳖，把这个旅团长收拾了。对了，还有那个什么樱花部队，也一起收拾了算屄咧！"姬德和显然是窝在这河东城里，确实憋坏咧！

父亲说："我们特别行动小组的首要目标还是渡边矢原这个日本小鬼子，然后是他的秘密基地，至于那个樱花部队，如果日本人生产不出毒气，这个部队也就没甚用处咧。所以，我们的目标，就是渡边矢原和秘密基地。同时，我们所制定的战术，都要在兵贵神速上做文章，不能有任何拖泥带水的行动。这一点我们每个人一定要牢牢记住。"父亲这话其实也是说给姬德和听的，因为在这两天中，父亲有点感觉到，姬德和总觉着自己是个堂堂的晋绥军上校团长，却和一帮子专门搞暗杀和破坏的特工人员搅和在一起，而且还受着别人的领导，也多亏这个人是自家兄弟，不然，他早带着人自己干咧。所以，父亲觉着有必要敲打他两句："今晚在演出现场，没有统一的命令，谁也不能贸然行动，谁破坏了行动计划，就是破坏抗战，罪不可赦，我们每一个行动小组的负责人都可以执行战时特别纪律……"

说到这儿，父亲似乎才想起来似的，从自己穿的府绸褂子上衣口袋里掏出一张折叠着的纸，当着众人的面把纸抖开，上面写的全是字。父亲扫视了一下屋子里的人，略微提高了一点声音说："大战在即,我现在宣布第二战区司令部一号绝密命令——"

一听是绝密命令,姬德和毕竟是军人,立刻条件反射般地双脚一靠站直了身子,姚大川虽然是军统特工,但也是军人出身,便也站了起来。父亲看了一下屋子里的其他人,便说:"还是都站起来吧。"

于是,屋子里所有的人都直直地站了起来,看着父亲。

父亲咳了一声,然后念道:"这次由我二战区所属各部之联合歼灭日军之秘密基地特别行动,为统一指挥,坚强意志,特授权稷王山抗日独立大队副大队长姬德荣以战时独立决策之权力,凡有违抗命令者,投敌变节者,就地处决。第二战区司令长官阎锡山、副司令长官朱德。"

命令宣读完了,屋子里的人都不作声,也没有表示出甚来。其实就是父亲不宣布这个命令,他们也一样在执行着他的一切指令。这只是父亲担心晚上有人会不听他的安排,自己做出和行动计划相违背的事来,尤其是他得知姬德和团长和姚大川都在悄悄地进行侦察摸情况的消息后,便觉着必须统一一下战时纪律。只有严辞瞪大眼睛看着父亲微微颤抖的手,半天出不了声,也不敢出声。因为父亲手里拿的那份所谓绝密命令,是在他和剧团外务到盐务局进行交涉之前刚交给父亲的一份《下河东》里的一段唱词:"齐宣王拉马。"那是为了晚上邀日本人渡边矢原同台演出时递词用的,他先让父亲熟悉一下。

这时,就听有人敲门,随即孙子远推门进来,一脸的惊慌,把嘴抵到何必耳边嘀咕了几句什么,然后就见何必的脸色也一下子变了,看着父亲和姬德和说:"姬队副,姬团长,出事咧!"

出事的是姬德和带来的晋绥军行动小组的一个姓常的连长和他的两名队员。他们本来一直是在河东城南门外的"悦来"大客栈隐蔽待命的。今天上午他们实在是待得无聊,再加上伙食也确实不好,顿顿玉米面窝窝就着去年冬天腌的咸菜,吃得牙都酸咧。这常连长就带着他的两个部下悄悄地溜出了客栈,转悠着想找点甚吃的,哄哄嘴里的馋虫儿,也顺便逛一下河东城。自从当兵吃粮离开家后,他们一直是钻在山沟沟里,连个县城都没有去过。这次好不容易来到了河东城里,要是不开一下眼,错过了机会不说,今后都无法给人吹牛,说自己进过河东城哩。再说,常连长心里也是大意了点,尽管长官一再交代,要隐藏起来,待命行动,不能随便出去走动,但他们却这样想哩,河东城这么大,人口这么多,咋就能那么巧碰上日本人呢?这又不是小县城,西头放个屁,东头都能闻得见。河东城街道纵横,阡陌交通,要想在大街上查找一个陌生人,日本人和皇协军还不得派上几千人来排查,又谈何容易哩!

谁知也真是巧极咧,常连长和两个部下在城南门外溜达了一会,看见甚都想吃一点,口水馋得都流出来咧。后来,他们来到一个卖"热锅子"的摊摊前,因为这"热锅子"的香味实在是太诱惑人咧。

他们就让老板给一人泡上一碗馍。要说河东的小吃"热锅子"，就和陕西有名的羊肉泡馍差不多。但河东"热锅子"里主要煮的是羊血羊杂碎，翻滚着波浪的羊汤里煮着红红的辣椒，吃起来比陕西的羊肉泡馍更有味更刺激胃口哩。就在三个人坐在那儿等着泡馍的时候，有十几个皇协军走了过来，也要泡馍吃。那些个皇协军刚要坐下时，有一个皇协军无意中看了他们三个也在等着吃泡馍的年轻男子一眼，谁知这一眼就看出了名堂，那个皇协军看到一个年轻男子微微撅起的衣服后腰上露出一截黑亮的铁管来，要说那皇协军反应挺快的，急忙就从肩膀上往下摘枪，嘴里喊着："有……有枪！"

但要说反应快，还是常连长他们，毕竟是从晋绥军独立旅里挑出来参加特别行动的么。就在那皇协军手忙脚乱地从肩膀上摘枪的时候，常连长他们已经跳了起来，迅速拔枪在手了。其实他们在皇协军也往"热锅子"摊摊跟着走的时候，就感觉到了异常，相互间递了个眼色，心里早做好了准备。这阵儿，没等皇协军把枪端起来，他们手里的三支二十响已经喷出了火舌，眨眼间，十几个皇协军就已经全部被打倒了。想想也是，三支德国造二十响，打起来就如同三挺小机关枪哩，距离又这么近，皇协军还能有便宜占么？

常连长和两个部下消灭了皇协军，又迅速观察了一下四周动静，看见附近的人都跑光咧，就连卖"热锅子"的也不知道躲哪儿去咧，自然泡馍也就吃不成咧。他们知道此地不能久留，不约而同就准备撤，但刚离开"热锅子"摊摊几步远，就见从两个巷子里突然钻出来几十个日本兵，看样子他们是和这十几个皇协军出城去了，一道返了回来。这些日本兵在巷子里休息，这些皇协军就跑过来吃泡馍咧，于是就发生了这场遭遇战。

现在，常连长他们三把短枪和日本兵的几十支"三八"大盖对射，实力悬殊就太大咧。再加上他们刚才击毙皇协军时几乎打空了弹夹，出来时又没有多带子弹夹，很快就没有了子弹。结果，那两个队员中枪死亡，常连长腿上和肚子各中一枪，受伤被俘了。

这件事情出乎所有人的意料，谁也没有想到半中间竟然会插入这样一段变故来。

父亲一下子惊呆了。

姬德和浑身颤抖，一句话也说不出来。

现在的情况是，如果三个人都当场战死了，也许还好说。但要命的是常连长被俘咧，他要是万一扛不住日本人的酷刑，交代出了这次的特别行动来，岂不一切行动都成了竹篮打水一场空咧！而一旦行动失败，姬德和则要受到追究的，因为晋绥军这次参加特别行动小组的人选都是从他那个团里挑选出来的。这个常连长也是他的心腹之一。

而让父亲更担心的是，这样一来，安排好的晚上和日本人演出能否正常进行呢？日本人会不会更加提高了警惕呢？那个渡边矢原更有理由不来看戏咧!

看着挺圆满的行动计划,被这瞬间的变故,影响得又要泡了汤咧!

首先是何必忍不住开口了,他看了一眼姬德和,不满地说:"你们晋绥军的纪律真是成问题哩。真是一粒老鼠屎,坏了一锅汤!"

姬德和这两天本来就对老鼠般偷偷摸摸的行动快忍耐不住了,也被自己部下的自由行动而惹下的麻搭心里窝着火,何必这一说,让他一下子爆发了,就蓦地拔出了手枪,顶在了何必的额头上,说:"你敢说我们晋绥军是老鼠,你把刚才的话再说一遍!"

站在何必旁边的孙子远见状,随即也掏出枪来,对准了姬德和。

屋子里顿时显得气氛紧张,剑拔弩张!

这时,就听父亲冷冷地笑了一声说:"杀不了日本小鬼子,自己倒是先杀起自己咧,都挺有能耐的么!要真的有能耐,就别在这间屋子里逞强,把那个渡边矢原杀掉,把日本人的秘密基地歼灭了才是真的能耐哩。"说到这儿,他提高了一下语气说:"我请诸位别忘了我刚才宣布过的绝密命令,必要时我会执行战时纪律的。"

何必刚要争辩什么,就见父亲摆了一下手,先对姬德和说:"大哥,你的心情我理解,弟兄们这两天也受苦咧,窝在这里,眼看着日本人耀武扬威的,却像是笼子里的老虎,无法下爪,能不急么?你急,我急,大家都急哩。可不能一急就乱来。"

姬德和有点不好意思地放下枪,说:"唉,兄弟,我头脑都有点乱咧,我是真的不适应这种憋气的战斗哩。你就说吧,我现在该做甚?"

父亲说:"大哥,你得马上回到客栈去,组织其他队员马上转移到一个安全的地方,继续待命。记住,一定要安抚好大家的情绪。"

姬德和答应一声,赶紧出门了。

父亲走近姚大川,低声问:"姚长官,你们军统在日本人内部……"

姚大川没等父亲把话说完,立刻就明白了。他也低声说:"我马上就去启动内线,了解一下被俘人员的情况。有什么情况,我马上通知你。"说完,也转身出去了。

父亲这才对严辞说:"严团长,这下面的工作要你去做了。你带上外务,装作甚事情也没有发生过,再到盐务局走一趟,当然还是联系晚上的演出,主要是了解观察一下日本人那边有没有什么变动?尤其是出席观看演出的人员,还有日本人要参加演出的人员……你明白吗?"

严辞点点头,说:"我知道了。"就找剧团外务去了。

安排好了这些,父亲略微喘了一口气,刚要对田冬梅说什么,就听一旁的何必说:"姬队副,刚才我是心里着急,就说了那么一句……我不该说那些话。"

父亲说:"老何,你是个老地下工作者了,应该知道我们做这一行的,最忌讳的就是急躁了。这次要歼灭日本人的秘密基地,说不定还有他们的那支樱花部队哩。光是靠我们的力量是做不到的,必须和友军联合起来。现在是统一战线,一切都是为了和日本人作战的,就不要再提什么你们我们的了。至于主义上的分歧,更是要避免提起,或者就不要再提这些咧,没一点用。"

何必就说:"你批评得对,我知道咧。"他看着父亲,诚恳地说:"那我们下一步该做什么?"

父亲说:"只要没有甚变化,我们还是照常准备演戏。"他这句话,既是对何必说,也是对田冬梅说:"今晚就看你的咧!"说着,又掏出那张抄着"齐宣王拉马"唱词的纸,递给了田冬梅。

田冬梅这才明白刚才父亲宣布的第二战区司令部一号绝密命令是甚了,不仅"哟"了一声,随即又赶紧捂住了嘴。这一回,她确实真正领教了父亲那种与年龄不相符的成熟,那种临危不乱,敢于挑战的独立性格了。

要说起来,日军的特务间谍系统在二战期间应该属于全世界最强大的几个国家之一,排在前面的是美国、苏联、英国、德国,下来就是日本了。中国的军统后来者居上,但还是要排在日本后面的。尽管是这样,日本的特务和间谍在中国遇到了最强大的挑战,那就是中国的军统特工人员。就连日军的大特务头目土肥原也一再哀叹过,日本特务和间谍在中国的损失是最大的,约有百分之八十是在和国民党军统的较量中损失的。

所以,父亲就估计到军统一定在河东日军中打进去了卧底的军统情报人员。要说呢,姚大川的军统工作力度就是大,到下午四点钟的时候,姚大川就赶回来告诉父亲,那个常连长还真是条硬汉子哩,任凭日军宪兵用尽各种酷刑,他也没有暴露自己的真实身份,一口咬定只说自己是黄河滩里的土匪,到河东城里找点钱花来咧。到最后,他把那个审讯他的日军宪兵头目示意到跟前,假装要告诉他什么哩,等那个宪兵头目把头伸了过来,他就一口咬住那宪兵头目的耳朵,急得旁边几个日军宪兵拽也不好拽,拉也不敢拉,只好用刀子乱捅他,直到把他捅死,他也没有松口,硬把那个日军宪兵头目的耳朵给生生地咬了下来。

父亲就感慨了一句,说:"要说么,也真是条咱中国的汉子哩。"仰头朝天道:"兄弟,你就先走一步,等我们替你报这个仇!"便也把悬着的那颗心慢慢地放了回去。

也就在这时,严辞也和外务回来了,告诉父亲,那场意外的枪战对于日军来说并无什么大的影响,根本没有当一回事,一切都在照常进行。因为在他们所有占领后的大城市中,时有这种袭击发生,而日军也有一套在占领大城市后的驻军条例,就是一定要维护好这个城市的安全和稳定，让城里的中国人真正感受到大东亚共荣带来的安定和繁荣昌盛。所以这次他们也认为只是几个土匪流寇蹿进城来找麻烦的。在抗战时期，经常会有一些侠客式的人物，还有一些土匪，他们也不参加任何组织，单枪匹马地跟小鬼子斗，经常潜入城里对日本人进行暗杀袭扰活动。虽然这些人让日本人很头疼，但对日本人构不成什么大的威胁，所以日本人也只是派出宪兵部队清剿了事。

父亲便让狗剩速去通知姬德和和有关人员，晚上的行动一切照常。

父亲告诉我，那天晚上的演出可以用盛况空前来形容。这也是父亲一生中最得意最值得回忆的一件事情哩。因为这场《下河东》的大戏，完全是他一手策划和导演的。但父亲又告诉我，河东特委书记阎子明其实一直在背后帮父亲操纵导演着这场大戏的，他才是真正的导演。在往下叙述的过程中，读者很快就会看明白了。

姚大川特意按照严辞的交代，给父亲和田冬梅出席晚上的演出又重新制订了一身"行头"，在这方面，他们军统是要比这次合作的任何一方都要富裕，挺财大气粗的，也敢花钱。比如说，晋绥军和稷王山抗日独立大队参加这次行动的队员们，只能隐藏在大客栈里，而军统的队员们都住在大饭店里，每天吃香喝辣的。姚大川这回给父亲定制的是：上身穿素绸上衣，下身是瓦蓝绸裤，脚下一双锃亮的白头棕尾牛皮鞋,那块不走的怀表父亲又特意挂在了胸前,链子闪闪发光,真的让父亲更是显得年轻倜傥,万分儒雅。这些天来一直压在父亲心头的憋闷和烦躁似乎消失了,取而代之的是一展霸气和拼杀前的冲天豪情。由于激动,父亲的手一直在抖动,这让严辞很不安,他以为父亲是怯场哩,就在一旁安慰说:"姬家,小日本根本看不懂戏的,他们只是要这个场面的。你的嗓音没说得哩,在某些方面,比如说腹腔方面,比萧月朋还要高哩。至于戏词,有我哩。记不住了就唱能记起的词,反正……"他在旁边不住口地絮絮叨叨着,让父亲心里起了烦,心说这个从延安回来的地下工作者,真的就是以为今晚为了和日本人同台演戏,真的为了那甚的劳什子的东亚共荣么?他对严辞说:"严团长,记住你的任务了么?"父亲是让严辞在任何时候要看好那些来看戏的日本军官,随时注意中途离开的军官。因为这关系到他们其他小组的行动。这一下,严辞才知道父亲不需要他来安慰,这才不叨叨了,点了点头,赶紧忙自己的事情去了。

至于我那位姨妈田冬梅,打扮得更是端庄漂亮,大方妩媚,姚大川给她定制了一件月白色的偏大襟无领短袖上衣,藕荷色的百褶裙,脸上化了淡妆,乌黑的头发扎成了两个小辫,这是为了让她更显年轻些。因为真正的筱爱爱还不满二十岁哩。父亲说,虽然和姨妈朝夕相处,但从来没有注意过她打扮起来竟然如此美丽,那么风姿绝代。当时他看着田冬梅,竟然有点失魂落魄的感觉。就连周围的人都有点忍俊不住,虽然他们即将面临一场残酷的拼杀,但还是夸赞说:"哎呀哩,咱们田政委真是美丽哩。"

"田政委这么一打扮,可不就是天仙下凡咧!"

"啧啧,我看,小日本就是不想上钩也得上钩咧!"

就连姚大川也凑过来对父亲耳语道:"姬兄,这钓饵太厉害咧,我看今晚我们一定会大功告成的。我有这个预感哩。"

父亲就说:"别高兴太早咧。"顿一下又问:"没想到你咋这么会买会制办衣服,你咋知道我们的身高和尺寸的?"

姚大川就笑了一下说:"不瞒你说哩,我家就是这河东城里的祖传裁缝哩,从我爷爷手里开始,一直传到我爹的手里,都是做裁缝的。我爹也是希望我能继承他的手艺哩,所以花钱让我到太原城上了工艺技校,学的也是服装设计,不是吹牛哩,我只要用眼睛估摸一下你的身高胖瘦,算下来的尺码差不了多少哩。"说到这里,姚大川像是记起了什么,就又问:"哎,对了,姬兄你在河东城里当过掌柜的,你还记得在禹西街的东口有一家'瑞福祥成衣店'么?"

父亲说:"记得呀,很有名的哩。我还在那儿做过两身衣服哩,一件长袍子,一件包棉短坎肩。"

姚大川说:"那就是我家开的哩。"

父亲这才恍然大悟,说:"哎呀,那就是你家的店呀?那掌柜的……"

姚大川说："就是我爹。"

父亲问："咋样？现在还开着么？"

姚大川就长长地叹了一声说："河东城被日军攻陷后，一次，几个日本人要找我爹做几件他们的和服，这和服我爹没做过，不，就连是甚样子都没见过，他就比画着让他们拿个样子来，他好照着做，不然没法子做。谁知这就惹恼了日本人，劈头盖脸就是几耳光，还一个劲地用日本话中间夹杂着汉语咒骂，我爹也听懂了几句，就是骂你是'笨猪''支那蠢货'什么的。我爹也不高兴了。你想么，他也是河东城里经营多年有名的裁缝么，就用中国话回骂了几句，谁知那日本人就听懂咧，掏出王八盒子就打了我爹一枪，当场就打死咧……"

姚大川说不下去了，眼中有泪光在闪，狠狠地咬住了嘴唇。

父亲就拍了一下姚大川的肩膀，说："我，还有我大哥和众弟兄们，都和日本人有不共戴天之仇恨哩。我大哥他全家都让日本人杀光咧。"

姚大川说："后来碰上军统在太原城里招考学员，我就是冲着杀日本人才参加军统组织的。"

父亲说："让我们发誓，杀光日本小鬼子！"

姚大川的脸被仇恨烧得通红，咬着牙说："不杀光小鬼子，枉为男人！"

第十二章

　　天色微曛的时候,"河东剧院"门前已停下了几辆三轮车,在等着里面的人,就是我父亲和我的姨妈他们几个头牌名角,准备拉他们到盐务局那边的"连三"大舞台去演出。那时候,闪闪发光的三轮车在河东城里属于尊贵车型的,只有那些有钱的体面人家才坐得起三轮车哩。

　　谁知当父亲他们走出"河东剧院",准备坐三轮车的时候,突然来了两辆乌龟壳子小汽车,盐务局那个精明的办事员坐在第一辆车里,老远就探出头来喊:"皇军让车来接你们咧,坐车走吧。"原来是盐务局的日本人派车来接父亲几个头牌来咧,也以此彰显大日本皇军对这次演出的重视程度,更主要的是体现对大东亚共荣的重视。

　　日本人的小乌龟壳子把父亲他们这帮子头牌名演员和主要有关的业务人员先接到了盐务局的二楼接待大厅里,等我父亲他们进去的时候,里面已经坐着或站着几个穿军装的日本军官,还有几个嘴上留着仁丹胡穿西装的男人，一看就知道是日本人。看到我父亲和田冬梅他们进来，都一齐拍着手，然后那个穿西装，留着日本小胡子的盐务局管事就先介绍了严辞团长，接下来就分别给父亲他们介绍着那些日本军官，先介绍的第一名自然是那个旅团长了，然而当介绍第二名虽然也是穿着军装，却显得很文雅的那名军官的时候，父亲就感觉身体像是被电击了一下，哆嗦了起来，浑身也一下子就激动得无以复加，心里止不住就想喊出来，因为这个人的相片父亲已经不止一次地看过了，早就深深地印在脑子里咧。这个日本军官就是他们一直苦苦寻找的渡边矢原、日本化学武器专家。他在严辞介绍父亲的时候，主动地走上前来和父亲握手，用熟练的中文说，他非常喜欢中国戏剧文化，而且他还曾登台演过京剧、豫剧，还演过二人转。这次来到河东城，他看过好多场的蒲剧，也看过父亲那晚演出的《下河东》。（父亲听他这样讲惊得呆了半天，他那天晚上去"河东剧院"看戏了！）他觉得蒲剧很壮烈，很慷慨，很有气势和力量。他一看就很喜欢，非常喜欢。所以他就要求参加今晚的共同演出，为大东亚共荣出力。

父亲很快地回过神儿来，赶紧说："今天晚上能和大日本皇军共同演出，让河东人民共同观看，真的是为大东亚共荣增添光彩哩。"

听着父亲的话，在场的人都鼓掌。那个盐务局的管事还对父亲竖起大拇指，连连称赞父亲是中日友好的楷模。

父亲就又主动地把田冬梅介绍给渡边矢原，说不知道是渡边矢原将军亲自参加演出哩，不然早就来拜访咧。一会儿要演出的"齐宣王拉马"，就是要和这位"筱爱爱"女士配合的。渡边矢原当即就走了过来，和田冬梅握着手，夸赞着她的美丽，说着就要和"筱爱爱"女士进行配合一下。于是就到旁边的屋子里对词儿去了。

接下来，父亲就和这些日本军官们来到了河东盐湖神庙里的"连三"大舞台，那里早就等着不少记者，有许多都是日本的记者。还有一台支着三条笨重的木头腿子的照相机，父亲认得出来，在河东照相馆里就是这种照相机，叫什么老虎牌。有个人在后面把头钻进黑绒布里面对焦，父亲就和这些日本军官以及日本各式人员并排站好，等着那人把头从黑绒布里露出来，举着个皮囊对着大家喊了声："好！"手就按了一下皮囊。合完影后，那些日本人就分别在前面就座了。而父亲则在狗剩他们的簇拥下来到后台，开始化妆了。父亲对狗剩使个眼色，低声说："照顾好你姨！"

狗剩早就知道应该咋着做，应该做些甚的。于是，就冲着父亲龇牙一笑，过去照顾田冬梅了。

在后台田冬梅化妆的那间耳房里，渡边矢原看着美丽动人的田冬梅，心思根本就无法集中到唱词上面，两只眼睛看着田冬梅，说："真没有想到，筱小姐会如此美丽，戏也唱得那么好。"

田冬梅就说："先生夸奖了。我也听说先生的戏唱得很好，能与先生合作,我很荣幸。"

渡边矢原说:"我也很荣幸。"

这时,就听到门外传来吵闹声。渡边矢原就用日语问了一声,然后,一个负责保护渡边矢原的日本宪兵探头进来说:"报告,有一个孩子要进来,说是这位女士的跟班仆从。"话没落音,旁边的狗剩乘机就从宪兵的胳膊下面呲溜钻了进来,宪兵一把没拉住,对渡边矢原说:"就是他。"

田冬梅见是狗剩,就故意大声训斥说:"你咋搞得么,现在才来!我的化妆粉盒呢?"

狗剩就装作委屈的样子对田冬梅说:"他们不让我进来么。"说着就从身上掏出粉盒和一些化妆品。

田冬梅就对渡边矢原笑着解释说:"我的侍童。"

渡边矢原似乎知道名角们身边都有个侍童的,也就冲着狗剩笑了一下,没有说什么。他那会儿的注意力全被眼前的这个温柔中透着娇艳,妩媚里又藏着威武的女人吸引了,应该说是三魂丢了六魄,已经魂不守舍,不能自制了。当田冬梅自己化好了妆,又帮着渡边矢原脱下军装,然后把渡边矢原脱下来的军装递给狗剩,让他帮着挂起来。其实就是让狗剩挨着摸索钥匙在哪一件衣服的口袋里呢。田冬梅一边给渡边矢原画着脸,一边悄悄地观察着狗剩的动静。当她看见狗剩手里似乎抓了一件什么东西,很快地就塞到了身上的不知哪个部位去了,然后就在四周寻找了一下,嘴里就说:"哎,你咋又把白扑粉忘咧?快去隔壁找一下。"

狗剩自然明白是咋回事,就赶紧答应一声,出去了。不到半分钟,他就回来了,手里拿着白扑粉盒,对田冬梅说:"筱姨,台监在催哩,人都来齐咧,就让出演咧,外面都敲了两遍台咧。我也得去哩。"

田冬梅就装出着急的样子说:"咋着催哩?我这里还没化完妆哩。不就是唱折子么,让萧大哥先唱么,你跟着他就是咧,我这里么……"她故意略压低了些声音,只让渡边矢原能听见:"有皇军大哥,甚也别着急哩。"

狗剩就心里"哦"了一声,赶紧出去了,他从后台绕了出去,和姚大川他们等在那里的军统特工们会合在一起,直奔"银湖饭店"而去。

而渡边矢原听着眼前这个美丽女人的话,又让她在脸上柔软无骨地慢慢画着,抚摸着,感觉皮肤痒痒的,心里的感觉就更是美妙极了,早把所有的一切都置之度外了。

田冬梅那天晚上显得特别有耐心,也特别柔情似水,因为父亲交代给她的任务就是必须把渡边矢原留在她这个单独的化妆间里半个小时,直到狗剩成功地把渡边矢原的钥匙还回来。田冬梅就一边在帮渡边矢原画着脸谱——一会儿渡边矢原要和她同台演出《下河东》里"齐宣王拉马"那一段戏。这出戏里的齐宣王属蒲剧丑行里"三花脸"

人物，蒲剧的花脸分大花脸、二花脸和三花脸，其区别就是鼻子上方所画白色面积的大小，用以分别表示正直、滑稽和阴险。而齐宣王在这出戏里属滑稽人物，白色就是鼻子中间那一圈儿。一边还和渡边矢原这个中国通对着戏词儿，渡边矢原扮齐宣王，自然就得念齐宣王的词儿；田冬梅这回扮田英英，也就念的是田英英的词儿咧。两个人一对一唱，倒也和谐：

齐宣王：倒运倒运真倒运，齐国出了我这位拉马的君。

田英英：下山的老虎落架的凤，咱不怨天地怨自身。

齐宣王：你把马洗净，

田英英：你把鬃梳通，

齐宣王：你把鞍搭正，

田英英：你把镫放平，

齐宣王：你要多忍气，

田英英：你也少吭声。

齐宣王：拉了马我还是齐国的君

田英英：主公，你低声，再低声……

不管渡边矢原的中国话说得多流利，可是要真正念起戏曲对白来就差火候咧，许多词都咬不准，难免听起来有那么点南腔北调。但渡边矢原念得很认真，很投入，有时候还摇头晃脑，念着念着就突兀地冒出一句日语来，站在门口的两个日军宪兵听得都乐不可支，尤其是看到他们平时十分尊重的将军此刻画着滑稽的白脸儿,更是笑得又擦鼻子又抹眼泪,连枪都抓不稳咧,他们也是为这大东亚共荣的和谐局面高兴,警惕性难免就放松了,这就让父亲他们那天晚上的各种行动顺利了许多。

就是现在说起那晚在盐湖的神庙"连三"大舞台演出,河东许多老年人都还记得哩。然而这件事在《河东志》上却找不到记载。后来,我在《河东盐湖志》上找到了关于这次演出的记载:时值河东盐池神庙落成百年,驻河东日军司令部和日军占领下的盐务局,在此邀请河东爱乡剧团当红艺人萧月朋、筱爱爱、严辞等头牌助兴,登台献艺。萧先生技艺高超,唱腔精湛,和当红青衣花旦筱爱爱配合默契,在当时引起了很大轰动,演出取得了很大成功,也为河东盐池和蒲剧之缘着实写下了精彩的一笔。

在这里,我着实要为父亲和姨妈叫一声冤枉了!那晚的演出,全是父亲和姨妈为了那次特别行动而冒着风险顶替萧月朋和筱爱爱的。但最后的辉煌光环却还是挂他萧月朋和筱爱爱的头上咧。

记得在1973年过春节的时候,我们家乡有"闹十五"的风俗,也就是在正月十五这几天里唱戏耍狮子闹红火。但那些年要过革命化的春节,闹红火就也得革命化咧。所以,各巷子里就都一股脑儿地排起了那几部革命样板戏。我们巷子里排演了《红灯记》里的"刑场斗争"一场。由已经五十多岁了的父亲扮演李玉和。有一个在邻县蒲剧团里工作的我们村的人也回来过年,听了父亲的唱腔后,大为感慨,过完年回团后就带着领导来我们村找这个人,想招到他们剧团去,结果一看父亲都那么大年龄咧,而且还是戴着帽子的"叛徒"和"国民党特务分子",只好惋惜地走了。他们一直疑惑,这人这么好的条件,咋就没有走上唱戏这条路呢?不管他是在甚剧团里,像他这样的嗓子,这样的架马,一唱就红,那个剧团也就红咧。可惜咧可惜咧!

当我又一次和那些当年曾看过那场演出的河东老人们聊起时,他们并不知道那天晚上的演出实际上并不是萧月朋和筱爱爱本人,只是说,人家的戏,论唱,论架马,可都一绝哩!唉!再也看不上咧。他们感慨万分地这样说。

实际上,我也了解父亲本身唱戏的那点功底,他充其量也就是个"票友"的角色。那天晚上的辉煌,更多的是观众自己妄想出来的,因为在那人山人海人头攒动的戏台子下面,没有多少人能看到或者感受到真实的表演的,有的只是一种看到了名角演出的感觉。因为那些老人们都记不得那天晚上演的是哪一出戏了。

对于这种宛如蜂集蚁聚的场面,日本人的感受相当好,尤其是那个日军驻河东最高官阶的牛岛师团的旅团长,更是感到大大的得意。因为在他的炮火刺刀管辖之下,竟然会出现如此东亚共荣的大好场面,让他坐在一群小日本鬼子的中间,耳闻四周传来的阵阵喧哗和舞台上的丝竹琴弦之声，感觉真是好极了，仿佛又回到了富士山下，在穿着和服听着伎乐翩翩起舞哩。他嘴里自言自语般不停地"约西约西"着，又不时地东张西望，然后和身边的几个军官低声嘀咕着，满脸都是倨傲的神气。等到化妆成白脸小丑的渡边矢原出场时，他更是神气异常，站起来摇头晃脑的，又拍手又大声地喊着："约西，渡边君！约劳西！"简直都有点失态咧！

河东城里的老人们记得，那天晚上也真是不一样哩。日本小鬼子对河东城里的人格外地客气，挤在人群中看戏的日本人有时候会扭动自己的短脖子，操着生硬的中国话，费劲地问旁边的河东观众："这个的，好看。你的说，他的像什么？"旁边的人随便说一下，也不知他听懂没有，马上就咧开呲着龅牙的嘴大声说："约西约西。"就是在戏台子四周荷枪实弹担任警戒的日本鬼子兵，每遇到因憋不住尿去场外解手尿尿的观众，也一改过去凶神恶煞的模样，会表示友善地冲你笑眯眯地竖起个大拇指来，说："好看的有。大大的好。"遇到有带小孩子的，还会从身上掏出几块糖来，硬塞到小孩子的手里或口袋里，然后十分热情地拍拍小孩子的脸蛋或者你的肩膀，说："小孩子，你的喜欢，我的也喜欢，糖的米西。"

可以这样说，那天晚上的河东城，真的是徜徉在大东亚共荣的和谐欢乐之中了。

那天晚上河东城处在大东亚共荣的欢乐中，但父亲他们却是心情分外紧张。可以说，父亲没有一刻的放松，他不停地在看着手上那块小巧的梅花表，直到他唱完下场后看到狗剩不动声色地出现在了后台边上，正在帮他倒水，还给他不易察觉地递了个眼色，这才从心里舒出了一口气来。

那晚，父亲唱的是《下河东》里赵匡胤被困河东后，独自巡营，最能抒发那种虎落平阳龙困浅滩的英雄豪情的唱段：

　　河东城困住了宋王太祖，
　　把一个真天子昼夜巡营。
　　黄金铠甲每日里把王裹定，
　　可怜王黄骠马未解鞍笼。
　　恨只恨倭贼寇犯我朝境，
　　舞白龙棍杀退贼子百万兵……

就在父亲登台一展风采，尽情抒发胸臆的时候，狗剩拿着从渡边矢原军装口袋里掏出来的钥匙，乘着夜色迅速来到了"银湖饭店"的后院墙下，轻轻地打了一声呼哨，就见姚大川带着三名军统特工从黑暗中魅影般无声地闪了出来，把狗剩吓了一跳。他觉得自己的身手已经够好的了，没想到姚大川他们竟然这般无声无息。其实，天一抹黑，他们就潜伏在饭店四周了，只等着他把最关键的钥匙送来。

拿到了钥匙，姚大川就向其中一个特工做了个手势，低声说：

"猴子,看你的咧。"只见那个叫猴子的特工从身后拿出一根绳子来,略理了理,又退后几步,便将手中的绳子向着楼房抛去,那绳子前面有一个类似于蜘蛛爪子的抓手,只要那爪子一贴到楼房的墙壁上,就会死死地抓在墙壁上了,要想拽下来,只有把绳子割断。只见那猴子伸臂略拽一拽那绳子,向姚大川点了点头,说:"行了。"

姚大川说:"房间号记住了么?"

猴子就点了点头。

姚大川看了一下表,说:"我们只有半个小时的时间,这还包括他在路上的时间。"他指了一下狗剩,又对猴子说:"你们上到三层后,一定不要恋战,迅速解决警卫。后面咋干不用我再教你们了。"又看一下狗剩:"咋样?能上么?"

狗剩往手心里吐了一口唾沫,说:"有绳子还不好爬么?我以前爬这样的楼都不用绳子哩。"

姚大川就拍拍狗剩的肩膀,说:"好,上去后就看你的咧。"他一挥手,先是那个猴子,拽着绳子就像个猴子一样向着楼房灵巧地爬了上去。然后是狗剩,下一个特工……

姚大川望着狗剩利索地攀爬着,渐渐地消失在黑暗里,心里就感叹,这共产党就是会发动民众哩,什么人都能集合在那面旗帜下,就连狗剩这样的他们都能招募到手下来,让其发挥他的特长,为己所用。

姚大川隐藏在一处矮墙的后面，手握德国二十响驳壳枪，十分警觉地注视着周围的动静。

在离饭店不远处的一幢房子里，姬德和带着晋绥军行动小组的队员，枪顶着火，严阵以待，随时准备出击。

猴子和狗剩，还有那两个军统特工顺利地爬到了三层，然后又从楼的北面移到了南面的窗台上，一个个像壁虎般贴在墙上。猴子透过窗户向里观察了一会儿，发现在紧靠306房间的门口站着两个日军宪兵，歪歪斜斜的，一副懒慵慵的模样，并不是多么警惕。他又向四周观察了一下，并没有发现其他宪兵，这与侦察中说的光是在三层就有十个宪兵的情况不符，是不是隐藏在楼层里别的什么地方呢？等有了情况再突然冲出来，给你个出其不意。他先给狗剩做了个让他准备从窗户上往里钻的手势，又和其他两个特工在黑暗中交换了一下手势，他们两个就一边一个，一个向东一个向西，分头慢慢地移向了楼房的东西两边尽头上，看见他俩只是用两手的指头攀勾住墙壁上的砖缝，手指头就如同铁钻头，能抠进砖缝里去，把狗剩看呆咧，觉着那双手要是抓人，一下子就能钻进人肉里面去咧。

只见他俩分别移到楼房尽头的一扇窗户旁边，东边的那位就用空出来的那只手在窗玻璃上抠了一把，玻璃就发出"刺啦啦"的声音，在暗夜里非常响亮，也非常刺耳。猴子就看楼道里306房间门口的那俩宪兵，只见他们马上竖起了耳朵，伫神听了一会儿，然后一个端起手中的长枪，向着楼道尽头慢慢搜索过来，另一个却原地不动，坚守在门口。猴子再看楼道里，再没有其他宪兵冲出来。

那个日军宪兵来到发出声响的东边楼道尽头的窗户跟前，疑惑地看着窗户，似乎在寻找窗户突然发出奇怪声响的原因。这时，猴子又朝那个特工示意了一下，那个特工就又在玻璃上划了一下，玻璃就又发出"刺啦"的响声。那宪兵就端起枪，猛地朝着窗户捅过去，只听"哗啦"一声，一块玻璃被捅破了。随着玻璃被捅破，从那名特工的嘴里发出一声猫的惨叫，随即越来越远。似乎是从楼上掉下去了。

那名宪兵松了一口气，转身对那名守在门口的宪兵说了句日语，猴子猜他肯定说的是猫之类的话。也就在这时，西边的玻璃也发出了那么一声来。这回，那个守在门口的宪兵没有犹豫，转身就冲到了西尽头的窗户跟前，对着窗户使劲地拍了两下，大概是想把猫吓跑吧。而此时在东边窗户下的那位宪兵，似乎觉着两人守在这静悄悄的楼道里也无聊，就也转身去拍窗户，这边拍两下，那边也拍两下，遥相呼应地拍着，两个人都觉着很乐。这样拍了一会儿，西头的那位就一只手提着枪，跑到东头来，两个人伸着头从那扇捅破了的玻璃窗往外看，猴子在猜测，他们是不是想看戏呢？对了，今晚是大东亚共荣联欢哩，楼上的宪兵是不是也看戏联欢去了呢？剩下这两个无聊鬼。这样想着，他就对一直守在中间窗户下的狗剩做了个进的手势，就见狗剩趁两个日军宪兵都只顾看窗户外面的机会，从一扇卸下了玻璃的窗户格子里一缩，瘦小的身子十分灵活地钻到了楼道里，身子一闪，就到了306的房间门前，身子紧贴着门框，用手里的钥匙打开了门，闪了进去。

猴子看到狗剩进了房间，就赶紧对两边的两位特工打手势，那两名特工就迅速滑到二层，仍然从窗户上钻进楼道里，很容易地就进到了206号房间里，打开北面的窗户，等着狗剩从306房间的窗户上把绳子放下来。果然，不一会儿，楼顶传来一声轻轻的嗯哨，然后，一条粗绳子就放了下来。两个人就抓住绳子，腾云驾雾般地攀到了306号房间里。这两人中的一位就是那开锁专家，他们在房间里搜索了半天，果然发现在放衣服的大衣柜里有一个十分精致的保险柜。他蹲在保险柜跟前观察琢磨了一会，就从身上掏出两件精致的开锁工具，然后就屏声静气地一边转动着锁子，一边用工具在里面探着；另一位则拿出一个微型照相机，准备拍照，这是一位拍照专家。

转着转着，只听保险柜的锁孔里发出十分微弱的"咔塔"声，保险柜就被打开了。里面有许多的文件，他们翻看了一下，找到了一个文件袋，上面是日文："基地"和"绝密"的字样。

狗剩当然不懂这些了。他只是守在门口，仔细地谛听着门外的动静。

两个特工知道这就是关于秘密基地的文件了。他们把文件摆在桌子上，把台灯移过来，一页页地给文件拍照……

可以这样说，那天晚上的一切行动都按照父亲的计划实现了。

演戏获得了巨大成功。

有关"基地"的绝密文件也得到了。

只是在演戏结束后，渡边矢原去穿自己的军装时，突然感觉到了什么，然后他从自己军装的右边口袋里掏出来一串钥匙，看着，发了一阵愣。田冬梅走过去，打算和他友好地告别，也就是把这出戏演到底，却听到他皱着眉头在自言自语说："奇怪，钥匙怎么会跑到我右边口袋里？我这钥匙一直是放在左边口袋里的呀。"

这时，田冬梅就伸手要和他握，一边言不由衷地说："你真是演得太好咧，比我们还演得好哩。我有机会还要和你共同演出哩。"

渡边矢原一高兴，就把钥匙的事情放到一边了，他伸手抓住田冬梅的手不放了，高兴得咧开嘴笑着，一直夸我姨妈很美丽很有气质，他回国后一定要邀请姨妈到他们日本国去演出，而且还要和姨妈同台演出这个戏，他实在是太喜欢这个"齐宣王拉马"了。说着就又得意忘形地哼起了这段唱词：

　　齐宣王成了拉马的人，

　　又窝囊来又败兴……

然后就摇晃着田冬梅的手说:"很有意思,很美。约西约劳西。可是,筱小姐,你的人更美……"

第十三章

要说军统特工的效率还是挺高的，当天晚上，所有的胶片就都冲洗了出来，又把放大后的"基地"绝密文件交给一位懂日语的特工翻译，到天亮后，这份已翻译成中文的日军在华北建立秘密生产装填化学武器的基地，准备对华北的八路军、晋绥军和国民党正规军以及对坚决抗日的村庄、城镇进行毒气作战的绝密文件就掌握在父亲他们手上咧。他们在文件上经过分析，基本上确定了渡边矢原他们生产装填毒气弹的秘密基地的位置，是在河东城靠近黄河边的一个很偏僻的叫作茅津渡的一条山沟里，这里南和河南三门峡县，西和陕西大力县相接，属于一个典型的三不管地区。平时也很少能有人光顾这里。所以，日本人选择在这里建立秘密生产装填毒气的基地，也真是费尽了心机咧。

父亲当天又安排何必带着孙子远几个河东本地人，化装成附近的老百姓到那个叫作茅津渡的地方去进行侦察，打算弄清楚秘密基地确切的位置，因为茅津渡一带的山沟有几十条哩。但结果无功而返。何必说，日本人对茅津渡那一带警戒非常严密，四周全都是日军宪兵在站岗，连个皇协军的影子也没有，没有特殊通行证一律不许通过的。而且那一带的老百姓都被驱赶搬迁走了，周围几十里根本就没有老百姓，所以他们根本就靠近不了那个地方。据住在附近的老百姓讲，自从日本人占了茅津渡后，那一带简直就是鬼门关哩，日本人对误入到茅津渡山沟里的人，根本就不问个青红皂白，一律杀害。所以，那里经常是只见过人进去，没见过人出来。

1947年5月，太岳部队解放了茅津渡，河东地委曾组织人对那条山沟进行过挖掘，结果仅在茅津渡的一条山沟里，就发现埋葬着几百具已成白骨的尸体，当然，也无法分清是日本人还是中国人咧。

姚大川不服气，就暗地里安排他们军统特工又潜入到茅津渡一带，想侦察到基地在哪条山沟里，也露一手给这些土八路的特工们看看，让他们知道经过正规训练的军统特工就是不一样哩。但结果仍被巡逻的日军宪兵发现了，这次军统人员接受了上次的教训，没有恋战，很快地撤了回来，依然没有结果。

两次侦察失败，大家就又有点泄气。

姬德和就又急了，说："干脆调动大部队，把茅津渡那一带包围起来，基地总应该在一条山沟里吧，咱们就来个歼灭战。"

父亲就觉着他这位大哥打起阵地战来确实有一套，但搞起这种隐蔽战线上的事情来，也确实太委屈他咧。也不知道晋绥军新编独立旅的那位梁旅长是咋着想的，这次竟然派了一位团座来参加这次特别行动，是想表现出对抗战的诚意么？

父亲还是耐心地告诉他这位大哥，河东城毕竟是日占区，就算是国共两党一下子能调动几千人的兵力，但能否打进河东城都很难说的哩，更不要说去毁掉日本人的秘密基地了。何况眼下根本就无法集中这样的兵力呢！要真能这样，何必让我们组织这次特别行动呢？

后来，姬德和才告诉父亲，是他自己想来的。他当时想得很简单，消灭一个日本小鬼子的秘密基地，还不就是一个冲锋的事情么，有那么两天就完事咧。事情办完后，他是想利用这剩下的时间回家看看的，也给父母上上坟。可没想，这地下作战竟然比打冲锋更折腾人哩。他带着从自己团里挑出来的精锐，使用的全是清一色的好武器，进了河东城与日本人还没碰个面交手哩，自己就先折进去三个弟兄，还有一个是自己的心腹，能不让人窝火么！

父亲虽然心里也急，但他毕竟是组长，不能和大家一样乱了阵脚。他迫使自己静下心来，认真琢磨了半天，觉着还是应该从渡边矢原的身上做文章。这样他就又一次想到了田冬梅，他觉着河东特委领导应该是高瞻远瞩的，阎子明特意安排让带着田冬梅一起来参加这个特别行动小组,难道真的就是为了让她这位稷王山抗日独立大队的政委来做做联络工作么?恐怕没那么简单吧。

父亲觉得阎子明就是在暗示他,必要时可以让田冬梅使用美人计的。只不过作为共产党的河东特委书记,不便将话说得过分明白罢了。与此同时,父亲又想到了昨天晚上演出时,那个显得附庸风雅的日本小鬼子,那个被田冬梅迷得三魂丢了六魄的中国通、中国戏迷,觉着应该还让田冬梅出马,用美人计让那个渡边矢原就范。让他带着田冬梅去找那个秘密基地在哪条山沟里隐藏着。

父亲就到"河东剧院"去找田冬梅,自从昨晚演出后,行踪就似乎公开化咧,他们的大多数时间就只能待在剧院里了。而且剧院门口总有那些好事的记者们在等着,在转悠,想要捕捉一些头牌名角们的花边绯闻。父亲来到时,就看到一辆黑色的乌龟壳子停在剧院门口,旁边还守着两个人,一看就是便衣保镖类型的。见到田冬梅,还没等父亲开口,田冬梅就说,那个渡边矢原一大早就派了个人来联系她,中午要请她在河东城最大的饭店"银露"吃饭,希望她一定赏光。看这个来接她的人本身就是个便衣特务,他一再强调说,渡边矢原少将是在百忙中,推掉了许多繁忙的工作和业务,专门腾出时间来请筱小姐的,所以,这个面子还是一定要给的哟!

那意思不言而明,就是你去也得去,不去也得去。

这会儿,田冬梅就问父亲,实际上就是请示了。她该去呢还是不去?她忘记了,她是稷王山抗日独立大队的政委,父亲才是个副大队长呢。因为就在这短短的两天时间里,父亲以无可辩驳的果断行为和应变能力,已经确立了他在这次特别行动中根深蒂固的领导地位,无人可以撼动了。

父亲就说:"我也正是为这事找你的。你应该去,这是任务。要想办法让渡边矢原这个小日本带着你出河东城,借游玩之名,尽快找到秘密基地。但你一定要把握好分寸,不要显得迫不及待。要有些拿捏,有些谱儿。这些是你们女人的拿手好戏,是你们的专长活儿,就不需要我教你咧。"

田冬梅这会就有点姨妹在姐夫面前撒娇的味儿,说:"哎,我说姐夫,那你就手把手地教一教么,女人是咋着拿捏的。"

父亲看到田冬梅这种神情,顿时就有点尴尬,想要说的话便说不出来咧。不知从甚时候开始,父亲一单独和田冬梅在一起,他就感到了一种不自然。田冬梅也只是他们单独在一起的时候才喊父亲"姐夫"的。于是,父亲赶紧岔开了话头说:"剧院门口的那辆乌龟壳子,是不是来接你的?"

田冬梅说:"大概是吧。刚才来的那个人说他在门口等着我哩。"

父亲就说:"那你就去吧。记住,把握好分寸。当然,最主要的,还是先要保护好自己。"说后面这句话时,父亲适当地加重了语气,带出了那份心领神会的关心来。

田冬梅就感觉到了，身上有了一种温暖，也有了一种力量。她说："姐夫，放心吧。我知道该怎么去做。"

父亲想了一下，又叮嘱说："去时带上狗剩，这孩子机灵，有他在身边，是个照应。"

其实，田冬梅明白父亲让她带着狗剩的原因，就故意说："带个男孩子不方便，还是带上青青吧。"

父亲说："你自己定。"

河东城里当时最豪华的"银露"大饭店，服务生们都穿着黑色的西装，白衬衫，打着暗红领结，很时髦。也许是他们听说今天河东城里最有名的女花旦青衣筱爱爱要来吃饭，不是太忙的就都找理由守在饭店的大门口，想亲眼近距离地目睹一下她的风采。也正是因为这样，父亲他们的行动就差点又出了一次岔子。

在这些男服务生里面，有一个和筱爱爱同村的男孩子，如果从辈分年龄上来排，这孩子还应该是筱爱爱的大哥哩。所以，他也显得挺自豪挺得意，给同事们说筱爱爱再红再有名气，可见了他还得叫一声"哥"哩。大家自然不信咧，说你一个替人端茶倒水擦桌子拖地的角色，却去和人家河东城里的头牌名角儿扯攀关系，真是有点不知天高地厚哩。他就脸红脖子粗地叫人家等着瞧，一会儿他让筱爱爱亲口喊他"哥"。他是应该有这份自信的，因为就在前几个月的时候，他从村子里回河东城，还给筱爱爱带过一袋子酒枣哩，就是枣子熟了的时候摘下来，然后用自家酿制出的米酒泡一个冬天，等第二年开春后就可以吃咧，有一股子酸甜的酒味儿。据说筱爱爱从小就爱吃她家里泡的这种酒枣，以至于在筱爱爱唱红的那一段时间里，河东这一带的酒枣很值钱，只要是筱爱爱到哪里演出，哪里卖酒枣的小贩就很多，大家都是吃着酒枣看筱爱爱唱戏，那也是一种幸福哩。

然而，今天这个男孩子弄错咧，他根本不可能想到竟然还会有人敢这么大胆地冒名顶替一个这么出名的人物，更没有想到这只是抗日战争中一场设计好的你死我活的大戏。他注定是一个小人物，却硬要去和大人物排列搅和在一起，那就注定是场人生的悲剧了。生活有时候就是这样的，即使那个身份特殊的人是你亲亲的大爷，而你自己身份低贱，那就千万不要在重要的场合去贸然相认，那只会让自己触了霉头的。

好，不感慨了，还是往下叙述吧。

等乌龟壳子小汽车停在"银露"大饭店的门口，坐在前座的青青就十分利索地下了车，先替田冬梅打开了后车门。而渡边矢原也早已等在了门口，挺绅士地伸出他的左手，让田冬梅把自己的右手指尖轻轻地搭在上面，然后又顺势放下左胳膊，这样就让田冬梅挽住了他的胳膊。两个人便在掌声中缓步走进了饭店大堂，然后向豪华间走去。

这时候，就轮到那个男服务生吃惊咧！因为他看到的这个曾叫过他"哥"的筱爱爱根本就不是那个真正的筱爱爱，尽管看上去这两个女人是有那么一点像。但他还是一眼就分辨出来了。这可以骗得了任何人，但绝对是骗不了他的！于是他就气愤，就发怒，就再也忍不住咧，他从服务生的队列中不顾一切地冲了出来，冲着田冬梅伸出胳膊喊道："哎哎，你是个谁么！咋着就成……"

他这突然的举动，一下子就把渡边矢原吓了一大跳，也让一直恭恭敬敬站在旁边迎候着的饭店经理吃了一惊。当然，田冬梅也惊得非同小可，因为她从那人的第一句话里就听出了端倪，那是个认得筱爱爱本人的人，认出了她是冒名顶替的，她不由自主地就浑身哆嗦了一下。她这一哆嗦理所当然地被渡边矢原感觉到了，因为渡边矢原尽管一下子并没能听清那个冲着他们过来的年轻人嘴里在喊甚，但他本能地感觉到了来自这个年轻人的威胁，右手随即就伸向了腰间。但要是和他周围的那些经过专业训练的特工比起来，甚至和田冬梅的女警卫青青比，反应还是要慢许多，早有两个特工冲过去，一下子就把那男孩子按倒在地下了。然后又有几名特工赶过来，和青青一起护在渡边矢原和田冬梅的身边，把他们迅速送进了最靠近大堂的那间房子里，然后就警惕地守在房子外面，青青则紧贴在门口站着，看似是贴身丫鬟的样儿，实际上是为了一有情况最先冲进去。

这时候，反应过来的田冬梅真的像一个受到惊吓的女孩子了，佯装惊恐地倚靠在渡边矢原的怀里,声音抖抖地说:"我……我害怕。这是咋的咧?"

渡边矢原却似乎对突然出现这样一个插曲挺满意,慢慢地收紧胳膊,把田冬梅拥在自己的怀里,轻声说:"没关系,我想这应该也是你的一个崇拜者。"

田冬梅赶紧说:"噢,是这样?那可不要伤害他。"她心里想的是,他毕竟是自己的同胞么。

这时候,一脸汗水的饭店经理进来了,对渡边矢原点头哈腰地说:"太君,对不起。刚才那个服务生,没经过大场面,犯了点病……"

渡边矢原就看了一眼怀里的田冬梅,显得十分大度地对饭店经理说:"哦,我是没关系的。但吓着了咱们的头牌名角,你可负不起这个责任啊!"

饭店经理就一个劲地对着田冬梅点头哈腰,嘴里说:"对不起,筱小姐,也请您原谅。今天太君在本饭店的一切消费,全部免费。"

也就是在这时,田冬梅的脑子里突然冒出一个让渡边矢原带她出河东城去游玩的主意来。她就故意做出不情愿的神情说:"哎呀,被人这么吓了一跳,就没了胃口,不想在这里吃饭了。"

渡边矢原就说:"那你说个地方,我们换个地方。"

田冬梅就装着在想的样子,皱起眉头来,双手拢在胸前,眼睛不停地眨动着,那天真的模样会让每一个男人的心里都充满万般柔情。

渡边矢原就十分耐心地在旁边等着，让她想，欣赏着她陶醉般的神情。这时候，就是田冬梅提出来想上天摘星星，他都会想办法去满足她的哩。

田冬梅就这样想了一会儿，像是突然想起来似的，对渡边矢原说："要不，咱们到城外去，你去教我打枪吧？"

渡边矢原只是想着带田冬梅到哪个饭店去吃饭，却没有想到她会提出这个念头来。但随即他就马上点头答应了，说："行，约西。就去教你打枪。不过，我们还得先去吃饭的。"

田冬梅说："我们带上点东西，到野外去吃么，就是去野餐……"田冬梅毕竟读过书，知道一些新名词的。

渡边矢原被这一提议打动了，顿时也显得兴高采烈起来，说："对对，我们的去城外野餐，那可真是浪漫哩。约西，我让他们准备东西，我们的就去野餐。"

于是，筱爱爱，不，应该是稷王山抗日独立大队的政委田冬梅就和日本小鬼子渡边矢原十分浪漫地出了河东城去野餐了。

渡边矢原让部下准备了香肠，各种面包，还有清酒，全部放在了汽车后备厢里。在田冬梅坚持下，渡边矢原便支走了那些警卫保镖，准备自己开车去。田冬梅说："咱们俩去野餐，旁边却跟上一大帮子人，转来走去的，眼睛还总盯着咱们看，我不习惯哩。"

渡边矢原承认田冬梅说得很有道理。而且他在心里认为田冬梅虽然是个唱红了的角儿，可毕竟还是个戏子，就和日本国的女优一样，身份还是低下的。她是想攀住大日本皇军的军官呢。而眼下这样子去野餐，不就是一种情人关系的表示吗？只有两个人在一起，那才确实有一种浪漫，要是旁边围着很多人，一个个还虎视眈眈的，那可真的是煞风景呢。

说起这件事，我记得前些年在一本军事刊物上看到这么一幅图片，以色列总理全家在海滨度假，全家人围坐在一处沙滩上，不知在做什么。但周围是十多名彪形大汉的保镖，手中端着各式武器，十分警觉地注视着周围的风吹草动。摄影者是这样选取画面的，从几名保镖叉开的双腿中间拍摄总理一家人围在一起，倒也挺神态自若的。也许他们这些大人物已经习惯了这样的生活了。

我总觉着，那是一种近似于牢笼的、没有自由的生活。

一切都准备好了，田冬梅也打发走了青青，并特意地叮嘱她说："饭店里有个人说认识我，不知道是不是真的？如果是，那就怕还是和我同村子的哩。你回去看看这事，给萧老板说一说，别闹两岔咧。"其实她还是在担心着饭店里的那个服务生会说出什么来，暗示青青去给父亲汇报，赶紧处理这件事情。

渡边矢原特意打扮了一下，戴了顶鸭舌帽，穿了件深色马裤，长皮靴子。看上去倒也很绅士的样，很像是去狩猎的皇家贵族。田冬梅也换了身衣服,紧身的白色上衣,白色的裤子,加上白袜子白球鞋,更是显得青春妩媚。这也真应了我们家乡流传的一句夸奖女人的话了:"女要俏,一身皂。""皂"也就是白色了。

车是日本制造的AA型丰田轿车。田冬梅坐在副驾驶的位置上,渡边矢原亲自开着车。也许是渡边矢原这个日本小鬼子还是保持着一定的警觉,他一开始并没有向着黄河边的茅津渡方向开,而是向着陕西渭南的那个方向开。车在出河东城的时候,有个日军守着的卡子,不管是谁,包括开着小汽车的有钱人都得下车来接受检查,普通老百姓就更不用说咧,不管男女,每个人都得让几个皇协军把全身搜摸一遍。田冬梅分明看见两个皇协军在对一个年轻妇女搜查时,不停地在胸前摸过来捏过去。那妇女只好红着脸,强忍着不敢发作。田冬梅就在心里骂了一句:"畜牲!"

田冬梅以为他们也得下车来接受检查呢,却见日本兵看见这辆车开过来了,问都不问,赶紧搬开拦在路中间的路障,还老远就敬礼哩。田冬梅就说:"你是日本的大官么?"

渡边矢原说:"不是大官。我只是一个搞科学研究的科学专家。"

田冬梅就故意惊叫说:"你是科学家?"心里却在狠狠地骂道:"你这个科学家,却专门在研究害人的毒气哩!还好意思说自己是科学家!"

渡边矢原就轻轻地叹了一声,说:"我呀,原来是我们大日本东京大学化学系的高才生,后来……"他突然住了口,沉默了。

那时候,路上的汽车很少,尤其是通往陕西渭南这个方向的。因为日本人一心想打过黄河打到陕西,却一直打不过去。走了半天,整个公路上就这么一辆高级小汽车,显得就很惹眼了。再往前走了不远,路就坑洼不平起来,汽车就像是行驶在浪尖上的小船,在跳着舞,车速也就慢了下来,都超不过四十迈了。再往前走,两旁庄稼地里的玉米挺高了,风一吹,叶子"哗哗"地响着,像是有人在里面奔跑着过来。

这时,田冬梅就发现前面的玉米地里似乎有人影在晃动,那一段路的中间还摆了一溜野枣刺甚么的路障。

开着车的渡边矢原也看到了路障,就笑了一下,对田冬梅说:"你看见了吗?前边的路不通啦。"

田冬梅说:"那咋办?"她装腔作势地往车子前后看了看:"我们总不能就在这个地方野餐呀,没有一点情趣的。"

渡边矢原说:"那我们就换个地方。不过,这边的事情总得处理处理。"说着话,右手伸到身后,嗖地抽出一把十分精致的手枪来,递给田冬梅说:"你不是要学打枪吗?等会儿就对着他们开枪。"

田冬梅用一种十分吃惊的神情说:"他们?他们是谁?"

渡边矢原说:"土匪。"说着话,汽车已开到了路障跟前。没等汽车停稳,就听从玉米地里真的传出一阵"哗啦"声,随即就冲出几个人来，冲在前面的人手里拿着一支汉阳造步枪，紧跟着他的年轻小伙子拿着一把盒子枪，但做工太拙劣了，一眼就看出是支假的，木头的。剩下的几个人都拿着矛和铁叉，有一个甚至只举着一根棍子。

这时候，渡边矢原已经下了车，两手叉腰看着这些冲到跟前的人，眼看那帮子人越来越近了，那个端着汉阳造步枪的已经把枪口对准了渡边矢原，嘴里喊着："不准动，站好咧！"

就在这时，谁也没有发现，就连田冬梅也没注意到，渡边矢原的手里什么时间多了一支日本王八盒子，只听"砰"的一声，那端汉阳造步枪的就丢了枪，用手捂住了左胳膊。其余的一看，就都齐刷刷地站住了，愣在了那里。

渡边矢原走上前去，捡起那支汉阳造步枪，看了看，轻蔑地往地上吐了一口，"哗啦"一声把枪栓拉了出来，丢进了车里，把枪扔在一旁。然后说还坐在车里的田冬梅："没事的啦。你的下车来看看。"

田冬梅非常憎恨渡边矢原的行为，却装作害怕的样子说："我，不下来。我害怕哩。咱们还是快点离开这里吧。"

渡边矢原就用日语骂了那几个拦路者几句，然后坐回车里，调头开了回去。

田冬梅在车里回头看那几个拦路的，只见他们还呆呆地站在那里。

渡边矢原用一种十分傲慢的口气说："这就是支那人，低素质的民族！"

田冬梅默不作声，这样过了一会儿，她低声说："其实，他们也是生活所迫。"

渡边矢原看到田冬梅情绪不好了，就赶紧说："好了好了，我们换一个地方去野餐，保证没有这些低素质的人再来打扰我们了。"

渡边矢原又开着车原路返回，进了河东城后沿着城墙绕了个大圈儿，然后很快地就又出了城。当然出城的时候仍然有日本兵把守的卡子，但还是没有检查他们的车，照样给他们敬礼。田冬梅能感觉得出来，车行驶的方向是朝着黄河南边茅津渡的方向，她的心就怦怦跳了起来，开始注意地观察着路两旁的地形和路标。而且她发现，这条路的路况好多了，平整光滑，好像有人专门整修过的。而且一路上凡是遇到地形复杂的环境，都会有日本兵在站岗。

渡边矢原把车一直开到一道很深的沟里，然后离开公路拐了一个大弯后，停在一处挺空旷的平地上，前面是一堵矗立的悬崖。渡边矢原就让田冬梅下车，然后打开汽车后备厢，和她一块把那些吃的东西搬到了空地中央，渡边矢原又往地上铺了一块大塑料布，随即对田冬梅做了一个很绅士的邀请手势说："请吧，这回好啦，可就剩下我们两个人啦，没有人敢来打扰我们啦。"

田冬梅环顾着四周，说："这是甚地方么？这么深的沟。"

渡边矢原说:"这是黄河边上的一条沟,再往前走,就是你们的大黄河了。"

田冬梅的心头忽然就如火花般地亮了一下,随即掩饰般地说:"这里可真安静哩。"

渡边矢原说:"安静,这里是很安静。这里真是个好地方。来,我们的先吃野餐,然后我再教你打枪。"说着话,渡边矢原就开始到周围捡柴火,田冬梅就也去帮着捡,实际上是为了察看一下周围的地形。她一直在思索那条公路一直通向沟里的什么地方?靠近黄河的一条沟,那会不会就是秘密基地呢?

沟里的柴火很多,渡边矢原一会儿就捡了一大捆回来,然后就和田冬梅架起柴火来。这时就不知从哪儿钻出两个也穿着便衣的日本人,后面跟着一个看上去是黄河边上打鱼的中年汉子,提着一个篓子。渡边矢原就对田冬梅说:"哦,鱼来了。真正的黄河大鲤鱼,新鲜的黄河大鲤鱼。约西。"然后就拉着田冬梅过去,那篓子里有三四条一尺多长的大鲤鱼,都是活的,还在蹦跶哩。渡边矢原就让田冬梅挑了两条,剩下的又让那打鱼的拿走。那打鱼的却说:"太君,都留下吧,新鲜着哩。少给几个钱也行么。"

渡边矢原就摆摆手,便都留下了。却让那两个穿便衣的日本人拿走,说了几句日语,那两个日本人就朝渡边矢原鞠了一个躬,高兴地提着剩下的鱼走了。田冬梅装着无意地斜瞥了几眼那两个日本人消失的方向,正是顺着公路一直往下面走的。而那个打鱼的汉子,却给不知又从哪里冒出来的两个日军蒙上眼睛,推着向他们来时的方向走了。

这片空地上就又剩下了田冬梅和渡边矢原两个人了。渡边矢原显得非常兴奋,像个孩子般,点着柴火后,用树枝穿到鱼肚子上,挑着在火上烤着,转着,嘴里发出一阵阵快活的笑声。他的这种情绪也感染了田冬梅,她便也用树枝穿起一条鱼来,在火堆上转着烤,嘴里发出女孩子特有的那种"哎哟哟"的嗲声来。

一会儿,鱼烤熟了,发出一阵诱人的味。他们又在上面涂抹上带来的黄酱、辣子酱和香料。渡边矢原又开了一瓶清酒,要和田冬梅干杯。按说田冬梅是能够喝点酒的,但她怕喝酒误事,就推说怕喝酒伤了嗓子,说:"我喝茶吧。"于是就倒了茶,两人碰了杯,大声喊着:"干杯!"渡边矢原就哼着日本歌,开始转着圈跳舞,对田冬梅喊:"黄河大鲤鱼,约西哟!"

田冬梅突然问渡边矢原说:"你们……你们日本有河么?"

渡边矢原就不跳舞了,回到田冬梅跟前坐下,沉默了一会,又抿了几口酒,这才慢慢地告诉田冬梅,在日本,国土面积很窄,河流也就很少,还都很窄很短,最长的河流也没有超过三十公里。而且河里也没有这么大这么鲜美的鱼。他们吃的鱼都是海鱼,从大海里打上来的鱼。说到这儿,他用一双火辣辣的眼睛盯着田冬梅说:"中国很大,也很美,真的很美。我喜欢中国,也喜欢中国姑娘,喜欢您……"

田冬梅此时觉着眼前的这个日本男人,突然很软弱,他的眼睛里此时流露出的是一份真诚,也有忧郁。田冬梅也不知从哪里来的一股勇气,她脱口而出说:"既然你说中国很美,也喜欢中国,为甚还要在中国杀人放火,还要……"她差点说出"用毒气杀人"的话来。话冲到嘴边时,她还是记起了父亲一再交代的,要注意保护好自己,就赶紧煞住了车,使劲把后半句话咽了回去。

谁知渡边矢原一点也不怪她这样突兀地发问,而是抬起头,长时间地看着前方,像是要看穿那崖壁,看到他们日本国去。他自言自语地说:"我原来是希望和我的老师一样,做个真正的化学大师,去研究化学,做个日本的希波克(世界化学之父),用我的化学知识去为人类服务,可是……"他仰起头喝了几口酒,接着说:"可没有想到,发生了战争,我加入了军队。知道吗?军人的天职,就是服从命令。"

田冬梅犹豫了一下,还是试探地说:"可是,有些命令……"

渡边矢原摆了一下手,不让她说下去,然后说:"作为一名帝国的军人,我不能左右战争。但是,筱小姐,我可以向您保证,我来到中国,绝没有亲手杀害过一名中国人。"

田冬梅再也忍不住了,她不顾一切地冲着渡边矢原喊道:"你没有亲手杀害过中国人,可你在做甚哩?你做的那些事,比你亲手杀害中国人还厉害得多哩!"话一说完,田冬梅又后悔了。因为在她和渡边矢原这短时间的交往中,渡边矢原并没有说过自己是做甚的呀!

这里,我也理解我这位姨妈,以她的性格和脾气,让她与渡边矢原虚与委蛇,忍了这么长的时间没有发作,已经是够难为她的了。何况她本身就是毒气受害者呢!要不是父亲一再交代,她也知道这是为了大局,为了彻底毁灭这个生产装填毒气的秘密基地,若放平时,她早不知道暴发了多少回咧!

然而,渡边矢原听了姨妈的话,竟然没有起疑心,也许是他在内心里真正地爱上我这位姨妈了。在田冬梅冲动地说完这番话后,渡边矢原举起那瓶清酒,不顾一切地全倒入自己的口中,然后把空了的瓶子朝远处一掷,长长地叹了一口气说:"我已经身不由己,身不由己了!我连我自己什么时候能回到日本去,都不知道了!"他说着,用双手捂住了脸,压抑地抽泣起来。

田冬梅的心情一时很复杂。面前的这个日本人,毫无疑问是个残杀中国人的刽子手。可他也是日本发动这场侵略战争的受害者。面对着这个在自己面前痛哭的日本男人,田冬梅内心深处的那种女性意识复苏了,她慢慢地过去,犹豫了一下,还是伸出手去,像抚摸孩子般抚摸着渡边矢原的头。而渡边矢原则像个受了委屈的孩子般扑在田冬梅的怀里,干脆大放起悲声了。

第十四章

当天晚上，父亲他们根据田冬梅带回来的情报进行了详细的分析研究，然后又让姚大川和何必分别带人潜入茅津渡，对那一带靠近黄河渡口的几条沟进行了侦察，终于确定了日本人生产和装填毒气的秘密基地就是建在渡边矢原带着田冬梅去野餐的那条沟下面的一个临河的小村子，那个小村子叫河沿村，人都是从河南三门峡一带为躲兵匪迁移过来的，他们就在坚硬的黄土崖壁上打了窑洞，逐渐形成了一个小村子。日本人要建生产装填毒气的秘密基地，就选中了那里。那里靠近黄河，有水源，又隐蔽，每天的机械声都被咆哮的黄河涛声掩盖了。所以，就连常在这一带打鱼的老百姓都不知道紧靠着山崖的那一排排窑洞，竟然是日本人生产残害中国人毒气的秘密工厂。至于那个村子的居民，据后来被俘的日军交代，他们先将全村的男女老少，估计有七八十人，全部驱赶进靠近河边的一孔窑洞里，然后在窑洞口放置了炸药，把窑洞炸塌了，所有的人全部被炸死闷死在里面了。

其实，就在下午的时候，父亲他们就已经开始行动了。在接到青青带回来的"银露"大饭店那个服务生认识真的筱爱爱，并且已被日本特工控制的消息后，父亲他们顿时就感到非常紧张，一下子浑身冷汗淋漓。要知道日军特工可不是一般的特工，他们一个个就像是嗜血的豺狗子，嗅到一丝血腥味就会不顾一切地扑上去，非要叼下来一块肉不可的。何况这渡边矢原本身就是他们全力保护的化学专家，中国方面也在不择手段地想接近他呢。对于这突然冒出来的冲着筱爱爱大声叫喊的服务生，其中必有缘故，他们是不会放过这一蛛丝马迹的。一旦这服务生讲出他看到的田冬梅是假的筱爱爱，那么，父亲他们为摧毁日本人秘密基地所做的各种努力，都会顷刻间毁于一旦了。

按照姚大川的计划，为确保特别行动成功进行，应该立即对这位服务生采取最终手段，那就是军统纪律里面的"为保证任务和行动，可以不择手段"。也就是他们习惯采取的"让他彻底闭口"。

但是父亲却心情复杂，心存悲悯。他总是觉得那个服务生仅仅就因为和那个真的筱爱爱是一个村子的，就因为多说了那么一句话，就要了他的命，实在不值当哩，也有些过分咧。

但与此同时，让父亲更加担心的却是田冬梅的安全。

他让姚大川通过安插在日军内部的特工，先了解一下那名服务生此时的确切消息，以及他被日军特工带去后究竟说了些什么没有？

很快，反馈回来的情报却出人意料，有点让人哭笑不得，那名服务生竟然被日军特工的突然行动吓傻了,当他被两个彪形大汉一下子按在地上,动弹不得的时候,当场就尿裤子咧。当人被带到日军情报机构特高课的时候,就变得语无伦次和胡言乱语起来。但特高课仍没有轻易放过他,因为他们有疑点,既然这个服务生的精神不正常,为什么还能在这么高级别的大饭店里当服务生呢?他们又把"银露"大酒店的经理带去询问,又让医生检查了那服务生,确定他这会儿真的是精神不正常了。于是,日军就让经理又把他带回了饭店,但不能辞退他。让他又置身在饭店的那种环境下,看能不能恢复过来。

这就是说,特高课仍然没有放弃。

父亲他们不约而同地稍稍松了一口气,心里说,等他真正恢复过来,我们的特别行动早就结束咧!

果然,到了晚上,田冬梅有惊无险安然无事地回来了,并且带回了日军的毒气生产装填秘密基地可能就位于茅津渡河沿村的可靠信息。

确定了日军生产装填毒气的秘密基地的具体位置,父亲他们就一刻也不敢怠慢,迅速制定出了一个行动方案。说是迅速,其实他们这些日子里每时每刻都在思考着筹划着这个行动计划的,只是把目标真正确定之后,又把行动计划往实处细处落实、具体化了。

父亲在和姬德和、姚大川、何必等各阵营的领导人,聚集在一起研究确定了行动计划，决定还是按照一开始就定下来的，分三路进行袭击：

一路是以姚大川的军统为主，配合孙子远的河东游击小组，全部穿日本人军装，由军统里面的几名会说日语的特工分别带领，负责解决沿途日军的岗哨，争取不开一枪全部干净地解决掉外围的警卫，打开进入河沿村的通道。日军的军装自然还是由姚大川他们自己想办法解决了。姚大川似乎早有准备，大咧咧地对父亲说："别说装备咱们这几个人咧，就是装备一个连的日本人衣服，我也能弄出来哩。"

一路是战斗部队，主要由姬德和带来的二十个人组成，现在也只剩下十七个了。一旦通往基地的道路疏通，他们必须在最短的时间里进入基地，务必全歼基地的守卫和一切有战斗力的日军人员，并在各生产车间布置炸药，全部摧毁这个毒气生产装填基地。然后掩护全体行动人员撤离。父亲特地走到姬德和跟前，对他说："大哥，你看得出来，要论作战能力，只有靠你们咧。等大家撤离后，你们负责炸毁所有生产车间，然后从河上撤退。我让何必组织了三条船，在水上接应你们。"姬德和把手里的二十响驳克枪的弹夹退出来又装上，装上又退出来，满脸杀气地说："兄弟，咱们等的不就是这一天么？只要能彻底摧毁日本小鬼子的秘密基地，咱这条命算屄个甚，说句心里话兄弟，我这次挑选的弟兄们，谁的家里都有亲人被日本人杀害过，也就是等着这一天哩，憋躁得已经忍不住咧。哈哈，日本小鬼子，等着拿命吧!"

父亲说:"大哥,我们不能光想着去报仇,光是拿命去拼杀,我们还要等着那一天哩。"

姬德和说:"等……等着哪一天?"

父亲说:"这不是你亲口说过的么?杀光了日本小鬼子,咱们就回家,置办上几亩地,娶上个媳妇,过咱那老婆娃娃热炕头的日子哩。"

姬德和笑了起来,说:"兄弟,看起来你们八路军的教育就是厉害哩。别看我吃粮比你早,要说么,现在都是团长咧。可要讲起这些大道理来,就还是不如你哩。难怪这次上峰要求我们一定听你们的安排指挥。在这方面,不管是晋绥军还是国军,都与你们有距离哩。好咧兄弟,听你的,杀光日本小鬼子,咱们兄弟一块回家过好日子。"

另一路就是由父亲亲自带领,这一路包括专程从八路军总部赶过来的一名化学专家,军统里面两名精通毒气和化学战的特工,剩下的就是父亲从稷王山抗日独立大队带来的那些人员,这些队员基本上都是他那个中队的。但其中也有父亲的同乡,现任二中队队长的蔡锁通,他让蔡锁通来领导这些队员,他怕自己顾不过来。在这些日子里,蔡锁通一直静悄悄地带着全体队员隐藏着,等候着命令。也多亏父亲带着他来咧,才让这些稷王山独立大队来的队员没有出任何情况。蔡锁通每天把盒子枪顶上火,用一件破衣服一裹,就窝在他们隐藏的南门外一户人家的大门口,头顶扣着破草帽,看似在打瞌睡,实际上却是一面观察周围的动静，一面守着屋子里的队员，不让出去乱蹿。这次父亲特地交代蔡锁通，他们的主要任务就是协助这三名专家，到日军的实验室里去搜集日军研制开发化学武器的相关文字资料及档案，获取日军研制化学武器的关键证据。并且要把这些证据安全地带离日军的秘密基地。

田冬梅则带领狗剩和青青等人，负责外围警戒。但田冬梅却要求参加袭击基地的行动，她给父亲的理由是，河沿村是她确定发现的，而她自己也是日军化学武器的直接受害者，所以她要亲手毁掉这毒害中国人的毒窟。其实，田冬梅心里还有个小秘密，这也是许多年以后她已垂垂耄耋，这才有一句没一句地在自言自语中说出来的，她竟然是担心渡边矢原这个时候会在基地里，发现袭击进行抵抗而被行动小组杀死。她想救他一命。她这样设想，如果自己发现渡边矢原也在基地里，就会站出来动员他投降。因为在短时间的接触中，她发现这个日本男人并不是一个纯粹的刽子手，似乎内心深处还存在着良知。她也似乎发现，自己竟然也有点喜欢这个日本男人了。但父亲这一次却非常严肃，并且语气是不容置疑和辩驳地告诉她，在行动开始前，最忌讳的就是随意进行人员的调换。一切都是经过严格考虑，进行分工的。她这任务相当重，因为行动小组在全力进行对基地的毁灭时，是无暇顾及日军的增援部队的。她带的人员并不多，而且非战斗人员多，最有力的武器就是留给狗剩的一挺歪把子。如果发现日军增援人员,就地进行阻击,迟滞敌人,以便行动小组进行有序撤离。

田冬梅这才咬了一下嘴唇,不说话了。

至于严辞和何必等人,父亲以他们不是战斗人员为理由,不让他们参加行动,继续潜伏。这也是父亲的一个心眼,为河东地下党组织保存一些力量。他清楚地知道这次行动的激烈和危险程度,对于他们这些没有经过战场的人员,无疑就是选择死亡。

然后,父亲和每个行动小组的负责人进行对表,确定在当日零时统一行动。

一切安排妥当,大战前的等待让父亲坐立不安,心潮激荡,按捺不住地在屋子里来回走动着,一段《下河东》的唱词不由涌现脑海:

> 旌旗飘号角鸣山摇地动,
>
> 军士们咬牙齿义愤填胸。
>
> 在校场我传下一道道将令,
>
> 铁流万里卷河东。
>
> 喋血赴国难浩气贯长虹,
>
> 此一去倭贼不除誓不收兵。
>
> ……

也就在这时,一直在幕后指挥特别行动小组,也一直没有现身的河东书记阎子明突然派人给父亲送来一份绝密情报,昨天晚上,稷王山抗日独立大队根据地遭受日军小股突击队袭击,在战斗中敌人为尽快结束战斗，仍然向我方施放了毒气，独立大队遭受重创，损失严重，赵克仁同志壮烈牺牲。

父亲如遭雷击，顿时呆住了！

我曾听父亲给我讲过他当时得知赵克仁牺牲时的心情，简直可以说是悲痛到了极点。在那一瞬间，他感到全身空虚无力，仿佛五脏六腑都一下子给抽走咧，头脑里成了一片空白。因为他和赵克仁都是万泉国立中学的同学，又一块在稷王山游击队抗击日本小鬼子，一块把游击队发展壮大成了抗日独立大队。他们之间的配合也一直很默契，虽然偶尔也有争吵，但都是为了打鬼子。他们之间的关系就如同兄弟一般，而且他们都把稷王山根据地当成了自己的一个家，他们就是生活在一起的一大家子人哩。就在那天父亲和田冬梅他们下山时，赵克仁一直把他们送到了山下的岔路口，紧握着他们的手，一再叮嘱说："都要给我安安全全地回来，回稷王山来，一根汗毛都不能少哩。"

可现在，他却先一步走咧，被日本小鬼子杀害咧！

在我们家里，父亲保存着他和赵克仁等同学的一张合影，那还是他们在县国立中学时，有一天心血来潮，几个同学到县城里的照相馆拍了一张合影，照相的钱还是赵克仁掏的哩。照片上的赵克仁留着当时特别时兴的分头，站在最中间，和父亲紧挨着，但他长得消瘦，这样看上去就要比父亲的个头高些了，笑得还有点调皮，却又带着很明显的自信。父亲说，赵克仁若不牺牲，在社会主义建设中肯定能干出些成绩哩。别看他打仗不在行，但让他做群众工作呀，做一些具体的工作，他肯定能做得很好，并且肯定能当上职务更高的领导。但在"文化大革命"中，有人却翻出了老底，赵克仁也被说成是"叛徒"，说是他出卖了稷王山抗日独立大队。造反派找到父亲，要他作证，在一张写好赵克仁是"叛徒"的纸上按手印。父亲坚决不按，并气愤地对造反派说："赵克仁是叛徒，我也是叛徒，你们还不如说稷王山抗日独立大队都是叛徒哩！"结果，竟然真的有人写出了诬蔑当时的河东特委是"叛徒特委"，在他们领导下的稷王山抗日独立大队当然也就全成了"叛徒"了！

这顶"叛徒"的帽子，父亲一直戴了许多年，直到盖棺论定。

当然，那天父亲除了悲痛外，还有震惊。父亲也知道最近日本小鬼子一直在寻找这个神出鬼没地拔掉小梁据点，活捉伪汉奸区长，截击日军军火，尤其是截获了日军的毒气瓶的八路军稷王山抗日独立大队，小鬼子要进行报复。但根据地毕竟在大山里面，树高林密的，而且最近一直按照河东特委的指示，驻地随时都在转移，不是轻易就能找到的。就如同一首歌里唱的："你找我苍茫山林无踪影，我打你神兵天降难提防。"可为甚日本小鬼子就能准确地一下子找到稷王山独立大队的根据地，并进行了毁灭性的报复打击呢？

后来经过河东特委派出特工人员，来到稷王山根据地，暗地里进行了调查,这才真相大白了。

稷王山抗日独立大队是在转移到赵村的那天晚上遇袭的。那一段时间里,赵克仁认真执行河东特委的指示精神,时刻高度警惕,提防日军的突然袭击,驻地经常转移。他们也接到了河东地下党送来的情报,说敌人也组建了精干的小股突击队,也采取以小对小的战术,专门来对付小股作战的八路军和游击队。他们有的甚至穿着八路军的衣服或者老百姓的衣服,装成是八路军的武工队,确实也蒙骗了不少的群众。

赵克仁带着稷王山抗日独立大队,利用这一段时间战事较少的空隙,组织突击练兵,开展学习文化,他自己亲自担任教员,还组织队员到附近村子开展抗日宣传工作,并在稷王山一带开始招募新兵。就是在一次转移途中,与一队进山扫荡的日伪军遭遇,他也是率队伍及时避开,没有与之交火。实际上在他的心里,已经把父亲当成了稷王山抗日独立大队的主心骨咧。父亲和田冬梅都不在,他虽然不乏勇敢,但经历这么几次作战后,现在让他一个人去指挥一场战斗,多少心里还有点拿不准。赵克仁是那种生长于富家,从小养成了办事小心缜密,自己却不擅长用脑子做主的习惯。不像父亲,咋想就咋着去做,敢于去实施;更不像田冬梅,脑子一发热,性子一上来,天王老子也不怕哩。他只想着安全地带着队伍度过这一个时期,等着父亲、田冬梅和同志们凯旋回来。

但他却没有想到，百密却耽于一疏，他的队伍里还真的出了一名叛徒。

对于稷王山抗日独立大队遭日伪精锐小股突击队袭击一事，我先后查过《稷山县志》《万荣县志》以及有关材料，都没有找到相关记载，只是在1999年版的《河东志》里面找到了这么一段："是年6月间（1941年），日寇出动精锐兵力对我稷王山根据地进行清剿扫荡，我稷王山根据地军民进行了反扫荡，与日寇展开顽强斗争。稷王山军民共歼灭日伪军一百二十多人。我军民亦有伤亡。稷王山抗日独立大队领导人阵亡。"

我不知道这说的是不是独立大队遭袭的这件事，也不知道那位领导是不是指赵克仁？

后来，我还是在《山西抗战史》里查到了有关稷王山抗日独立大队遭受日军突击队重创的记载，以及那名叛徒的最后下场。

那名真正的叛徒是离赵村不远的夏村人，叫吴三皮，在村子里是个光棍，也没房子，就住在村口的一孔破窑里。那还是上次田冬梅带着人去夏村宣传抗日，进行招兵。这吴三皮一听说游击队里不光是有吃有喝，还能共产共妻，顿时快活得要死，他都眼看着快三十的人咧，村子里还没有一个女人能看上他。所以，他特别积极地报名要求参加游击队。田冬梅当时看他那一副流里流气的叫化子样儿，就没打算要他。谁知他竟然不知从哪儿找来一把菜刀,当着招兵站那么多的人横到了脖子上,说不让他参加游击队,他就死在他们面前。于是,旁边就有人说情,说这娃眼看都三十多岁的人咧,没爹没娘的,也许到游击队里还真能混出个人样哩。于是,田冬梅心一软,再看他确实属于那种房无一间地无一垅的无产者,就同意他参加了。来到稷王山抗日独立大队后,打起仗来这个吴三皮倒是不含糊,和日本人拼杀也挺凶猛的。但从小养成的那种流氓无产者的小农习气却一犯再犯,常常在战斗中藏匿战利品,还在驻地偷拿老百姓的财物。这样被查出来过两次,受到了赵克仁的严厉批评。他表面上接受批评,实际中就是不改。这次又是来到赵村后,他在住户家里的院子发现晒着一件女人穿的洋布花裤子,就趁着没人,卷起来塞到了自己的包袱里。到了晚上,他骗哨兵说自己请过假咧,回村看一看,是赵大队长亲自批准的。哨兵知道他就是夏村人,也确实离赵村不远,回去看一看也是人之常情,就信以为真,放他出村子了。他是打算回村找个杂货铺把这件洋布花裤子卖了,换几个钱,不然就送给村口的那个姓秦的寡妇,兴许还能和她做一回好事哩。这可是真正的洋布裤子,他们夏村也没有几个女人穿过哩,那就说不定还能嫁给他哩。看来,这参加八路就是好哩。

这样正美美地想着哩,就见前面的路口突然闪出来几个黑乎乎的人影,领头的冲着他喊:"谁?干什么的?"

他一惊，顺手就摘下了肩上的步枪，说："我是独立大队的。你们是干甚的？"

对方就"噢"了一声说："原来是独立大队的，自己人，我们是太岳分区的。"说着话就走了过来。快到跟前时，他确实看到来人都穿着八路军的灰布军装。也就收起了枪，说："你们也是八路呀……"话还没落音，他就觉着腰间被一个硬邦邦的东西顶住了，随即，肩上的枪也被夺了过去。没等他再说什么，对方就说："快说，独立大队在什么地方？"

跟在后面的一个声音也说："不说，就死了死了的有！"

吴三皮这才明白，他遇到的是日本鬼子装成的八路军。

像吴三皮这号的，几句威胁利诱，他就一切都乖乖地听日本人的咧，然后就听话地带着日本人直扑赵村而来——

要说，赵克仁那晚上也大意了。

赵村是稷王山抗日独立大队的堡垒村，从游击队那会儿起，队伍休整，伤员养病，包括一些物资储存，几乎都安排在赵村。再说咧，赵村位于稷王山深处的一个山圪岔里面，日本小鬼子就是再狡猾，也一时半会轻易摸不到赵村来的。就是有人从赵村的旁边路过，没有人指点，也不会知道山道下面的圪岔里有一个村子哩。

然而，这次是有人带路的。这股日军轻易地就解决了村口的哨兵，然后就狼一般地扑向了村里，在叛徒吴三皮的带领下，径直扑向大队部所驻的那户人家。

每次队伍转移到赵村，赵克仁都将大队部设在一户姓姚的财主家里。这姚姓财主也算是这一带出名的开明乡绅了，两个儿子，小的还在太原读书，大的在北京读书时就参加过学生运动，后来就加入了共产党，现在延安的《解放日报》社工作。

这天晚上，赵克仁刚烫完脚，趿着鞋正在教警卫员马小田认字。就听见从村口的方向传来一声枪响，紧接着，就听见从更近的地方传来一阵"嗒嗒嗒"的冲锋枪的连发声。

赵克仁脸色一变，急忙穿好鞋，披上衣服，抽出手枪说："有情况，小田，赶紧去通知同志们，准备战斗。"

马小田答应一声，蹦起来就冲了出去。不一会，三中队队长陈孝悌带着他的中队冲了进来，说："大队长，鬼子从西头摸索进村子了，已经和二中队接上了火。"

赵克仁说："派人通知黄印发和二中队，坚决顶住鬼子的进攻。你带三中队，赶快掩护群众转移。"

这时，就见一个战士趔趔趄趄地挣扎着跑进屋子，满脸的血，喘着气说："大队长，我们副队长说让大队部赶紧转移，鬼子的火力太猛，我们已经顶不住咧……"话没说完，一头栽倒在地下，牺牲了。

赵克仁震惊道："小鬼子的动作也太快咧。一定是甚地方出了问题。小田，你立即把我挎包里的文件全部烧毁。陈孝悌，你带三中队去支援二中队，一定要顶住鬼子的进攻，让乡亲们转移出去。"

陈孝悌答应一声，带着他的三中队冲出去了。

这时，姚财主匆忙进来了，对赵克仁说："赵大队长，我家当初为了防土匪，在后院挖了一条秘密地道，直通山下。您还是赶紧从地道撤退吧。"

赵克仁闻言便说："马小田，你带几个人，掩护机要员和电台，保护好那些文件，立刻跟着姚东家，从地道撤退。"

马小田说："大队长，还是您先撤吧……"

赵克仁怒吼道："执行命令。不然我枪毙了你！"说着，提着手枪也冲出了院子。

村子里巷子里，弹雨横飞。稷王山抗日独立大队的战士在巷道中间堆着桌椅、独轮车、磨盘以及一些被褥等，修筑成了简易工事，有的战士则利用房顶、房屋的窗户和巷子旁边的断墙残垣，用手里的步枪和手榴弹顽强抵抗着日军的进攻。

这支日军小股突击队，使用的都是德国汤姆式冲锋枪，而且每个人战术动作都特别灵活，所以给稷王山独立大队的杀伤很大。刚一交火不长时间，二中队就牺牲了十几名战士，还有多名负伤。眼看着就顶不住了，这时候，陈孝悌带着三中队冲了上来，并且带着两挺歪把子和一挺捷克式机枪，加上二中队的那挺歪把子，四挺机枪一齐反射，这才压制住了日军的火力。

对于突袭稷王山抗日独立大队的这支小股日军，我也翻看了一些资料，后来在一本由日本出版的关于日本战争回忆文集《山西侵攻》上查到，日军在华北确实组建过这样一支特战部队，是德国人帮忙训练的，所以全部德国装备，部队的名称叫"特别挺进杀人队"。成立这支部队的背景是：日军在华北连续发动了几次大规模的扫荡，称为"晋冀豫边区作战"，目的在于彻底消灭山西东部和南部的八路军根据地。然而，八路军总是能巧妙地避开日军锋芒，实行坚壁清野，主力能快速跳出圈外，使日军组织的大规模扫荡无处发力。而八路军却在扫荡中越扫越壮大起来。针对这种情况，日军第一军司令官岩松义雄按照侵华日军总司令冈村宁次的安排，要求各部队采取相对应的更为灵活的战术，力争一举摧毁八路军的根据地和指挥机关。在这种要求之下，日军遂制定方案，训练"特别挺进杀人队"，全部化装成八路军，深入八路军根据地展开特种作战。

从父亲和他的战友们的回忆来看，袭击他们的应该就是这支部队。

担任二中队副大队长的黄印发，原是汾河滩的土匪，就是那次跟着父亲上的稷王山。他看到陈孝悌来了，就抹着脸上的汗和灰，问道:"大队部撤了吗？他们一撤，我们也就该撤咧。"

陈孝悌说:"不能撤。大队长命令，掩护村子里的老百姓转移。"

黄印发喊道:"你看看我的弟兄们，刚接上火，就倒尿了一片，再打下去，我们可就得全军覆灭咧。这伙子日本人，火力咋尿这么猛，没见过哩。"

陈孝悌扭头看了一下身后，说:"不要多说咧，再坚持一会，老乡们就该转移完咧。我们再撤。"

正说着，就见赵克仁带着几个战士冲了上来。

黄印发见状，大叫道:"大队长，你咋尿还没撤呀！"上前就来推搡赵克仁:"您快走，这里有我们顶着哩！"

陈孝悌也喊:"老赵，你赶快走！"

赵克仁没有理会他们对自己的大喊，而是命令陈孝悌说:"你马上带十名战士，在村子里搜索一下，看老乡们转移了没有？鬼子知道这里是咱们的堡垒村，肯定会残杀老乡们的。快去。"

陈孝悌犹豫了一下，但又看到赵克仁坚定的、不容置疑的眼神，便答应道:"好，我马上去搜索，不让村子里留下一户老乡。"

赵克仁又对黄印发说:"老黄，带上你的人，从侧面迂回，打鬼子一下，减轻他们对村子正面的攻击力度。眼下，我们一味和鬼子硬顶，吃亏太大咧。"这一回赵克仁确实聪明了，不再和日本人硬顶咧。

黄印发一拍脑袋，说:"哎呀，咋尿没想到这么，一下子吃这大的亏！"一挥手，喊道："你们几个，还有二愣，带上机枪，跟我走！到背后去揍这伙熊！"

这时候，马小田跑了过来，恰巧看到一颗甜瓜手榴弹丢了过来，在地下转圈，便一猫腰，捡起手榴弹又丢了回去，然后一下子扑在赵克仁的身上。

爆炸过后，赵克仁爬起来，看到马小田，吃惊地问："你……你咋没撤，又来咧？"

马小田说："我是你的警卫员，你不撤，我咋能自己先跑掉！"

赵克仁看到日军又冲上来了，就拍了拍马小田的肩膀，说："那好吧，咱们先把这股小鬼子打退，然后一块撤。"说着，过去推开牺牲了的机枪手，自己操起机枪来，对着守在各个掩体后面的战士们喊："大家再坚持一会儿，很快我们就有援军来咧！"然后就对着冲上来的日军猛烈地扫射起来。

在一片枪声和爆炸声中，日军的又一次冲击被打退了。

但是，赵克仁发现，大家的弹药都不多了。本来他们的子弹就有限，这已经打了半天咧，光打退日军的冲锋就有四次了，子弹还能剩多少呢？

父亲给我讲过，八路军为甚不愿和日军硬碰硬地去打阵地战，而总是喜欢打奇袭，速战速决，喜欢打了就走的游击战。有一个最主要的原因就是八路军的装备水平不适合久战，因为子弹不足。有一部讲述抗战的老电影里就如实地反映了这个问题，刚加入八路军的新战士发现自己只有两发子弹，而别的老战士的子弹袋却鼓鼓囊囊的，就去找连长闹情绪。连长就让大家打开子弹袋让他看，结果全是截成一节节的高粱秆儿。八路军打完仗有个习惯，就是赶紧去捡子弹壳，回去送给兵工厂里重新装药翻造。而那天，赵克仁他们如果子弹充足，凭借对赵村地形的熟悉，又是黑夜，完全能够顶住日本人的进攻，最后全身撤退的。但他们吃亏在子弹不足咧。剩下的两挺机枪统共只剩下不到五十发子弹，其他战士有的干脆一颗也没有咧，如果日军再次冲锋，他们只能是捡砖头砸咧！

从这方面看，日军对他们这支精心训练出来的特种部队的使用，根本不到位。看美国、英国和法国对特种部队的使用，那都是当作尖刀、匕首的。而且他们更是狡猾，让敌方摸不着，逮不住。一击即退，一触即离，而不是硬拼。而日军的特种部队，还是喜欢他们的武士道精神，像蛮牛一样去面对面地冲锋刺杀，一次不成功，再组织第二次。也难怪在世界特种部队排名中，日本从来都是静悄悄的，连排名的资格都没有。

也就在这时，在日军突击队的侧后方，突然响起了猛烈的机枪声和手榴弹的爆炸声。赵克仁知道，这是黄印发他们迂回到日军的后面开始打了。顿时，战士们士气大振，以为真如同赵大队长说的那样，有援军来咧。没等赵克仁发令,大家便喊一声:"我们有援兵来啦,冲啊,杀小鬼子呀!"

日军没想到在遭遇到这么顽强的抵抗后,后面又突然杀出一支部队来,也以为是增援部队。日军毕竟是小股的突击部队,加上夜黑,地形不熟,也不敢恋战,于是他们就发射了几颗毒气弹,以掩护他们退却。而赵克仁他们由于是在黑夜里,压根就没发觉日军发射的是毒气弹,一直坚守在简陋的阵地上和日军对峙着,马小田发现一颗冒着白烟的炮弹飞了过来,就不顾一切地扑倒了赵克仁,却半天没有爆炸。等到他们感觉气味不对劲,人却已经晕倒了。

就在此文写到这里时,我又在书店购得一本2008年版的《侵华日军毒气战事例集》,在书中认真翻阅,终于查到了这次日军在稷王山突袭抗日独立大队时使用毒气的记载:"1941年6月间,日军特种突击队携带掷弹筒等毒气弹发射装置,在叛徒的带领下,突袭我八路军稷王山抗日独立团赵村根据地(父亲讲当时仍为独立大队,独立团是后期才改编的,改编后划归120师管辖),独立团为掩护老乡转移,与敌展开殊死拼搏。敌向我独立团坚守之村口阵地连续四次冲击未逞,在我独立团灵活作战,分兵袭击的情况下,敌以为遭遇伏兵,遂使用毒气弹六颗,致我独立团在正面阵地阻击的官兵三十九人死亡,其中包括独立团团长赵克仁。——据《晋绥抗战》第29期。"

父亲不止一次地给我讲起这场他并未亲身参加的战斗。他说赵克仁他们那一代共产党人,心里真正想的是老百姓。按说他一个大队长,没必要到一线亲自参加阻击日军的战斗,从地道里撤退也是顺理成章的事情。但他还是选择了先让老百姓撤离,先让电台和机要员撤离,最终自己不幸殉职。

父亲还说,在那场日军突袭的战斗中,两个人是立了大功的,一个就是村口的哨兵,名字好像叫牛水生甚的,记不太清咧。本来他站哨的位置还是挺隐蔽的,一般人根本发现不了。但他和那个吴三皮打过招呼,吴三皮知道他的隐蔽位置,两个日军突击队员就绕到他身后,轻而易举地在他脖子上划了一刀。当时血就咕嘟嘟地往出冒咧。日军就以为他必死无疑咧。谁知当日军刚离开他身边不到几步,他用尽最后一点力气,扣动了步枪扳机……这就是赵克仁他们最先听到的从村口方向传来的那一枪。另一个人就是黄印发,他们二中队就驻在村口的一户人家里,由于天气热,大家都在院子里立着坐着聊天哩。黄印发当过土匪,有个习惯,不管到哪儿,都要先看看周围环境,选择好退路。虽然赵村不需要选择退路,但他已养成了这个习惯,仍然要到村子周围转一转。就带了一个中队里和他关系不错的战士出来转。那个战士说村口有棵枣树,结了许多枣儿,虽然还没熟透,但已红了眼圈儿,应该能吃咧。黄印发参加独立大队已经很长时间咧,并且都当了领导,知道"三大纪律八项注意"。但他们总觉着那是管大处的，这个村子里，人熟悉得很哩，就像自家人一样，吃自家两颗枣不算犯纪律。黄印发就说："好么，去看一看。"两个人刚往村口走了十多步，就听到一阵嘈杂的脚步声，随即就听到了一声枪响。黄印发反应极快，立即拔枪在手，就隐藏在一堵断墙后面了，这时就看到日军在吴三皮的带领下冲进了村子。黄印发就喊："快……快通知大家，有鬼子！"然后就在断墙后面朝着冲在前面的日军扫出去一梭子。日军没想到村口竟然有埋伏，一时也弄不清村子里的情况，就退了回去，这就给二中队冲出来，赶紧构筑简单的工事，进行阻击赢得了时间。如果不是黄印发，那天晚上独立大队的损失就更大咧！

也许有读者会说，黄印发是碰巧咧！

这里也有个战斗经验的问题。我这里多啰唆两句，讲一个我在采访收集这次写作资料时听到的另一个事，也是一个抗日游击队被敌人包围失利的事。这个游击队人不多，在当时的荣和县一带活动。有一次，他们也是宿营在一个村子里，也在村口布置了哨兵。后来，这个哨兵发现有敌人来了，就朝敌人开了一枪，然后赶紧就往回跑，前来报告敌情。这样，他在前面跑，敌人就在后面跟着追。他跑到了，敌人也追到了，就势一下子围住，结果可想而知了。

这个哨兵等于是在给敌人带路哩！

有经验的哨兵都是在开枪报警后，先就地抵抗，迟滞一下敌人的行动，然后等待自己的队伍拉上来。因为一般这时候，敌人一看被对方发现了，也往往摸不清对方的情况，并不敢贸然进攻的。

我查了县志，在"烈士名录"中记有：

"牛水生，本县柴村乡人，系八路军独立团战士，民国三十年在稷王山赵村对日军作战中牺牲。

"黄印发，本县通化乡人，中共党员，系八路军独立团副营长，民国三十年在稷王山赵村对日军作战中牺牲。"

噢，对了，忘记交代黄印发是咋么牺牲的咧。黄印发这个人待人很忠诚实在，放现在来讲，就属于那种很讲哥们义气的人。那晚黄印发很急躁，因为他知道大队长赵克仁在前面顶着哩，大队长要是有个好歹，别人要说起来，还说他黄印发把大队长撂在阵前，自己跑一边去咧。所以他带着那十几个人绕到日军侧面后，便不顾一切地冲杀了过来，他自己操着一挺歪把子冲在最前面，差点就和日军面对面咧。几个日军一扭身子，边撤边用几挺冲锋枪一齐朝他扫射，瞬间几十发子弹就把他胸前扫成了筛子眼咧。就这样，他还是打完了弹夹里的所有子弹，仍然端着机枪，挺立不动！

这里还应该交代一下那名叛徒吴三皮的下场。

还是根据《山西抗战史》上的记载：这个类似我国四大名著《水浒》里的泼皮无赖吴三皮，因为在这次皇军突击队对八路军稷王山抗日独立大队的袭击中，带路有功，被日军任命为河东警察局侦缉科长，后来又升任日军驻河东特务大队副大队长，很是耀武扬威了几年时光。不但每天可以吃香喝辣，还可以到设有妓院红灯区的禹西街的"醉香楼"和"夜夜春"销魂。但就是有一点，不管吴三皮咋着托人说媒，就是没有哪个女人愿意嫁给他，愿意托付终身。

是的，吴三皮是用中国抗日将士的鲜血给自己买来了荣华富贵，但他夜深时可能安卧？

日本投降后，吴三皮被逮捕，经公审后被判枪决。在他身上挂有写着他名字和"叛徒汉奸"的牌子，在河东城进行游街示众，一路遭到万人唾弃，纷纷捡拾砖瓦土块砸其脑袋和身子，等走到刑场时，已面目全非。

第十五章

　　就在父亲每次给我讲述着赵克仁率稷王山抗日独立大队的战士们，为掩护赵村的乡亲们转移，不被鬼子杀害，与日本小鬼子浴血拼杀，壮烈殉国的经历时，总会哼起《下河东》里面的这一段唱词来：

　　听言罢直叫人五衷如捣，

　　忍不住两眶泪向下齐抛。

　　恨倭贼不由我把钢牙紧咬，

　　驱鞑虏杀魍魉就在今朝……

　　我对父亲说，我读过《下河东》的剧本，这段唱词不是这样的。

　　父亲说："后两句是我自己改的。当时我们正在河东城里执行特别行动，要毁掉日军的生产装填毒气的秘密基地哩，赶不回稷王山根据地去。我不能亲自送我的老同学，我的好兄长赵大队长一程，心里焦虑悲痛，就忍不住一下子唱出了后两句。后来只要一唱这一段，唱完前两句接着就唱我自己改过的这两句，改不过来咧。那就是当时我的真实心情哩。"

那天，阎子明派人带给父亲的纸条上还写有一句话："发挥你用兵特点，务必保存实力！"

对这句话，父亲也非常理解，这次稷王山抗日独立大队突遭日军袭击，伤亡很大。如果这次对日军秘密基地的特别行动再有重大牺牲，稷王山抗日独立大队将面临的是一场灭顶之灾，就像上次护送战斗一样，面临着重大伤亡的结局。即便还保存着一些人员，也是个被打残了的部队。重新东山再起，谈何容易！所以，阎子明不愿意看到独立大队一次次地就这样拼光打光。这才小心地转达他的意思，不要再拼光了！

其实他应该是了解父亲的，在上次护送任务完成后，他就看出来父亲在用兵上很有生意人的那种斤斤计较的小心，光想咋赚哩，舍不得用兵。当时他觉着那是父亲个弱项，此时却又把那当成特点和优点咧。真的是此一时彼一时哩。

那天晚上，被悲痛和愤怒等各种情绪交织刺激的父亲，在等待行动时间来临时，在房间里坐立不安，却又无处发泄。还得压抑着这一切，强自镇定，还不时地安慰大家，让大家放松些。有人就提议让父亲讲个笑话，乐一乐。一向爱说笑话的父亲，那晚却失语了，他那蕴藏着许多笑话的脑袋仿佛一下子变空咧。为了掩饰，他和大家打了个招呼，独自来到了"河东剧院"的院子里，随即，泪水就不可遏止地涌出了眼眶。在他的脑子里就浮现出了这一段唱词来。

父亲就一遍遍地在院子里默诵着这段唱词,终于等到了手腕上"梅花"表的时针和分针重叠到了夜晚十二点。父亲用低沉的声音对着已聚集到身边的各行动小组负责人下命令说:"特别行动开始!杀光日本小鬼子!"

各行动小组负责人一齐低声说:"杀光日本小鬼子!"然后分头冲出了"河东剧院"的大门。

姚大川率领的这一路,由于全部穿着日本军装,乘着摩托车,又有会说日本话的人在前头应答,一路还比较顺利。来到岗哨跟前,用带着消音器的勃朗宁手枪或是匕首解决掉,然后换上穿着日军服装的自己人。就这样,在快到河沿村的时候,碰上了秘密基地的警戒部队,他们全是日军宪兵,高声询问:"口令!"这一下就让姚大川他们无计可施了,因为他们确实忽略了这一点,尽管沿途已戒备森严,没想到进入秘密基地还是要有"口令"的。就在姚大川他们焦虑着不知如何才好的时候,在秘密基地那边警戒的日军宪兵已经起了疑心,摆开了战斗队形,架起了机枪,要他们退回去。

就在这时,由姬德和率领的战斗队伍冲上来了,所有的队员都是两件武器,一把二十响驳克枪,一把汤姆式。一看这个情况,早就憋躁得按捺不住的姬德和把姚大川他们往旁边一推,说:"你们开道的事已了咧,下面看我们的吧。"说着,向身后全副武装的队员一摆手,大声喊:"弟兄们,前面就是杀害我们父老兄弟的日本小鬼子,让我们杀光他们!开火!"顿时,十七支汤姆式冲锋枪就织成了一道密集的火网,一下子打得日军宪兵倒下了一大片。

秘密基地的大门被打开了,队伍不顾一切地向前冲去。然而,当他们刚冲进大门拐弯处的时候,从旁边的两座房子里又射出了密集的机枪子弹,冲在前面的队员一下子倒下了好几个。正前方几百米处的一个隆起的大土堆上,修建着一个亭子,里面架着一挺重机枪,一时间弹雨纷飞,将队员们压制在大门口,动弹不得。

不断有人中弹倒下。

由于日军火力挺猛,又从三个方向形成了夹击,队伍冲不进基地去。

而日军因为警戒的宪兵数量不多,加上刚才又被消灭了不少,也不敢冲出来进行反击。

突袭就打成了僵持。

这是父亲最怕看到的局面了。因为一僵持,河东城里的日军,尤其是牛岛师团就在城外,很快就可以赶来增援的。他们就会被日军两面夹击,不但毁灭不了日军秘密基地,自己也会遭受重大伤亡。

父亲叮嘱蔡锁通他们保护好几位专家,自己就上前来,借着枪弹飞过去的亮光观察了一会儿,对姬德和和姚大川说:"看来日本人在这里也没有多少战斗部队，就是这三挺机枪。派你的人，从黄河里游水过去，用手榴弹炸掉他们。"

姬德和拍一下脑袋，说："心里一急，光想着从正面往进突击，咋想不到这些么！"说着，就喊过来几个队员，交代了几句。那几个队员就收集手榴弹，然后退到大门外，往黄河边上去了，一会就在黑暗中看不见咧。

姬德和命令几位冲锋枪手，和日本小鬼子的机枪对射，争取打掉它！

父亲则不住地借着火光看表，时间一分一秒地过去。

就在这时，先是那个大土堆上修建的亭子里面响起了爆炸声，那挺重机枪顿时哑了。接着，靠近河边的那座房子也响起了爆炸声。这样，三个火力点一下子被打掉了两个，剩下一个就好对付了。四五支冲锋枪集中火力一齐对着那座房子扫射，终于打哑了那挺机枪。

队员们冲了进去，开始分散搜索残余的日军。

姬德和则迅速指挥他的队员们一部分守在大门口，一部分开始在各个窑洞里埋设布置炸药。

父亲陪着那位八路军总部的化学专家和那两位军统特工，正准备进入窑洞，却见蔡锁通伸胳膊拦住了他们，然后一挥手，带着稷王山抗日独立大队的队员，也就是父亲一中队的队员冲进了几座亮着灯光的窑洞里，这些窑洞都精心粉刷装修过，地面上都用砖和水泥铺过了,有的地面还抹着花纹。有的窑洞里面架着机器,有的窑洞里面摆满各种实验仪器,站着许多穿着白大褂,戴着防毒面具的试验人员。看到冲进来的特别行动小组队员,有的就慌忙拔枪准备反抗,但这些都是非战斗人员,哪里有特别行动小组的队员们反应快,统统都被蔡锁通和队员们击毙了。

父亲陪着几位化学专家推开一扇大铁门,进入一孔窑洞,在明亮的灯光下,里面到处都是实验设备,真的就是一个巨大的化学实验室,墙上也贴满了各种图标、图表、试验照片和数据。

那两名军统特工就拿出照相机一边开始拍照,一边记录着那些数据和资料。

化学专家拿出随身带的小瓶子,指挥几个队员小心翼翼地收集着一些溶剂什么的,装进瓶子里。又把一些资料装进带来的箱子里。

这时,姚大川又急匆匆地跑了过来,对父亲说:"抓住那个日本人专家咧。他指名要见你哩。"

父亲奇怪了,说:"他不认识我呀,咋要见我?"

姚大川说:"我不知道。我们进去时他连一点反抗都没有,只说要见你。"

父亲迟疑了一下,就嘱咐蔡锁通他们保护好专家,便跟着姚大川来到了最里边的一孔窑洞里。窑洞里灯光很亮,父亲先是看到在窑洞的铁门旁倒着两名日军宪兵,然后在靠着门口的桌子后面倒着一名手拿王八盒子的日本军官。父亲猜测那可能是渡边矢原的秘书之类的人物了。在最靠里的一张大桌子后面,坐着渡边矢原,纹丝不动,脸上并无惊慌的神情。看到父亲走进来,他迎着父亲的目光,泰然一笑,说:"我是称呼您德荣君呢还是大队长呢?抑或还是称呼您萧先生?"

父亲不知道渡边矢原是咋么知道他的真实姓名和身份的,是在此之前还是刚才……他来不及多想,也就一笑说:"既然渡边君一切都知道咧,那就投降吧。"

渡边矢原说:"其实我知道的比您想象的还要多。自从那天在盐务局见到你的第一面起,我心里就有了底,知道你们是冲着什么来的了。"

父亲心里一惊,难道那天就被他识破了自己是假的萧月朋?没等父亲说话,渡边矢原又接着说:"是的,我那天就看出来你不是真的萧月朋了。你的身上多了一股威武,那是只有舔过血杀过人的人身上才会出现的,而这又是一个唱戏的戏子身上没有的。戏子只会搔首弄姿,面对我们时只有俯首帖耳,而你虽然也对我们说了很多客气的话,但能从你的语气里听出来言不由衷,听出来那种隐含不露的杀气。所以我就安排他……"渡边矢原指了一下门口桌子后面那位日本军官,继续说:"他叫竹下义雄,是特高课的高级人员,既是我的保镖又是监视我的特工。我就安排他暗地里调查你和你的搭档的来历,对于一个特高课的高级特工来说，这不算什么难事情。所以，一切很快就都明白了。可我没想到，他竟然是日本反战同盟人员，把这一切真相都隐瞒了下来，只是告诉我正在通过外围的力量，就是打入你们内部的力量进行调查……"

父亲闻言更是一惊，急忙过去扶起倒在桌子后面的那位保镖，他胸部中了两枪，已经死了。

父亲就埋怨姚大川，你们军统真的是杀人上瘾咧，咋着看见日本人就开枪么，也不问清情况？这下连自己人也打死咧！

姚大川说，他们冲进来时看见他掏枪，以为他要反抗哩，就先开了枪："我在军统接受的教育就是为了完成任务不惜一切代价的。"

渡边矢原听见姚大川这么说，就说："你们搞错了，他是怕我对你们进行反抗，拔枪是为了防备我的……"

一听渡边矢原这样说，父亲和姚大川都不吭声了，心头一阵惋惜。

而渡边矢原下面的话却更是让父亲和周围的人吃惊了，他们甚至怀疑眼前发生的这一切是不是真的了。只听渡边矢原继续说："直到两天前，我接到了日本反战同盟的通知，要我协助你们彻底摧毁这个化学秘密基地，我才知道了所有的真相。"

父亲说："你也是反战同盟的？"

渡边矢原点了点头，说："我早在东北的时候就加入了日本反战同盟。我之所以没有离开军队，继续从事化学试验的工作，是因为我的父亲和哥哥一直在日本本土被军方保护了起来，我不得不……"

姚大川听着，忍不住插话说："他们这是以保护为名，扣作人质的。真是卑鄙！"

渡边矢原说："我也知道，尽管我这些年绝不亲手杀害一名中国人，但是，我研制的化学药品他们又进行了加工，作为毒气投入战场，残杀了不少无辜民众，我无法控制化学武器的外延，我双手沾满了中国人的鲜血！所以，我这次来华北后，发誓再不直接进行化学武器的生产实验，我不能直接对抗，只能采用消极怠工等办法，拖延毒气的生产。所以，这个秘密毒气装填基地建成都快一年时间了，还是没有能够进行正常的生产装填。但是，就在昨天，华北日军已命令特高课，将我押送回东北。至于后果和结局，我想不会太好吧！"

父亲真没有想到渡边矢原竟是日本反战同盟的，竟然是自己人。也多亏这位已经牺牲在自己人枪弹下的反战同盟人员的帮助，不然，特别行动小组早就暴露咧！

父亲走到渡边矢原跟前，嘴唇动了动，说："渡边——君，我们……"

渡边矢原摆了一下手，说："我知道你们是要来摧毁这个秘密基地的。我早在这个基地建设的时候，就设计并安装了一套自毁装置，为的就是等有一天能真正生产化学武器了，我就彻底摧毁它。今天，你们来了,我也应该实现这个愿望了。"

父亲这会儿彻底地反应过来了。已经有一个反战同盟的同志死了,不能再让渡边矢原死咧。他对渡边矢原说:"你既然是反战同盟的,我们就是一个目标。你和我们一道撤走,然后我们送你去延安……"

渡边矢原摇了摇头,指了指桌子下面说:"你们不知道,我设计的这个自毁装置,只有我自己能操作控制。而且一旦启动后就不能抬脚了,自毁的时间只有十秒钟,为的是一旦被发现也无法再去控制。现在,我已经启动了装置,只要我的脚一抬,十秒钟内,这个秘密基地就再也不存在了。所以,现在你们把所有的资料带着赶快撤离,河东城里的增援部队已经往这里赶了。他们是机械化队伍,速度很快的。"

父亲带着一种恳求的语气说:"渡边君,我们已经埋设了炸药,足能炸毁这个基地的。你还是跟我们一块撤吧。"

渡边矢原还是摇头,说:"炸药只是炸塌窑洞,彻底摧毁不了机器和实验用品,这样就还能恢复的。再说,我对中国人犯下了罪,怎么还有脸面去延安。这也就算是我赎罪吧!好,德荣君,你们快撤吧。不要走大路,从黄河里顺水往下撤,这样就不会和增援部队遭遇。你们离开三十分钟后我启动自毁装置……另外,请您把我和竹下义雄的事情,想办法转告日本反战同盟总部……拜托了!"他坐在那里向父亲鞠了一个躬。

父亲就知道渡边矢原早就下了这个死的决心了。其实父亲猜测，渡边矢原想这样去死，也算是殉国，也是为了救他在日本国内做人质的父亲和哥哥哩。他咬了一下嘴唇，就对姚大川说："命令所有行动人员，马上从黄河沿儿撤离。"然后他对着渡边矢原，抬起右臂，敬了一个中国军人的礼。

窑里所有队员都放下了手中的枪，对着渡边矢原抬起了右胳膊——

渡边矢原突然说："筱……不，你们的政委冬梅君好吗？真想和她再演一回'齐宣王拉马'呢。"

父亲说："我会向她转达渡边君的问候的。中国人会记住您，渡边君的。"

就在这时，从父亲的身后，传来了田冬梅的声音："你把马洗净。"

渡边矢原一怔，缓缓地站起身来，就发现了冲进来的田冬梅，顿时惊喜万分，叫了声："筱……冬梅君……"便随口接道："你把鬃梳通。"

田冬梅已走到了渡边矢原的跟前，两眼含泪，接着唱："你把鞍搭正。"

渡边矢原接着唱："你把镫放平。"

父亲听不下去了，扭头就往窑洞外走去。在他身后传来渡边矢原和田冬梅二人的合唱：

　　咱这是为国为民为百姓，

　　同振神州喜大同……

父亲抬起头来，眼中有了泪，仰望着如垠的苍穹。

就在秘密基地的大门口，传来炒豆般激烈的枪声和喊杀声，那是执行掩护的姬德和带着晋绥军的行动小组队员与赶到的日军增援部队接上火了……

那天晚上，父亲他们的特别行动小组，成功地摧毁了华北日军绞尽脑汁选址，最后建在河东茅津渡这一处偏僻地带的日军化学武器秘密生产装填基地。尽管最后有渡边矢原舍身协助，但行动组还是付出了相当的代价。姚大川他们军统特工牺牲十九人，伤六人；姬德和的晋绥军由于主要是负责战斗的部队，在撤退时又一直由他们掩护，伤亡就更大一些，二十个队员只剩下了三个，还有两个重伤。只有父亲带来的稷王山独立大队的伤亡轻些，牺牲三人，伤二人。如果算上渡边矢原和那位竹下义雄，他们的伤亡是够大的了。

而且令父亲更加伤心的是，他的大哥姬德和带着他的部下在大门口拼命阻击着日军的增援部队，直到大家都上了船，离开岸边很远消失在黑暗中后，他们的子弹也已告罄，这才放弃抵抗，准备撤离。但是三面都被日军包围住了,只有黄河岸边唯一的退路。姬德和便大喊:"中华男儿,誓死不降倭贼。弟兄们,跳黄河——"说着,便带头冲向河边,结果,身后一阵疯狂的机关枪子弹追赶上了他。他踉跄了一下,朝着黑暗里咆哮的黄河大声喊:"兄弟,替哥多杀小鬼子——"便纵身跳了下去。其他队员也紧跟着他们的团长跳了下去。

日军追到河边,黑乌乌的什么也看不清,只听见一阵阵浪涛声。他们就盲目地对着黄河的浪涛用机枪一阵狂扫。

也就在这时候,就像是平地里突然响起了一阵闷雷,整个地皮都颤动了一下。父亲说他们的船只已经离开茅津渡离开日军的秘密基地很远咧,却也被震得差点儿翻了哩。然后,茅津渡河沿村就永远地消失咧。

后来,有三个跳入黄河的晋绥军行动队员在漂浮中被船只救起,而姬德和以及其他队员一直没有消息,令父亲心焦如焚,坐立不安。

父亲说,他那天清楚地听见了姬德和在河边的呼喊声。田冬梅却一口咬定是父亲听错了。河水的声音那么大,还有不绝于耳的枪声爆炸声,他们在一起说话都听不见哩,咋还能听见姬德和的喊声!但父亲一直坚持说他听见咧,特别清晰哩!

我后来查过县志,找到了关于姬德和的记载:"姬德和,本县坡下庄人。曾任晋绥军上校团长。1941年在同日军作战时失踪。"

我觉得我这位大伯没有失踪,他已经彻底地融入黄河母亲的怀抱里了。

父亲也不止一次地说过,渡边矢原那个人,应该算是个男子汉哩。面对死亡的时候,谈笑自若,还从容不迫地和你姨唱戏,声音一点都不带颤的。

我在想,渡边矢原唱这些中国戏曲的时候,应该能从中感受出来这个民族的文化源远流长,更能从这些听上去软声细语流畅委婉的曲调后面,感受出那隐藏着的是博大精深的民族力量。

其实,父亲心里也清楚,姨妈是有点喜欢上这个日本化学专家了。要不然,匆匆地从外围警戒的位置上刚被晋绥军接下来,就跑进基地里寻找渡边矢原被捉住没有?一听说渡边矢原的消息,就不顾一切地冲了进来,于是就有了和渡边矢原的那段绝唱。

据后来消息称,渡边矢原被日军作为英雄隆重地进行了宣传歌颂。日本本土的报纸都把渡边矢原上了头版,还配上了他穿军装的照片,标题是"化学之星陨落河东"。而大概令渡边矢原没有想到的是,他的父亲虽然不再作为人质被军方关照了,哥哥却被征入伍了。在日本投降的那年,他的哥哥渡边矢一郎,费尽千辛万苦,寻找到河东,想把弟弟的骨灰带回日本去。但那塌下来的半边黄土崖,若要挖开,靠人力得几百人挖上一年甚至更多的时间,但就是挖开了也不见得能找到本人。他哥哥就跪在黄河边上,痛哭了一场,然后用衣服包了些黄土回去了。

毫无疑问,这是第二次国共合作期间,合作最成功的一次作战行动了。国共双方都分别发表通报和通电进行表彰。就连蒋介石也发电嘉奖:

第二战区阎总司令长官、朱副总司令长官钧座:

> 欣闻第二战区河东大捷,毁敌秘密基地,殊堪嘉奖。对战斗中得力之官兵,也应查明嘉奖。望继续积极开展广大之游击战,以有力部队配合中条山地区、稷王山地区……

晋绥军新编独立旅梁瑞林旅长,指挥有方,被授予二等云麾勋章一枚,同时授中将衔。追授英勇杀敌,壮烈殉国的上校团长姬德和青天白日勋章一枚,发抚恤金三千大洋。其余牺牲的官兵均有表彰和抚恤金发放。

姚大川已接到重庆戴笠亲自签署的命令,他已晋升为少校行动组长。

第十八集团军总部也通电嘉奖了河东特委和稷王山抗日独立大队,并特别在通电中提到了父亲的名字。因为赵克仁已经牺牲,河东特委就任命父亲代理大队长职务。田冬梅仍然担任着政委一职。狗剩被任命为一中队队长职务,青青仍然担任着田冬梅的警卫员。

听到这个安排后,父亲心里略微感到了一点意外。

按说，由父亲来担任稷王山抗日独立大队大队长一职，应该是众望所归水到渠成，没有甚悬念的事情。但政委田冬梅却零星地听到了一些内部情况，也就断续地透露给了父亲，原因是河东特委里有人认为父亲在晋绥军里有个当团长的大哥，而且有那么一段时间，父亲同国军，也就是晋绥军来往密切了一些，虽然现在是国共合作，但毕竟分属两个阵营，还是有一些忌讳的。上级要求田冬梅政委多帮助父亲，坚定思想，时刻站稳立场。

父亲唯有苦笑。

确实，这场由国共双方参加的特别行动，从开始到结束，双方人员配合默契，剑胆琴心，生死与共，心往一处想，劲往一处使，都是一个共同目标，杀光小鬼子。只是后来双方的报纸在报道这次成功摧毁河东日军的化学武器秘密生产装填基地时，双方都片面地强调和夸大了己方的作用，唯恐涉及到对方什么。就是涉及对方在这次特别行动中的作用和牺牲时，像是商量好了似的，都只是简单地提一句"在友军的协助下"而已。

一言以蔽之。

当然，站在现在的立场上，从历史的角度去看当时他们所处的那个年代，说两党的事情是特别忌讳的。不管是父亲，还是姚大川，也包括我那失踪了的大伯姬德和，他们在行动期间都从不谈论两党的话题。其实他们心里都清楚，合作是暂时的，将来两家人还是要打一场的。不然,这个家让谁来当么?

这次由国共合作的特别行动已经大功告成。

八路军总参谋长叶剑英分别在《新华日报》和《解放日报》撰文,严词谴责日军无视国际公约的禁戒,使用毒气残杀我抗日根据地军民的暴行;国民党中央也分别在各大报纸谴责日军公然使用化学武器的行为,并通报联合国。1941年6月,美国总统罗斯福针对日军在中国战场使用化学武器发表声明:"对任何一个联合国家成员犯下的这种惨无人道的罪行都被认为是对美国本身犯下的罪行,并将因此受到惩罚。我们将会立即给这种罪行以充分的同等报复。"

姚大川他们就要回重庆复命了。他这次来带了三十几个人,却只有五个能活着回到重庆了。在路过稷王山根据地的时候,父亲留姚大川多住了两天,等到接他们上太原的晋绥军特务团来了,父亲一直把姚大川他们送到了山下的马峪口。

姚大川说:"德荣兄,听说你就是在这里打的小鬼子伏击,缴获了他们装毒气的钢瓶的。"

父亲说:"也是赶巧咧。其实,那一仗是我们田冬梅政委率部下打的。"

姚大川就笑了,说:"巾帼英雄呀!"然后看着父亲,充满期待地说:"德荣兄,恕我直言,日本小鬼子眼看就要完蛋咧。等打败了小鬼子,国家定是百废待兴,党国需要你这样的人才哩。如果德荣兄心中有意,我可以向戴局长推荐,你就可以到重庆……"

父亲就淡淡地一笑,环视了一下周围耸立的山崖说:"大川兄,我这个人没有雄心大志,而且有个最主要的弱点是恋家,舍不得离开咱们河东这块地方。重庆么,山高路远的,我就不去咧。谢大川兄的好意啦。"

姚大川自然明白父亲的想法,也就不再勉强说这方面的话了。他紧紧地拥抱了父亲,十分真诚地说:"德荣兄,假如有一天,我们在战场上相遇了,我是绝不会向兄弟开枪的。"

父亲显得十分不谙世事地说:"我们共同合作打跑了日本小鬼子,难道国共两党真的还要再开战么?老百姓被战争摧残得还不够痛苦么?"

姚大川说:"这是时势,时势所迫呀。"

父亲就叹了一声说:"为了一个人的时势,多少生灵涂炭哩!"

姚大川就摇了摇头,不好再接父亲的话头,而是说:"德荣兄保重。大川就此别过。"然后上马,追赶前面的队伍去了。

父亲目送着姚大川一行人消失在山路的尽头。

身旁,山风如烈,飒飒作响。

在父亲的脑子里,一段《下河东》的唱词又浮现出来,他不由得

对着这逶迤的大山大川,放开了喉咙:

  众将士亡魂听根苗,

  下河东把你们命丧了,

  千古永垂有功劳。

  有朝一日太平到,

  把你们英魂个个搬回朝,

  祭典英魂归九霄。

  ……